1

Se dressant face à son père, la tignasse rebelle, le menton relevé, la poitrine haute et appétissante, la cuisse musclée dénudée, le dos arqué, Pocahontas prononça les paroles fatidiques.

— Papa, je ne veux point de Kocoum dans ma couche, il a des allures de loukoum dans une bouche.

— Mais qu'est-ce que tu dis, ma princesse ? Il a les allures d'un guerrier et d'un doyen de faculté ! répliqua son père, estomaqué par l'audace de sa fille désobéissante.

— Papa, c'est mon cœur qui parle et je n'écoute que lui, la carrière n'est rien et Lapierre est tout !

— Diablesse ! dit son père, quand je t'ai faite, j'avais donc la trique bien dure et le cerveau bien mou !

— Dans le cas de Kocoum, vois-tu, je crains que cela soit le contraire, mon cher père…

— Comment oses-tu ? Lui qui nous délivre l'enseignement de l'histoire de notre Amérique…

— Avec la faconde d'une vieille bique !

Pocahontas tourna les talons, et se dirigea vers l'arbre en carton, derrière lequel se dissimulait maladroitement John Smith Lapierre, affublé d'un chapeau ridicule et d'un kilt. Pocahontas le prit par la main et le sortit vigoureusement de sa cachette dérisoire. Elle l'entraîna vers son père, tandis que le pauvre garçon tirait sur son kilt pour dissimuler ses jambes. Pocahontas se planta devant son père et lui présenta John Smith.

— Voici, papa, l'homme de mes jours et de mes nuits, il n'a pas l'air bien dégourdi, mais l'air ne fait pas la chanson, et c'est de Serge Lama qu'il est au diapason.

À ce moment précis, vêtu d'une jupe tahitienne, surgit Kocoum le loukoum, animé des plus mauvaises intentions à l'encontre de l'Écossais de pacotille qui servait d'amant à la belle Pocahontas. Un roulement de tambour imité par trois étudiants salua l'arrivée du jaloux de service, qui eut bien du mal à faire entendre sa voix fluette en prenant la parole.

— Chef, mon maître, père d'une ingrate, moi qui me suis toujours dévoué à la tribu, il est légitime que je réclame maintenant mon tribut.

À ces mots, instantanément, le père de Pocahontas comprit à quel fieffé coquin il avait affaire.

— Voilà bien un imbu qui compare ma fille à un tribut, aurais-tu donc bu? Tu n'es qu'un petit homme qui s'enivre après trois bières. Je ne donnerai point ma fille à un coléoptère.

— Merci, papa, dit Pocahontas soulagée, il ne mérite que tes épines et pas ma rose. Et si j'ose, c'est John qui sait le mieux s'occuper d'elle, et qui me donne des ailes.

À ces mots, la fureur marqua au fer rouge le visage de Kocoum, qui sortit un poignard de sa jupe, mais la dégrafa par accident, se retrouvant en caleçon, et mortellement atteint par le ridicule.

— Quitte la terre de notre peuple, infâme engeance, va enseigner chez les cagots, dit le père, l'index tendu vers l'horizon, tandis que Kocoum s'avouait vaincu.

Pocahontas enlaça alors son amoureux.

— Enfin, mon vigoureux, nous voilà unis pour la vie, et je constate qu'un kilt est bien trop court, pour dissimuler la force de ton amour !

L'historienne Laura Zante, assise au premier rang, ne cessait de pouffer de rire. *Ils sont quand même gonflés*, songea-t-elle, mais le choix de Miss Histoire 2019 pour l'incarner en Pocahontas était plutôt flatteur.

À ses côtés, son collègue et compagnon François Lapierre semblait contrarié, non pas par le sketch de la revue estudiantine qui parodiait les enseignants, il ne le regardait d'ailleurs que d'un œil, mais par le retard pris depuis le début du spectacle des étudiants en histoire de la prestigieuse Sorbonne, soit quarante minutes ! Le projet initial de Lapierre était compromis : assister à la revue bien gentiment, et prendre la poudre d'escampette *illico presto* pour un dîner digne de ce nom dans un bon restaurant, fuyant ainsi la ferveur et l'échauffement des sens de ses étudiants. Il était trop tard, il allait devoir subir la suite des festivités. Il craignait par-dessus tout la choucroute garnie prévue après la pantalonnade et le vin sous récipient en plastique moins cher que l'eau.

Et dire que ces jeunes gens pensaient faire une bonne affaire… Mais ils avaient un estomac de vingt ans et les compteurs à zéro.

Laura Zante, futée, donna un léger coup de coude à son voisin et se pencha vers lui :

— Arrête de ronchonner intérieurement, on ira au restaurant demain.

2

Il déplaça légèrement le cadre posé sur le buffet situé dans le hall d'entrée de sa demeure cossue du quartier de Georgetown à Washington. En réalité, c'était simplement pour toucher l'objet, selon un rituel quotidien, pour vérifier que son passé était bien là, palpable, pour exercer une pression sur son cœur et en faire sortir un peu de pus de tristesse. Ensuite, il respirait un grand coup, pinçait les lèvres et tournait la tête vers la porte d'entrée de la maison, ne croyant plus à son impossible ouverture, à une impensable surprise. Elle ne reviendrait évidemment jamais.

La photo avait été prise à New York dans la tour nord du World Trade Center, il venait la chercher pour un déjeuner-surprise. Le bureau de sa femme Helen était si haut perché, presque dans les nuages, ils en avaient ri, et c'était ce rire qui était immortalisé sur cette photo, quelques semaines avant le 11 septembre 2001.

Le général John Marshall Bedford, âgé de soixante ans, athlétique et élégant, atteint par une calvitie qui n'enlevait rien à son charme naturel, ne procédait à cette brève cérémonie que lorsqu'il était seul, ce qui arrivait de plus en plus souvent. Son fils Tom, un adolescent mince comme un fil, issu d'un deuxième mariage raté, avait quinze ans et cherchait à plein nez la piste d'envol, même sans le savoir, même en trimbalant ses gros godillots de randonnée pleins de boue dans le vestibule, ou en traînant ses pantoufles Mickey usées jusqu'à la corde dans le salon, à la recherche de son smartphone égaré un jour sur deux.

Et pourtant ce jour ne ressemblait pas aux autres. La main du général s'empara ensuite de la lettre officielle qu'il venait de recevoir, et qui lui provoquait une émotion bien différente, un sentiment de satisfaction profonde, celui d'une victoire chèrement acquise. C'était sa métaphore préférée, mais il était général dans l'armée de terre des États-Unis et l'assumait pleinement. Ce Virginien était issu d'une longue lignée de militaires qui s'étaient illustrés dans différents conflits, de la guerre hispano-américaine de 1898 à celle du Vietnam. Lui-même avait participé aux interventions en Irak et en Afghanistan. Il avait commencé ses études à l'École internationale du SHAPE près de Mons en Belgique, puis à l'université d'État de New York à Cortland où il avait décroché un diplôme en *National Resource Strategy*, puis un autre en *Logistic Management*, avant de rejoindre l'US Army. Homme intègre et très respecté, il avait mené sa carrière sans aucune ombre au tableau.

Cette lettre était déjà froissée, sort des missives lues et relues. Il ne s'habituait pas au plaisir de la lire, de la déplier à nouveau, d'admirer le sigle imprimé sur une enveloppe qui ne finirait pas à la poubelle, mais serait pieusement conservée avec son contenu. Il décida de la relire encore une fois, et ses lèvres se desserrèrent, ses paupières se plissèrent, les échos du temps passé se mêlèrent au rythme de sa respiration. Il se préparait à faire une bonne action en offrant une nouvelle cohérence à ses propres héritages.

L'American Battle Monuments Commission avait donné son feu vert. Il n'y avait plus d'obstacle administratif à sa démarche, à l'aboutissement de sa quête.

Mais tout n'était pas réglé pour autant : il lui manquait un guide, un Européen parlant un meilleur français que le sien, susceptible de l'accompagner sur place, là-bas en Belgique, pour lever les dernières barrières, quelqu'un qui pourrait expliquer aux autorités locales ou aux médias le sens de son devoir de mémoire. Il avait bien vérifié, c'était dans la région francophone de Belgique qu'il devait se rendre, dans cette Wallonie qu'il avait un peu connue dans sa prime jeunesse. Il devait encore creuser ce point, même si son choix, fruit d'une sélection préalable et motivée, se réduisait maintenant à quelques noms d'historiens réputés, et d'historiennes, plus aptes et plus convaincantes à ses yeux en matière d'esprit de conciliation.

Le bus scolaire qui ramenait Tom fit entendre ses freins devant le domicile, il restait au général quelques secondes avant l’ouverture sans tendresse de la porte d’entrée par un adolescent bouillonnant. Il allait d’emblée lui annoncer la bonne nouvelle. Sûr que Tom lui accorderait au moins un regard avant de cavaler dans l’escalier pour rejoindre sa chambre, au moins un.

3

Pamela Erskine dodelinait sur *Year of the Cat* d'Al Stewart, à moitié nue dans son petit appartement parisien situé rue de Turenne dans le Marais, à deux pas de la place des Vosges, ultime cadeau de sa mère décédée. C'était son refuge, car elle n'y vivait malheureusement pas à temps plein. Polyvalente, elle se déplaçait en fonction des besoins de l'empire international de la société qui l'avait embauchée.

Ce soir-là, elle n'avait plus rien de la fille sérieuse et impeccable en tailleur austère et chemisier blanc dévouée à son patron dont elle était l'attachée de direction. La jeune Écossaise de vingt-huit ans, abondante chevelure rousse et regard bleu cobalt, adorait le laisser-aller de fin de journée. Célibataire endurcie, diplômée de la prestigieuse London School of Economics, belle comme un cœur et corps de rêve, souvent comparé à celui de Kim Wilde à l'époque de *You Came*, femelle alpha dans toute sa splendeur, elle avait décidé de se servir de tous les atouts dont elle pensait disposer, un cerveau, une capacité de séduction ravageuse, une ambition démesurée, une absence totale de scrupules, un égoïsme assumé. Elle avait forgé elle-même sa maxime de vie : « Pas d'attache, pas de cravache. » C'est elle qui choisirait ses amants et les palaces pour les consommer. Elle tracerait sa route et sa place au soleil l'attendait déjà.

Les glaçons de son whisky fondaient dans son verre, déposé près de son Surface Book 2 qui affichait une photographie haute définition de l'historien François Lapierre pêchée sur Google Images.

— À nous deux ! dit-elle à l'écran, en souriant.

Sa mission du soir consistait à entrer en contact avec le célèbre historien de la Sorbonne pour lui faire une proposition formulée par son patron. Elle devait rédiger un courriel convaincant. C'était la première fois qu'elle était confrontée à ce genre d'exercice et ça l'excitait beaucoup, le nombre d'historiens qu'elle avait croisés dans sa vie avoisinant zéro. Ce n'était pas son vivier, de trop petits poissons, et de surcroît très ennuyeux. Sans disposer de statistiques, elle ne pouvait que se fier à ses préjugés pour évaluer le caractère très relatif du potentiel de séduction d'un historien, dont l'utilité socio-économique était un complet mystère pour elle.

Mais son patron avait un projet et il fallait le servir. Il voulait organiser un séminaire d'un genre tout particulier pour les cadres de son entreprise, animé précisément par le professeur Lapierre. Elle rédigea son invitation d'une traite, habile dans ses tournures et ses arguments, avec pour point d'orgue une solide accroche financière. L'historien ne résisterait pas à cette invitation, et encore moins quand il verrait l'autrice du courriel. Quel homme aujourd'hui disposant des ressources du Net ne cherchait pas à visualiser une correspondante inconnue ?

Elle appuya sur la touche envoi, satisfaite, et s'offrit une nouvelle gorgée de whisky.

C'est alors qu'elle vacilla, prise à la gorge, ravagée par une sensation d'étouffement. La pièce familière dans laquelle elle se trouvait se mit à trembler et le moindre objet, à vibrer. Une violente crise d'anxiété l'envahit. Son souffle se fit court, des mots qu'elle ne contrôlait plus s'échappaient de sa bouche en train de se tordre. Son rythme cardiaque s'envola, une suée lui trempa le dos et le front, et une peur indicible commença à lui dévorer le ventre. « Pas maintenant, non, pas maintenant ! » furent les derniers mots qu'elle prononça en étant pleinement consciente.

4

Monsieur le Professeur,

Attachée de direction de UMNIT Corporation, une entreprise internationale de haute technologie dirigée par M. Alfred Rosenshark, et dont le siège européen est situé à Bruxelles, je me permets de prendre contact avec vous pour vous présenter notre projet de sensibilisation de nos cadres supérieurs à la problématique de la mémoire de la Deuxième Guerre mondiale, et en particulier des camps nazis. Afin d'engager une réflexion citoyenne avec nos membres du personnel, et de les sensibiliser à l'importance de tirer des leçons du passé pour éviter à l'avenir de tomber dans les erreurs de nos aînés, nous allons organiser un séminaire de trois jours consacré au thème difficile et si fondamental : Pourquoi la Shoah ?
Nous serions particulièrement honorés si vous acceptiez de conduire et d'animer ce séminaire

qui s'inscrit dans le principe d'une culture d'entreprise bien menée pour consolider les liens entre les membres du personnel.
Le séminaire se tiendra à Ostende, en Belgique, à l'hôtel Andromeda qui possède les infrastructures nécessaires à ce type de réunion d'une trentaine de personnes, dans un environnement propice à l'échange et à la réflexion.
Nous pouvons vous proposer des honoraires de l'ordre de mille euros par jour, soit trois mille euros, tous vos frais étant évidemment pris en charge par les organisateurs.

Et le courriel, signé Pamela Erskine, s'achevait sur une série de détails pratiques.

François Lapierre, qui venait de découvrir cette invitation, assis à son bureau dans son bel appartement de la place Vauban à Paris, relut ce courriel avec attention. Il avait déjà été sollicité par de nombreuses associations diverses pour donner des conférences de cette nature, c'était un sujet qu'il maîtrisait et il était membre de comités scientifiques de plusieurs institutions consacrées à cette mémoire tragique. Plus jeune, il avait accompagné des classes en visite pédagogique dans les camps de concentration et d'extermination nazis, et il considérait que cela faisait partie de son devoir d'historien de répondre à cette demande sociale au profit des nouvelles générations. Dans sa famille, sa grand-mère maternelle avait reçu le titre de Juste parmi les Nations, attribué par l'État d'Israël pour avoir protégé des Juifs au péril de sa vie durant la guerre, et bien que discret sur la question, il n'en retirait pas moins une fierté légitime, et il estimait que son métier d'historien devait l'amener à consacrer une part d'engagement personnel à l'entretien de cette mémoire.

Mais là, c'était une première : une entreprise privée de haute technologie, un public de cadres supérieurs, et des honoraires démesurés à l'échelle historienne, il n'avait jamais vu ça.

Il se rendit spontanément sur le site internet de UMNIT Corporation, référencé dans le courriel, pour le parcourir brièvement, il aurait l'occasion d'y revenir. Il ne résista pas ensuite à faire des recherches *via* Google sur son interlocutrice, Pamela Erskine. Il éprouva un pincement au cœur et un bref grésillement des sens quand il constata qu'elle était une jeune rousse pulpeuse de vingt-huit ans d'une beauté incendiaire, d'origine écossaise.

Il s'empressa d'examiner son CV, brillantissime. Il estima qu'elle était crédible, et ce mot le fit sourire – il connaissait ses démons, comme tout homme à mi-chemin dans la quarantaine, mais il était persuadé d'en être délivré depuis l'arrivée tonitruante de Laura Zante dans son existence. François était tombé amoureux de la jeune chercheuse sicilienne de trente-trois ans au cours de leur enquête sur la Source S dont ils avaient tiré un livre à succès.

Il réfléchit spontanément à la manière d'organiser les contenus du séminaire. Le premier jour pourrait être consacré à l'origine et à la mise en place du régime nazi, le deuxième au système concentrationnaire lui-même, ses caractéristiques et son évolution, et enfin le troisième jour mettrait l'accent sur la construction de la mémoire de la Shoah jusqu'à nos jours. Ce programme tenait la route, il pourrait répondre aux attentes des organisateurs moyennant un minimum de préparation. Le séminaire était prévu dans un bon mois, début novembre, il aurait le temps de mettre au point ses exposés et de prendre ses dispositions en fonction de l'organisation de ses enseignements à la Sorbonne. Après tout, c'était la durée moyenne d'un colloque et il avait l'habitude de ce type de séjour intellectuellement intense.

Tout le poussait à accepter, mais il voulait d'abord en parler à Laura et lui demander son avis : il n'était pas fréquent qu'une entreprise privée consacre un budget pareil à un thème de cet ordre, «*pour consolider les liens entre les membres du personnel*». D'un autre côté, il était ravi que la pédagogie de la mémoire de la Shoah chemine aussi dans des lieux *a priori* improbables.

C'est à ce moment-là que Laura en pyjama fit son entrée dans le bureau, silencieuse comme un chat, et vint enlacer son homme en lui donnant un baiser dans le cou.

— Bonjour *Tesoro mio.*

— Bonjour mon amour.

— Les nouvelles sont bonnes ?

François se tourna et attira l'attention de Laura vers l'écran de son ordinateur.

— J'ai reçu une invitation à donner un séminaire dans un étrange contexte.

— C'est quoi, un étrange contexte ?

— Un séminaire de trois jours sur la Shoah organisé par une entreprise privée dans un hôtel quatre étoiles en Belgique à Ostende, avec une rétribution de trois mille euros.

— Tu es un historien célèbre, mais personne ne donne une somme pareille à un historien pour l'écouter, c'est une blague d'étudiant, mon ami, ils n'ont pas aimé que tu boudes pendant leur soirée.

Elle examina le courriel par-dessus l'épaule de François.

— Et comme par hasard, l'invitation vient d'une femme. Je suppose qu'elle est jolie ?

— Je te le dirai si j'y vais, répondit François qui s'attendait à être taquiné par Laura.

Elle redevint sérieuse.

— Blague à part, c'est une belle initiative, il ne faut pas la repousser, vas-y mon chéri. D'autant que moi aussi, curieusement, je viens de recevoir une proposition tentante, d'un général de l'armée américaine.

François fut sincèrement intrigué.

— Pour quoi faire ?

— Je lui rappelle une infirmière qu'il a connue en Irak, il paraît que j'ai réveillé ses sens et qu'il se sent comme un tout jeune homme depuis qu'il m'a vue dans une émission de TV5 Monde. Il a une propriété à Malibu, il veut m'épouser et j'hérite de tout sous peu, affirme-t-il, car il a gardé des séquelles des gaz de combat irakiens. Tu penses que c'est un bon plan ?

François savait que toute conversation avec Laura oscillait entre la plaisanterie et l'acuité intellectuelle, il l'adorait aussi pour ça.

— Non, en fait, c'est un truc aussi incroyable que pour toi, même plus, sauf que moi je ne toucherai que mille dollars. Mais bon, je suis une femme, j'ai l'habitude. En fait, il loue mes services pour une mission d'accompagnement un peu particulière.

— Une *escort historian girl*, le concept est chatoyant, à développer, ne put s'empêcher de répliquer François.

— Je résume : il a reçu les autorisations pour ramener aux *States* son grand-père enterré dans un cimetière militaire américain en Belgique. Il a été tué pendant la bataille des Ardennes. Il m'explique longuement que c'est pour lui un devoir de mémoire familial et qu'il a besoin d'une historienne réputée pour l'accompagner dans ses ultimes démarches et assurer sur place la communication externe de son initiative.

— Dis donc ! Tu as raison, c'est vraiment original, en plus c'est en Belgique, comme moi. C'est, me semble-t-il, une expérience intéressante à vivre. Tu devrais dire oui.

— Je voulais t'en parler avant.

— Moi aussi.

Ils s'embrassèrent debout, tendrement, ils ne l'avaient pas encore fait ce matin-là, il était temps qu'ils rectifient d'urgence cette anomalie.

5

Le portable de François Lapierre couina pour annoncer l'arrivée d'un texto, et l'historien sortit de sa somnolence. Il venait de traverser la frontière belge et de changer spontanément de réseau et d'opérateur. À cette allure, Bruxelles n'était plus qu'à quelques minutes.

Il avait quitté Paris à 14 h 25, à bord du Thalys, qui traçait à trois cents kilomètres-heure. Il arriverait dans la capitale belge 1 heure et 22 minutes plus tard, soit à 15 h 47, gare du Midi, pour ensuite prendre le train IC 537 de la Société nationale des chemins de fer belges à 16 h 03 à destination d'Ostende, qu'il atteindrait à 17 h 16. Voyageant en première classe, il avait ses aises pour travailler sur son PC ou parcourir ses réseaux sociaux. Il ne vit pas le temps passer.

Il arriva à l'heure dans la fameuse cité balnéaire belge, réputée depuis le XIXe siècle, qui avait accueilli la famille royale en villégiature, et donc aussi la noblesse et la bourgeoisie belges, avant de laisser la place au tourisme de masse d'après-guerre, les immeubles à appartements chassant les villas de la Belle Époque. Mais il y subsistait toujours un charme particulier et cet endroit était très prisé par les Belges.

Accueilli par un vent vif de novembre, et pourtant agréablement tiède, François Lapierre descendit du train et se dirigea vers la sortie de la gare, où il repéra une tablette avec son nom, entre les mains de Pamela Erskine. Il s'avança vers elle tout sourire, constatant qu'elle l'avait déjà identifié. Ils se serrèrent la main.

— Bonjour, professeur Lapierre, bienvenue à Ostende. Je suis heureuse d'accueillir une personnalité telle que vous !

— Bonjour, madame Erskine, merci infiniment, ravi de vous rencontrer.

— Venez, un taxi nous attend, l'hôtel est tout près.

Il la suivit jusqu'au taxi dans lequel ils embarquèrent à l'arrière, partageant le trajet côte à côte.

Il nota qu'elle était une adepte du parfum *La Panthère* de Cartier et qu'elle maîtrisait l'art de s'asseoir avec une jupe en cuir courte, accentuant la sensualité de son chemisier noir en soie. Elle lui présenta une pochette élégante.

— Voici des documents et différentes informations pratiques, ainsi que le programme dont nous avons convenu les modalités par courriel. Vous êtes logé aux étages supérieurs dans une suite avec vue sur mer et vous disposez d'un pass pour toutes les commodités de l'hôtel. Je vous conseille la piscine vers 18 heures, il n'y a personne en cette saison.

Elle avait dit cela sur un ton plus intime dans lequel François crut déceler une invitation déguisée, mais la surinterprétation qu'il pouvait faire des gestes et des paroles des femmes lui avait souvent coûté cher dans la vie.

— Merci du tuyau, il est encore tôt et je pense que c'est « soirée libre », non ?

— Pas tout à fait, répliqua Pamela Erskine, M. Rosenshark vous invite à dîner à 20 heures au Toi, moi et la mer. Je passerai vous prendre dans le hall de l'hôtel à 19 h 45, c'est à deux pas, le long de la digue.

— Très bien, je serai très heureux de faire la connaissance de mon hôte.

Pamela Erskine trouva spontanément le professeur Lapierre sympathique et intéressant. Vêtu d'un élégant pull à col roulé noir qui dissimulait son léger embonpoint, d'un pantalon en velours et d'un veston sport en alpaga, il portait bien la quarantaine virile et sereine, le regard brun doux, avec un côté marin qui se fondait dans l'environnement. Elle pensait que tous les historiens universitaires étaient plus ou moins avachis et négligés, usés par la poussière des archives et les auditoires indifférents. Elle devait revoir sa copie.

À l'image de la façade d'immeubles à étages en rang serré qui constituait le front de mer, l'hôtel Andromeda était une bâtisse robuste et moderne, plantée pratiquement sur la plage – sur la digue comme disaient les Belges – littéralement à deux pas du casino, qui annonçait en soirée le Ostend Fashion Show. À proximité, on distinguait la longue estacade en bois qui s'avançait dans la mer.

François voyageait léger, tirant sa petite valise à roulettes, il entra dans l'hôtel accompagné de Pamela

Erskine qui se chargea des formalités pour lui. Il gagna sa chambre avec balcon, d'où la vue sur la plage, immense à marée basse, valait vraiment le coup d'œil. Il remplit ses poumons du bon air iodé de la mer du Nord, vivifiant en cette saison. Se souvenant du conseil de sa guide, il laissa tout en plan pour gagner la piscine de l'hôtel.

Celle-ci était effectivement déserte, n'était-ce, allongée sur un transat, Pamela Erskine, absorbée par la lecture d'un roman de Maxime Chattam. Elle semblait se régaler, mais son œil glissa des pages vers la silhouette du professeur Lapierre qui entrait dans l'eau par l'échelle, les plongeons n'étant pas autorisés dans cette enceinte vouée au calme et à la thalassothérapie.

François s'ennuya assez rapidement à faire des longueurs dans un bassin réduit, et repéra son point de chute, un jacuzzi inoccupé qui bouillonnait. Il alla s'y détendre, trouvant enfin une bonne raison d'être là.

Il n'attendit pas longtemps pour voir se lever Pamela Erskine, qui laissa tomber le peignoir blanc de l'hôtel, offrant à la vue un corps splendide en maillot rouge deux pièces. Elle se dirigea sans fausse note vers le jacuzzi, promenant la brousse de sa chevelure rousse comme un éclat sur les tons blanc et bleu de cet espace détente.

— Je peux ? demanda-t-elle à François, d'une façon qui n'attendait pas de réponse négative, et elle pénétra dans l'eau chaude et frémissante.

François, facétieux, se dit que sa température venait encore d'augmenter.

Elle prit soin de s'installer dans l'eau avec délicatesse, en laissant ses coudes sur le bord, ce qui eut pour effet la mise en valeur de sa poitrine flottante ponctuée de taches de rousseur et dont le velouté n'échappa pas à François. La tête en arrière, elle offrait une gorge lisse.

Un silence s'était installé d'emblée, conforme au laisser-aller attendu dans ce genre de circonstances, où l'éclat des myriades de bulles accompagnait le relâchement des corps. François ferma les yeux pour s'isoler, ou pour ne plus avoir à s'occuper de son propre regard. Il sentit à plusieurs reprises celui d'un bleu cobalt de l'Écossaise posé sur lui, il en eut la confirmation quand il sortit de sa torpeur. Il ne put que lui sourire, mais aucun mot ne sortit de sa bouche. Il se sentit crétin comme un adolescent, cherchant un sujet de conversation, lui, le maître de chaire.

À deux reprises, leurs pieds se frôlèrent, mais l'étroitesse de cette baignoire rendait inévitable ces surprises tactiles.

Alors François se leva, gagné par un malaise, et salua Pamela Erskine.

— À tout à l'heure, lui dit-il, sur un ton dont la neutralité l'étonna, une petite voix rebelle lui disant qu'autrefois, il aurait exploité ce moment d'intimité en développant sans vergogne tous les artifices d'une séduction savante.

Les temps avaient changé pour lui, même s'il lui restait encore quelques démons à combattre.

— À tout à l'heure, répliqua-t-elle, sans état d'âme apparent.

De retour dans sa chambre, la porte à peine franchie, son portable sonna, c'était Laura.

— *Pronto*, lui répondit-il, comme il le faisait systématiquement pour faire sourire sa belle Italienne.

— Bonsoir, mon amour, tu as fait bon voyage ?

— Oui, sans souci, pas de retard dans les trains et un accueil sans fausse note.

— Je suppose que tu es entouré de sirènes. Il y a une piscine dans l'hôtel, j'ai fouiné sur sa page web. Il n'y a pas de discothèque, mais tu es à deux pas du casino, où il y a d'autres sirènes.

L'art divinatoire des femmes, se dit François qui répliqua :

— En novembre à Ostende, c'est plutôt *Calme blanc* que *Bathing Beauty*.

— Méfie-toi quand même des squales. Mais non je te taquine.

— Et toi, comment ça va ?

— La routine ici… tu me manques terriblement.

— Toi aussi tu me manques.

— Depuis la Source S, on a tout fait ensemble, y compris voyager.

— Je sais, c'est bizarre pour moi aussi, on va se rattraper. Je suis de retour dans trois jours.

— Je dors avec toi !

— Moi aussi je dors avec toi.

6

Lorsque François, accompagné de Pamela Erskine, entra dans le restaurant à 20 heures pile, il avait pris soin auparavant d'explorer la biographie de son hôte pour s'informer sur l'organisateur du séminaire et comprendre ses motivations. À dire vrai, le personnage était hors norme.

Alfred Rosenshark, soixante-dix ans, homme d'affaires d'origine anglaise, avait fait fortune dans le secteur des microprocesseurs, des logiciels, et dans le lancement de diverses start-up. Issu d'une lignée qui donna au royaume des lords, des capitaines d'industrie, des administrateurs de l'Empire et des pilotes de la RAF, il était fier de ses racines aristocratiques, même s'il vouait un culte à Robert Owen pour le symbole qu'il représentait, l'union des travailleurs et des patrons dans un projet industriel collectif qui avantage tous les acteurs.

Business angel, il était connu pour soutenir les jeunes entrepreneurs prometteurs. Précurseur, il fut l'un des grands conquérant du territoire internet lorsque celui-ci était encore en friche.

Il échappa à la crise de 2008, flairant depuis toujours les bulles spéculatives. Aujourd'hui, il était impliqué dans diverses fondations, dont l'une qu'il dirigeait lui-même, la Fondation pour le Futur, un *think-tank* pour penser l'avenir de l'humanité.

Il avait la réputation de ne posséder aucun compte dans les paradis fiscaux, d'être heureux de payer ses impôts, d'être économe en matière d'apparitions médiatiques comme dans la gestion de ses biens. Bref, son souhait était de réussir dans la transparence, en soignant sa notoriété de philanthrope et d'ami de l'humanité. Et quand on l'interrogeait sur ses opinions politiques, il affirmait qu'il votait et voterait toujours pour les candidats soucieux de l'écologie, *le plus grand défi de tous les temps*, aimait-il à rappeler.

Le séminaire auquel participait François était organisé au profit des cadres de la filiale bruxelloise, *au plus près de l'Europe*, comme Rosenshark le répétait souvent, de son entreprise phare, la UMNIT Corporation, en pointe dans le domaine de l'intelligence artificielle, dont le nom se prononçait en anglais *humanity*.

Pamela Erskine le repéra dans le restaurant et entraîna François Lapierre vers lui. Lorsqu'Alfred Rosenshark les vit, son visage avenant s'éclaira d'un grand sourire chaleureux, et le petit homme chauve se leva pour serrer la main de François avec conviction comme s'il était le Messie.

— Professeur Lapierre, si vous saviez comme je suis heureux de vous rencontrer, c'est un immense honneur pour moi, et surtout un privilège de pouvoir profiter de vos connaissances pendant quelques jours. Merci, merci, merci !

François ne s'attendait pas à un tel accueil de la part d'un des hommes les plus riches du monde. Presque ému, il lui rendit son sourire et estima qu'il fallait être à la hauteur de ces amabilités chaleureuses.

— Monsieur Rosenshark, c'est moi qui vous remercie très vivement pour votre invitation et la qualité de votre accueil. Je suis particulièrement heureux de souscrire à votre démarche et j'espère de tout cœur répondre à vos attentes lors du séminaire.

— Je n'en doute pas un seul instant, cher professeur, renchérit-il en détachant chaque mot, le sourire toujours aux lèvres.

À la fois affable et dynamique, Rosenshark donna le signal de l'installation à table, qui n'échappa pas au personnel du restaurant manifestement prévenu de la nature des clients. Assis à la table à côté, deux hommes à la solide carrure n'étaient pas là pour savourer des mets délicieux, mais pour veiller sur leur patron.

François Lapierre entrait par la grande porte dans un monde qu'il ne connaissait pas, qui n'avait jamais été le sien, et qui ne le serait jamais. Il vivait ces événements comme une expérience de plus dans sa carrière jalonnée de succès.

Pamela Erskine attendait manifestement qu'on lui donne la parole, elle laissait les deux hommes se découvrir.

— Si vous saviez combien ce séminaire compte à mes yeux, précisa Rosenshark. Il n'y a pas d'âge ni de statut pour accéder à une connaissance historique si importante pour l'histoire de l'humanité et dont nous devons toujours tirer leçon. L'avenir a besoin du passé pour être éclairé et j'honore votre métier. Il est d'une importance sociale capitale.

François n'avait rien à ajouter, Rosenshark était charmant avec lui.

— Je dois vous avouer que c'est une grande première pour moi. Je n'ai jamais pratiqué ce genre de séminaire, et surtout je ne connais pas de chef d'entreprise de votre format qui s'en soucie.

— Si l'on considère les terribles tragédies de l'histoire et du présent, au nom de la conscience humaine on doit constater que toutes les questions sont liées. Voyez-vous, je m'implique beaucoup dans la défense de l'environnement, et si on s'y prend trop tard, comme on s'en est pris trop tard au nazisme, les désastres vont s'enchaîner.

— J'ai lu que vous étiez très sensible à ces questions, en effet, renchérit François, alors même que les entrées venaient d'apparaître sur la table comme par miracle, un mi-cuit de maquereau avec betterave et céleri-rave.

Rosenshark avait choisi le vin blanc, un chardonnay cuvée Villa Blanche 2013 du domaine Calmel et Joseph.

Après un temps d'arrêt destiné à laisser les papilles s'exprimer, la conversation reprit de plus belle, sans Pamela Erskine qui se contentait d'écouter le dialogue. Son silence devenait gênant, estima François qui s'employa à la dégourdir un peu, d'autant que Rosenshark lui avait jusqu'ici accordé à peine un regard détaché.

— Et vous, madame Erskine, vous avez une opinion sur la question ?

Sauvée par le gong. L'entremets était servi, un smeus aux crevettes grises d'Ostende, délicieux. Elle regarda son patron, comme pour chercher son autorisation. L'atmosphère était étrange, mais François ignorait tout des codes de ce milieu. Il ne pouvait néanmoins pas croire que son accompagnatrice avait le rôle d'un domestique du XIXe siècle : servir, se taire, ne pas exister. Pourtant, c'est Alfred Rosenshark qui reprit la parole, ne laissant aucun temps mort s'installer dans la conversation.

— Voilà quelque chose qui m'interpelle, professeur. Dès 1972, lors de la première conférence historique des Nations unies sur le climat à Stockholm, le signal d'alarme avait été tiré. « Nous n'avons qu'une terre », un constat partout répété aujourd'hui, avait alors été formulé par l'économiste Barbara Ward et le biologiste René Dubos. C'était en 1972, tous les principes de base, énoncés par des experts, pour sauver la planète avaient été solennellement arrêtés à cette occasion, et plus de quarante ans plus tard, bientôt un demi-siècle, voyez où nous en sommes et comment l'état du monde est délabré. Cela me fait penser à l'indigence de la Société des nations dans l'entre-deux-guerres, et on sait où ça nous a menés. Comment l'historien explique-t-il cet aveuglement des hommes face aux catastrophes annoncées ?

— C'est une question complexe, commença François, mais force est de constater que les hommes ont beaucoup de mal à ne pas d'abord privilégier leurs intérêts à court terme. Une vision sur la longue durée, *a fortiori* si elle inclut le dépassement de sa propre génération, n'est pas un acquis spontané de l'espèce humaine, car nous croyons qu'éviter les désastres proches nous épargnera des désastres lointains, puisqu'un changement historique sera déjà enclenché. Quand Chamberlain revient de la conférence de Munich avec la promesse d'Hitler que ses ambitions territoriales sont comblées, il a sincèrement l'impression d'avoir fait œuvre suffisamment utile pour dévier le sens pris par l'histoire jusque-là. Les Churchill n'étaient pas légion.

Le visage de Rosenshark s'illumina, c'est à peine s'il n'interrompit pas le professeur Lapierre.

— Et les Churchill n'étaient pas légion, comme c'est juste ! Votre exemple est tellement judicieux, et il me touche personnellement : j'ai dans ma famille des héros de la RAF, vous savez.

— Oui, je l'ai lu quelque part, dit François, c'est de notoriété publique. Votre fierté est légitime.

— Et l'inconscience des dirigeants de l'époque a conduit au sacrifice de jeunes hommes aussi exceptionnels. Et je ne parle pas des villes anglaises anéanties. Je trouve qu'il y a une leçon terrible à méditer.

Un court silence s'installa, comme pour inviter à la réflexion. Il fut troublé par l'arrivée du plat principal, du rouget grondin et tacot finement préparé, rehaussé de coques, de choux et d'un risotto de lentilles. Une bouteille de bellet blanc de Provence, on restait avec le chardonnay, vint compléter le dispositif gastronomique.

— Voyez-vous, dit Rosenshark pratiquement sur le ton de la confidence, je ne crois pas que les hommes soient capables de changer collectivement face à des problèmes dont les conséquences dépassent la durée de leur propre vie. Même s'ils ont des enfants, ils laissent aux générations suivantes le soin de réparer les dégâts, sauf que les dégâts seront tels cette fois-ci, que les générations suivantes ne pourront jamais redresser la situation. Et je pense que c'est une première dans l'histoire, à cette échelle.

— Je crois que vous avez raison : jamais dans l'histoire les hommes, par leur comportement et leurs habitudes, n'ont fait courir à la planète un danger si grand.

Rosenshark ne cachait pas les signes de sa satisfaction, comme s'il avait enfin trouvé un interlocuteur qui comprenait la profondeur de sa pensée et reconnaissait sa pertinence.

Ils s'abstinrent de prendre un dessert. François, dont la tendance à l'embonpoint était le résultat d'un long combat qu'il qualifiait lui-même d'idéologique contre l'abstinence et la contrition, s'efforçait désormais de suivre le conseil de Laura : choisir entre le salé et le sucré.

Ils quittèrent le restaurant pour rentrer à l'hôtel.

Pamela Erskine n'avait pas dit un mot de toute la soirée.

7

La salle de réunion était moderne et accueillante. Une quarantaine de personnes constituaient l'assemblée, avec une minorité de femmes, trois ou quatre, dont Pamela Erskine, qui avait pris place à l'avant de la salle aux côtés d'Alfred Rosenshark. Elle s'était chargée de la présentation formelle du professeur Lapierre, après avoir vérifié avec lui le bon fonctionnement des appareils audiovisuels, que l'historien utilisait en général avec parcimonie, car il était plus attaché au récit qu'à l'image à l'heure d'expliquer le passé. C'était davantage un orateur qu'un démonstrateur.

François évoluait dans son élément, quelle que soit la nature de ses auditeurs, même si son public de cadres d'entreprise était très inhabituel pour lui. Il avait construit son exposé pour un auditoire averti, mais non savant.

— Bonjour à tous, et d'emblée je tiens à remercier M. Rosenshark pour son invitation, et surtout son initiative, en espérant qu'il soit une source d'inspiration en la matière, comme il l'est déjà dans tout ce qu'il entreprend. Merci à Pamela Erskine pour son dévouement et ses compétences, et merci à vous d'être présents. Nous avons du temps devant nous, et mes exposés vont tenter d'aborder les différents aspects de ce qui est considéré comme le génocide le plus abouti de l'histoire, la Shoah. Nous franchirons les difficultés par paliers, en commençant par une mise en contexte de l'avant-guerre et de la montée du nazisme en Allemagne. Bien entendu, je suis à votre disposition pour répondre à vos questions.

François Lapierre posa les jalons de la problématique pratiquement sans faire usage de ses notes. Il évoqua l'ascension d'Hitler dans une république fragile, et le jeu dangereux des conservateurs de l'avoir associé au pouvoir dans l'espoir de le faire chuter, en acceptant en sa faveur le poste de chancelier en 1933, alors que le parti nazi n'était pas le premier, mais le deuxième en termes d'arithmétique électorale.

Hitler avait pris soin de masquer son jeu en ne confiant dans son gouvernement que deux portefeuilles ministériels à des nazis. En janvier 1933, la presse allemande titrait que la démocratie était sauvée. Parvenu au pouvoir, Hitler s'efforça de détruire cette démocratie en six mois, en posant le socle d'un totalitarisme particulièrement robuste où le parti nazi et l'État étaient désormais confondus, lui-même incarnant cette fusion par sa personne.

Il aborda la mollesse des démocraties occidentales face aux premières persécutions en Allemagne et à la rhétorique raciste et guerrière du Führer.

Il conclut son exposé en invitant les auditeurs à intervenir.

Et le silence s'installa, fréquent dans ce moment particulier d'une conférence, pensa François pour se consoler. Il fallait un premier audacieux. François avait bien constaté un relâchement dans l'assemblée pendant qu'il parlait, il savait qu'il n'était pas face à des étudiants prenant note du moindre mot, mais dans l'ensemble le public était resté assidu. Pourtant personne ne souhaitait intervenir. Ce flottement était propice à distiller un malaise.

Alors Alfred Rosenshark leva la main, et François lui donna la parole.

— D'abord, je tiens à remercier très vivement le professeur Lapierre pour cette brillante et passionnante entrée en matière. Je voudrais vous poser une question : peut-on considérer qu'Hitler s'est senti conforté dans ses analyses par les oppositions qu'il a déclenchées chez les communistes allemands ?

La question était intelligente, bien que tournée de manière inhabituelle, et Lapierre y répondit avec précision.

La salle ne décollait toujours pas. Pamela Erskine leva la main et posa une question, elle voulait revenir sur la Nuit des longs couteaux : comment comprendre l'imprévoyance des SA qui s'étaient laissés arrêter et massacrer comme des moutons ?

François réexpliqua ce point qu'il avait abordé dans son exposé, en ajoutant des éléments pour répondre le plus clairement possible à cette question.

Personne d'autre ne demanda la parole, ce qui ne semblait pas du tout affecter Rosenshark qui ne stimula à aucun moment ses collaborateurs. François Lapierre prit acte de cette désaffection. Son hôte se leva et donna le signal.

— Chers amis, remercions le professeur Lapierre pour sa remarquable contribution, et je pense que nos estomacs crient famine. Un repas frugal, je ne veux pas vous perdre en chemin, vous attend au bar de l'hôtel. Retour ici à 14 heures.

Comme un seul homme, les auditeurs se levèrent et se préparèrent à la dispersion. Pamela Erskine se dirigea vers l'orateur. François avait remarqué son attention soutenue pendant la matinée, il lui semblait qu'elle avait bu ses paroles, en maintenant sur lui ses yeux d'un bleu cobalt si intense. Elle s'approcha de lui et François eut le sentiment que c'était pour le réconforter.

— C'est le début, en réalité vous les intimidez, mais j'ai l'habitude de ce genre de séminaire et je peux vous dire qu'ils se sont montrés attentifs à vos propos, c'est le principal.

— Merci, Pamela, s'entendit dire François, qui l'appelait pour la première fois par son prénom. Pas de souci, il faut chauffer les troupes, les langues vont finir par se délier. Et puis ce sont finalement des thèmes connus. Merci pour votre question qui était très pertinente.

— Je dois vous le dire, j'ai adoré vous écouter, avoua-t-elle, sur le ton de la confidence, et François prit ce petit plaisir sans réfléchir.

— On va poursuivre à table, voulez-vous ?

— Bien sûr, dit-elle dans un sourire.

8

Lors de la séance de l'après-midi, François Lapierre évoqua la mise en place du régime concentrationnaire à partir de 1933 en Allemagne, avec l'ouverture du camp de concentration de Dachau, pleinement assumée par les nazis et qui fit l'objet d'un communiqué de presse signé par Heinrich Himmler, chef de la police de la ville de Munich, sept semaines après l'accession d'Hitler au pouvoir : « *Le mercredi 22 mars 1933, le premier camp de concentration sera ouvert dans les environs de Dachau. Il aura une capacité de 5 000 personnes. Nous avons pris cette mesure sans aucune hésitation et dans la conviction d'apaiser ainsi les inquiétudes de la population nationale et d'agir selon sa volonté.* »

Conçu comme un camp de redressement et de rééducation pour les égarés idéologiques allemands à écarter de la partie saine de la population, Dachau serait le premier d'une galaxie de camps et de prisons diverses qui allaient couvrir le territoire du Reich pour y interner tout ce que l'Allemagne comptait d'antifascistes, des communistes aux Témoins de Jéhovah, des syndicalistes aux prêtres antinazis.

— Bien, dit François, son exposé achevé, je vous donne la parole si vous avez des questions.

Une fois encore, le silence. Il n'y eut même pas de murmures gênés, de têtes baissées, la salle était amorphe, après avoir été pourtant attentive, et l'orateur songea que cette attention avait plutôt valeur de politesse élémentaire. Une seule main se leva, celle d'Alfred Rosenshark.

— Professeur, merci pour ce brillant exposé. J'ai une question qui me brûle les lèvres. Comme le suggérait le communiqué de presse, l'ouverture de Dachau fut conçue comme une mesure de salubrité publique. Estimez-vous que c'était pertinent de la part des nazis de mettre au point une politique de communication sur le sujet ?

— Votre question est très intéressante, monsieur Rosenshark. La communication en la matière avait deux objectifs : assumer cette grave décision prise par les dirigeants nazis, et faire peur à la population allemande.

Il développa plus avant son propos, se disant, à juste titre, qu'il n'y aurait pas d'intervention supplémentaire. On ne pouvait pas lui reprocher de ne pas y mettre du sien, et pour se rassurer, il songea à la vieille formule qu'adopte tout pédagogue voulant éviter l'asile psychiatrique : on peut emmener les moutons à la rivière, on ne peut pas les forcer à boire.

La journée de travail était terminée, François s'offrit une promenade sur la digue et sur l'estacade. La nuit tombait déjà, une fine pluie arrosait la côte, qu'un vent vif accompagnait dans les frappes de sa trajectoire. Le ciel qu'on devinait gris faisait corps avec la mer refroidie, formant cette patine terne qui nourrissait toutes les mélancolies. Au bout de l'estacade, François se retourna pour apprécier la longue guirlande de petites lumières allumées des immeubles de la digue, désertée, déjà assoupie, passive. Puis il s'appuya sur la barrière pour regarder le large et les clignotements des navires au loin se préparant à vivre leur nuit sur la mer du Nord.

Qu'est-ce qui cloche ? songea François, en passant en revue les épisodes de la journée, constatant le décalage entre son investissement et les résultats. Un séminaire devait générer des interactions entre les participants. Ici, il n'y en avait aucune, sinon quelques marques de politesse.

La mayonnaise n'avait pas pris.

Le soir venu, François se rendit au bar de l'hôtel pour se distraire. Il commençait à se demander ce qu'il était venu faire là, dans les brumes flamandes, et pourquoi son public avait sacrifié son temps et Alfred Rosenshark, son argent. Il ruminait ses idées noires quand son portable lui annonça l'arrivée d'un texto. C'était Laura. Il lui répondit dans la foulée.

C'est top ?

C'est d'un ennui profond.

Charlatan !

Et toi ?

**Je m'amuse comme une étudiante
qui vient d'avoir son bac.**

Menteuse !

Je t'aime !

Moi aussi !

Il avait à peine envoyé son dernier texto que Pamela Erskine surgit dans le bar. Particulièrement mise en valeur, elle était vêtue d'un jean coupe skinny, d'un fin caraco blanc sous une blouse en soie vert émeraude et de baskets Nike. On était loin du tailleur bon chic bon genre. Elle se dirigea vers sa table sans détour.

— Je peux ? dit-elle avec des effluves de *La Panthère* de Cartier comme argument massue.

C'était la deuxième fois que Pamela s'imposait à lui avec une question qui n'en était pas une.

François avait besoin de compagnie et il se dit que c'était le seul visage véritablement humain, qui plus est particulièrement agréable, qu'il avait côtoyé jusqu'ici, même si son hôte s'était montré très accueillant.

— Bien sûr, j'ai un moment de solitude à partager.

— Hum ! Je ne suis pas le genre consolatrice avec les garçons, mais j'ai l'impression que dans cette ambiance, n'importe qui ferait l'affaire.

— Détrompez-vous, je suis ravi de poursuivre notre conversation, si vous acceptez de ne plus jouer à l'accompagnatrice.

— Vous pensez ça ?

— Excusez-moi, mais au moins vous allez m'éclairer vraiment sur ce que je fais ici.

— Bon, d'abord je veux commander un verre, une piña colada, je turbine aux cocktails.

François appela le garçon et choisit pour sa part un Alexander, à base de cognac. Il savait déjà que c'était une mauvaise idée.

— Mais où sont vos collègues ? Je n'en reconnais aucun ici, remarqua François.

— Ils sont consignés dans leur chambre… Mais non, en fait, M. Rosenshark a profité de leur présence pour une réunion nocturne sur un tout autre sujet.

— Ce sont des bêtes de somme, et vous n'êtes pas avec eux ?

— Ce sont des employés dévoués, et je suis dispensée parce que, comme vous l'avez dit, j'ai le job de l'accompagnatrice dans cette affaire.

— Je suis désolé, je ne cherchais pas à vous offenser, répondit François, sincère.

— Ce n'est pas le cas, et c'est vrai en plus, c'est ma mission ici, mais OK, discutons à bâtons rompus. D'abord, je voulais vous dire que vous avez conquis une fan. Je croyais que les historiens étaient ennuyeux à périr, mais franchement vous êtes très bon dans votre domaine, et j'ai appris beaucoup de choses. J'aimerais avoir votre éloquence.

— Mais vous êtes la seule, vos collègues semblent totalement déconnectés.

— Ne soyez pas amer, ce sont deux univers qui se rencontrent de manière inhabituelle. Quand M. Rosenshark m'a parlé de ce séminaire, je vous avoue que j'ai eu des doutes, mais c'est le patron et c'est son côté paternaliste.

Ils discutèrent de leurs parcours professionnels respectifs, constatant qu'ils partageaient le même plaisir à évoluer dans des domaines qui leur convenaient, c'était une chance dans la vie. Une quatrième commande de cocktails venait de se matérialiser sous leurs yeux. Pamela Erskine tenait l'alcool comme un hussard, mais François, qui glissait dans une douce torpeur, alors qu'il se devait de combattre tous les stéréotypes dans son métier, ne put s'empêcher de se rappeler avec une certaine délectation qu'elle était Écossaise.

Le feu de la conversation, la complicité naissante, l'alcool, l'étrangeté de la situation, ce moment hors du temps avaient insensiblement provoqué leur rapprochement, au sens figuré, mais aussi propre du terme. Ils étaient assis côte à côte sur la banquette et Pamela Erskine s'était avancée vers François centimètre par centimètre. Leurs bras se frôlaient désormais dans la gestion des verres, la bouche pulpeuse de Pamela avait pris des allures de fruit couleur corail clair à faible portée de l'historien, et leurs regards croisés autorisaient des silences entre eux de plus en plus explicites. François et Pamela étaient en train de franchir la ligne rouge.

— Bon, c'est le vrai dernier, sinon demain, c'est moi qui vais dormir devant l'auditoire, dit François en contemplant son cocktail, dans un sursaut de conscience.

Mais la vraie raison était ailleurs, toute sage dans son appartement parisien.

— Tout juste, lui répondit Pamela, on n'est pas en vacances.

François fut presque déçu de sa réponse nette et sans ambages. Il se consola en se disant que demain, le chapitre sur la Shoah serait le gros morceau du séminaire.

9

François se leva très tôt pour prendre son petit déjeuner dès l'ouverture du restaurant afin de ne pas être importuné par des participants du séminaire, y compris Pamela Erskine. Il voulait être seul pour réfléchir et se concentrer avant d'aborder le thème le plus difficile de son programme, « Pourquoi la Shoah ? ».

Il cherchait à savoir comment mobiliser la petite troupe de ses auditeurs en traitant pareil sujet. Il mangea léger et prit plusieurs cafés, pour dissiper les fractions de brouillard qui avaient pour origine la soirée alcoolisée de la veille. Il s'avoua une fois encore qu'il n'aimait pas être ici, et ce sentiment n'était pas de nature à stimuler sa fougue d'orateur. Mais c'était un professionnel et il devait faire abstraction de ses états d'âme.

Il retourna dans sa chambre pour achever de se préparer et se rendit dans la salle de réunion juste à l'heure du début de session, pour constater que tout le monde était présent, pas de retardataires. Sur ce point, il ne pouvait pas nier l'extrême ponctualité des participants.

Il adressa un bref regard à Pamela Erskine et un salut courtois à Alfred Rosenshark assis au premier rang côte à côte. Au deuxième jour d'un séminaire, chacun avait déjà pris ses petites habitudes.

Il commença son exposé par une recommandation.

— Bonjour à tous, avant de commencer, je souhaiterais vivement vous entendre et que le débat s'engage après mon intervention cet après-midi. Il s'agit du cœur du programme et je serai très sensible à votre retour sur les questions qui seront développées dans un instant.

Il entama son exposé et fut brillant durant plusieurs heures réparties entre le matin et l'après-midi. Il aborda les premières mesures antijuives en Allemagne, la mise en place de la persécution raciale systématique, les lois de Nuremberg, la Nuit de cristal en décembre 1938. Il expliqua comment les étapes de l'exclusion étaient conditionnées par une rhétorique bien antérieure au nazisme, mais qui prenait toute sa force avec cette volonté de remodeler biologiquement la race humaine propre à l'idéologie d'Adolf Hitler.

La guerre précipita le sort des Juifs, en particulier à l'est de l'Europe, avec les ghettos, la Shoah par balle, les usines de mise à mort immédiate, comme Belzec ou Treblinka. La planification de cette mise à mort, de l'extermination totale des Juifs d'Europe, avait été achevée lors de la conférence de Wannsee en janvier 1942, dont François Lapierre précisa les tenants et les aboutissants. Il consacra un long chapitre aux chambres à gaz, les premiers essais avec les handicapés, puis leur fonctionnement à grande échelle. Il évoqua bien sûr le camp modèle, emblématique, Auschwitz, à la fois camp de concentration et camp d'extermination. Il conclut par un constat terrifiant : la lecture de l'interminable liste des noms, prénoms et dates de naissance des enfants de moins de seize ans victimes de la Shoah demandait une durée sans interruption de trois mois…

— Merci de votre attention, la parole est maintenant à vous.

C'est alors que ses derniers mots, contre toute attente, furent à nouveau suivis par un silence de mort…

François Lapierre avait beau scruter chaque participant, tous restaient de marbre. Il ne combattit même pas l'incompréhension qui devait se lire sur son visage et qu'il voulait présenter comme un stimulant, une invitation à l'échange… en vain. La résignation le gagna et il commença à ranger ses papiers.

Puis une main se leva, enfin celle d'un auditeur en milieu de salle, un homme élégant au regard perçant, teint hâlé et cheveux courts noir corbeau. François reprit sa contenance.

— Oui, Monsieur là-bas, je vous écoute.

— Je souhaiterais revenir sur un point sur lequel vous êtes passé rapidement. Il s'agit de l'Aktion T4 ou programme d'euthanasie de 1939 concernant l'élimination des handicapés pour des raisons génétiques et de coûts financiers pour la société allemande, une procédure voulue par Hitler en personne. Pour qualifier cette opération, Hitler fit usage du terme *Gnadentod*, ce qui peut se traduire, me semble-t-il, par « mort miséricordieuse », donc par pitié. Est-ce une marque de compassion d'Hitler en dépit de cette entreprise meurtrière ?

François fut proche d'être pris au dépourvu : non seulement la question était pointue, incongrue dans cette assemblée, sur un épisode qui avait fait avec ses prolongements plus de deux cent mille morts, mais elle était tournée pour instiller une polémique potentielle que l'historien se devait de déconstruire à l'avance.

— Il s'agit d'un mot dans la bouche d'un monstre, une autojustification comme n'importe quel criminel en série peut en trouver pour ne pas assumer l'abomination de ses actes. Le mot « euthanasie » qui sera aussi utilisé pour qualifier ce programme signifie abréger les souffrances d'un mourant par humanité. Nous ne sommes pas ici dans ce cadre, les parents des victimes, la société civile, l'Église même se sont élevés contre ce programme qui fut finalement officiellement interrompu. L'Aktion T4 illustre la cruauté du régime et sa volonté exterminatrice qui trouvera son plein développement avec la Shoah.

François avait à peine achevé sa réponse que son auditeur le relança.

— Sans doute, professeur, mais on ne peut nier un fait. C'est un médecin, Karl Brandt, qui, avec d'autres, a supervisé l'extermination des handicapés, en optant pour des méthodes comme la chambre à gaz ou l'injection létale, toujours utilisées aujourd'hui. Il y a quand même derrière ça l'idée philanthrope d'abréger les souffrances – c'est d'ailleurs aussi un médecin ami des Lumières et partisan de 1789, le docteur Guillotin, qui inventa la guillotine, pour accorder au condamné une mort moins douloureuse que celle admise dans les pratiques d'Ancien Régime.

À ce moment-là, Alfred Rosenshark se tourna vers son collaborateur, et François ne put distinguer quelle était la nature de sa réaction, mais quand il reprit sa position, François détecta chez lui les traces d'un reproche discret. François s'empressa de répondre à cette intervention en précisant que le rôle des médecins nazis pendant cette période avait pris une ampleur telle qu'ils avaient fait l'objet d'un procès spécifique après la guerre et qu'ils avaient été condamnés pour crimes contre l'humanité.

La séance achevée, François avait besoin d'un break. Il aborda Pamela Erskine, l'unique personne avec qui il avait noué un lien, et l'invita à prendre un café au bar de l'hôtel. À peine assis à une table, c'est Pamela qui entama la conversation.

— Vous voyez, ils commencent à se réveiller.

— C'est plutôt laborieux, et je vous avoue que l'intervention de votre collègue, la seule de la séance, m'a quelque peu désorienté.

— Les cadres supérieurs ont souvent l'esprit de contradiction et veulent passer pour plus tordus qu'ils ne le sont réellement. Celui qui est intervenu, Laurel Malkovich, est un type tout ce qu'il y a de plus sympa, il a juste voulu vous tester, je pense.

François songea que cette association du prénom et du nom avait quelque chose de curieux, et des références cinématographiques en pagaille lui vinrent spontanément en tête, d'autant qu'il appréciait énormément l'acteur John Malkovich, ainsi que Laurel et Hardy. Il revint à la conversation avec Pamela.

— En attendant, j'espère que M. Rosenshark est satisfait de l'expérience.

— Très. Il me l'a dit ce matin, il ne regrette aucunement d'avoir organisé cette rencontre. Demain c'est déjà le dernier jour, on s'envoie un petit cocktail d'adieu ce soir ?

François était las, il n'en avait pas la moindre envie, il voulait rentrer chez lui, retrouver son monde, mais il ne chercha pas à décevoir ou à accabler son hôtesse à l'encontre de qui il n'avait aucun reproche à formuler, au contraire. Il s'autorisa un petit mensonge.

— Écoutez, c'est très aimable à vous, mais je dois vous avouer que je n'ai pas achevé mon exposé de demain. Je sais, c'est honteux, mais j'ai été pris de court.

Il sentit que Pamela n'était pas dupe, mais qu'elle était aussi sans rancune.

— Pas de souci, vraiment, je crois que je vais aller tenter ma chance au casino ce soir. Cent euros à risquer, ça vous semble raisonnable ?

— Cela me semble parfaitement raisonnable.

10

— Bien, commença François, ce matin, il s'agit de notre dernier chapitre, qui va examiner comment la mémoire de la Shoah s'est construite après le procès de Nuremberg. Nous traiterons aussi de la question des responsabilités dans le génocide des Juifs d'Europe.

Curieusement, il sentit son auditoire plus éveillé, plus réceptif, et il fut particulièrement convaincant sur le sujet, qui concernait cette mémoire du génocide des Juifs dans la seconde moitié du XXe siècle jusqu'à nos jours, et avec lequel il était le plus à l'aise.

Quand il acheva son exposé, il fut récompensé par une salve d'applaudissements.

C'est alors qu'un petit miracle se produisit, sans doute l'effet typique du dernier jour d'une rencontre de cette nature. Les langues se délièrent, les questions fusèrent, la salle s'anima vraiment. Au demeurant, François se mit à douter de la sincérité des intervenants. Il soupçonnait Alfred Rosenshark d'avoir remonté les bretelles de ses cadres en toute discrétion, mais peu lui importait, le séminaire se terminait mieux qu'il n'avait commencé. La participation était telle qu'on déborda l'horaire prévu, et Pamela, sur injonction de son patron, ramena l'ordre dans l'assemblée en suggérant la traditionnelle ultime question.

Pamela Erskine lui donna les dernières consignes pour le remboursement de ses frais de transport, et Alfred Rosenshark l'embrassa pratiquement pour marquer sa satisfaction. Il sentit même un regard de bienveillance dans le chef de Laurel Malkovich, le cadre supérieur avec qui une polémique s'était esquissée.

François Lapierre, content de quitter Ostende, fut de retour à Paris en début de soirée.

Il retrouva une Laura qui était sur le départ, sa valise déjà prête : elle prenait le Thalys le lendemain tôt pour Liège. Après un dîner léger durant lequel François fit récit de son expérience sans insister vraiment sur sa déception, même si Laura n'était pas dupe, ils passèrent une nuit douce et amoureuse et malgré tout, François dormit mal, tracassé par ce séminaire maintenant derrière lui, mais dont il ne cernait ni les contours, ni la signification. Il avait beau se répéter que c'était son ignorance de ce milieu sociologique qui suscitait sa singularité à ses yeux, rien n'y faisait, quelque chose lui échappait. Il avait le sentiment d'avoir vécu un simulacre, même si cela n'avait aucun sens de l'envisager de cette manière. Il se réjouissait de retrouver les travées universitaires et finit par s'endormir sur cette pensée rassurante.

Son compagnon dormait toujours quand Laura Zante se leva, prête à accomplir à son tour sa curieuse mission. Elle avait du temps devant elle, mais préférait boucler l'un ou l'autre dossier avant de partir. Elle avait préparé des notes sur différents aspects d'une question de cette nature, le rapatriement d'un soldat mort après des décennies. Elle se demandait ce que le général John Marshall Bedford lui réservait comme surprise. Quelles étaient ses motivations profondes ? Elle se réjouissait déjà de rentrer à Paris, de retrouver François, l'homme avec qui elle adorait partager toutes les choses de la vie. Elle revint un instant dans la chambre pour le regarder dormir. Elle aimait cet homme, vraiment.

De retour dans la cuisine, elle se prépara un thé et colla un Post-it sur le frigo, sur lequel elle écrivit en souriant : « *Warning, no trespassing* », en l'illustrant d'une tête de mort plutôt comique.

De toute façon, elle savait que François allait en profiter en catimini, dès ce midi paria-t-elle, et elle misa sur un plateau de fruits de mer, royal de préférence, arrosé d'une bouteille de vin blanc pour lui tout seul. Elle n'ignorait pas qu'il aimait bien de temps à autre manger en solitaire. François Lapierre considérait que c'était une forme de méditation transcendantale.

Alors elle colla un deuxième Post-it sous le premier, avec la mention : « *L'Écailler du bistrot, rue Paul-Bert, ils sont divins* ».

Sa valise était déposée dans le couloir devant l'entrée, Laura était prête, en manteau et petit bonnet de laine, elle n'avait rien oublié. Elle franchit la porte de l'appartement sans faire de bruit, puis s'arrêta, comme si elle avait omis quelque chose. Elle posa sa valise sur le palier et revint dans l'appartement, se rendit une nouvelle fois dans la cuisine, et colla sur le frigo un troisième post-it : « *Ti amo* ».

11

Laura débarqua à Liège à la monumentale gare des Guillemins conçue par le célèbre architecte espagnol Santiago Calatrava. Impressionnée par l'immense coquille de verre qui la couvrait, l'historienne chercha d'abord les taxis. C'était la première fois qu'elle venait dans cette ville et elle arrivait un jour avant le général Bedford pour s'acclimater à l'environnement et rencontrer Jean Magnette, un collègue et ami de François à l'université de Liège. Celui-ci avait aimablement répondu présent pour préparer le terrain avec elle.

Son taxi l'amena en quelques minutes à l'hôtel Van der Valk, situé en bord de Meuse à l'entrée du charmant parc de La Boverie, à côté d'un Palais des congrès qui aurait mérité un sérieux rafraîchissement, pensa-t-elle. Un peu excentré, cet hôtel tout récent et très confortable avait été choisi par le général Bedford, car la liaison routière avec le cimetière militaire de Neuville-en-Condroz était plus directe et permettait d'éviter de traverser le centre-ville perpétuellement encombré, en particulier aux heures de pointe. C'est dans ce cimetière que reposait le soldat William Harrison Bedford, le grand-père du général, le corps à rapatrier.

Laura s'installa dans sa suite avec vue sur le fleuve paisible.

C'est alors qu'elle reçut un appel téléphonique, c'était Jean Magnette.

— Je suis affreusement gêné madame Zante, nous n'allons pas pouvoir nous rencontrer cet après-midi : une réunion de département « d'extrême urgence » me tombe dessus, vous savez ce que c'est.

Laura savait, l'université était une galaxie où s'appliquaient partout les mêmes lois universelles.

— Mais nous pouvons nous voir tantôt.

Laura eut un doute : ça voulait dire avant ou après le rendez-vous prévu ?

— Excusez-moi, on se verrait quand ?

— En fait, je vous propose de souper ensemble, pour vous accueillir dignement en terre liégeoise et pour un briefing sur mes compatriotes. Je passerai vous prendre à l'hôtel à 19 h 30.

Laura se dit que si les Belges soupaient à 19 h 30, ils dînaient à l'heure du thé ! Mais surtout, elle était mal à l'aise. C'était stupide, mais elle ne pouvait plus imaginer un dîner en tête-à-tête, même professionnel ou amical, avec un autre homme que François. Fondamentalement fidèle en amour, elle avait François dans la peau et en était particulièrement heureuse. Elle n'avait connu que deux hommes dans sa vie et celui-ci était vraiment le bon. Personne ne la croyait jamais sur ce point, tant elle était sublimement belle et désirable – comme si la beauté devait exclure les sentiments profonds. Elle s'était habituée à considérer comme idiot ce genre de préjugé à son égard, après en avoir beaucoup souffert.

— D'accord, finit-elle par lâcher.

Jean Magnette, percevant peut-être son malaise, s'empressa d'ajouter une précision :

— Si vous n'y voyez pas d'inconvénient, je viendrai avec ma femme, Delphine, elle présente la particularité d'être historienne et neuropsychologue, elle adore l'Italie et est la nièce du cuisinier du Moulin à poivre, notre restaurant de ce soir.

— Avec plaisir ! répondit Laura, soulagée.

— En attendant, je vous invite à découvrir Liège, vous saurez tirer facilement votre plan.

— D'accord, merci, fit Laura, sans avoir vraiment compris ce qu'il voulait dire.

« Savoir tirer son plan » ? Drôle d'expression. François ne lui avait pas expliqué qu'il fallait parler le belge pour se débrouiller ici.

Laura consacra une partie de son après-midi à visiter Liège, au gré de son école buissonnière.

Le restaurant Le Moulin à poivre était situé sur les hauteurs de Seraing, la ville autrefois de forges et d'acier que Laura connaissait à travers l'histoire de la Révolution industrielle. Dès l'entrée dans l'établissement, ils furent accueillis à bras ouverts par Carole, la maîtresse des lieux, la flamboyante épouse du restaurateur. Ces précisions lui furent apportées sur le moment par Delphine, qui fit les présentations. Le fait que Laura soit italienne ajouta une touche chaleureuse à cet échange.

Ils furent confortablement installés à table par Grégory, le maître d'hôtel, dans ce restaurant élégant aux couleurs chaudes et l'historienne méditerranéenne se sentit tout de suite chez elle. Le malaise qu'elle pressentait subir durant cette soirée s'évapora en un instant, d'autant que le couple de Liégeois qui l'invitait étaient de braves personnes.

Laura opta pour un carpaccio de canard landais au basilic et huile d'olive, puis un filet de bar rôti. Elle se délecta dès les premières bouchées, tandis que la conversation roulait sur les sujets les plus divers. Puis le ton changea.

— Je dois vous informer d'une chose, dit Jean Magnette, dans votre affaire, la situation n'est pas si simple. Voici un article de journal dans lequel les difficultés auxquelles vous devez vous attendre sont évoquées. Dans le cadre d'un programme d'adoption de tombes, je vous passe les détails, la classe d'une école de la localité a adopté celle de votre soldat. Les choses se compliquent si l'on sait qu'une élève de cette école, à l'initiative de la démarche d'ailleurs, fait partie d'une famille qui revendique, comment dire, un lien particulier avec le soldat Bedford.

— Un lien particulier ? répéta Laura.

— Un lien familial, lié aux événements de 1944, mais je n'en sais guère plus. Je crois que vous devez informer le général de cette situation, s'il l'ignore, et y aller, disons, avec des pincettes. Vous pouvez conserver l'article.

— Merci de m'avoir prévenue. Je veillerai à en savoir plus demain matin, je rencontre le général. La translation du corps est dans quatre jours. On y verra plus clair d'ici là.

— Je l'espère, dit Delphine, les gens sont têtus ici, parfois même un peu bornés.

— À propos des gens d'ici : je me suis promenée dans la ville aujourd'hui, et je voudrais comprendre un terme qui m'échappe. Je vous le répète de mémoire et sans doute maladroitement, mais par trois fois dans la rue on m'a appelée comme ça, c'est « Ouftèkeenbichtè ». Je me demandais ce que cela signifiait ?

À ce moment-là, la femme de Jean Magnette éclata de rire, elle ne pouvait plus se contrôler. Le temps qu'elle s'apaise, Jean Magnette prit l'initiative.

— En fait, *oufti* est du liégeois intraduisible, il marque une exclamation positive ou négative selon les circonstances. La suite fait référence à une biche, dans ce qu'elle a de joli, si je puis dire, donc c'est, disons, un compliment.

Delphine avait récupéré un peu, elle ajouta son grain de sel.

— Les Liégeois sont souvent exubérants, nous sommes la dernière métropole latine du nord de l'Europe, donc nous sommes très latins, sudistes si vous voulez.

— Je connais, répondit Laura, qui venait de prendre sa première leçon de liégeois.

Au moment du dessert, Jean Collette, le cuisinier, vint saluer la tablée. Laura le trouva immédiatement sympathique et insista pour qu'une photo soit prise par Grégory, réunissant les trois convives et le couple qui les accueillait dans son restaurant. Sûr que cela susciterait l'intérêt de François.

Rentrée à l'hôtel, elle envoya un texto à son compagnon.

Je suis vannée, mais j'ai mangé comme une reine, les Liégeois ont le sens de l'accueil. Tout le monde est très gentil avec moi ici, sais-tu. Oui, ils disent « sais-tu » à tout bout de champ :). Écoute, ou plutôt lis, il y a une embrouille dans cette affaire avec le soldat Bedford. Je t'en dirai plus demain.

François, qui lisait le texto, se demanda pourquoi même les scénarios simples ne se déroulaient jamais comme prévu. Il écrivit une brève réponse à Laura.

Dors bien ma belle, ne t'énerve pas. Tout est OK ici, sauf ton absence.

12

Le général John Marshall Bedford et son fils Tom étaient arrivés dans la nuit à l'hôtel Van der Valk. La rencontre avec Laura Zante était prévue au petit déjeuner à 8 h 30. Comme toujours, Laura était ponctuelle, et le général aussi. Ils arrivèrent au même moment dans la salle de restaurant. Ils se présentèrent avec courtoisie l'un à l'autre et Laura salua Tom, un adolescent plutôt taciturne, mais c'était de son âge. À peine assis, leurs assiettes comblées par les ressources du buffet, le général Bedford entra dans le vif du sujet.

— Madame Zante, d'abord je vous remercie d'avoir accepté cette mission, et voici l'enveloppe qui contient vos émoluments. Voici aussi un topo avec les horaires des prochains jours et les personnes que nous allons rencontrer. Vous y trouverez aussi mon numéro de portable privé.

Laura prit les documents et l'enveloppe qui renfermait les mille dollars prévus pour sa collaboration. Elle considéra d'emblée qu'informer le général sur les réticences belges faisait partie de sa mission, comme l'avait qualifiée son employeur de circonstance.

Laura adapta son langage en fonction de son interlocuteur, elle était d'humeur plutôt taquine.

— Merci Général. Puisque nous développons la préparation des opérations, je me dois de vous informer du contenu d'une conversation que j'ai eue avec un collègue belge. Il y a des réticences locales et, comment dire, explicites, à votre démarche. Le saviez-vous ?

— Ma foi, l'attaché d'ambassade m'en a parlé brièvement, mais j'ai la loi pour moi, et je ne compte pas m'éterniser ici. Si l'antiaméricanisme primaire de certains autochtones veut s'exprimer dans cette affaire privée, qu'il s'exprime, je n'en ai cure. Nous avons l'habitude d'être méprisés par ceux que nous avons sauvés.

Laura trouva le général assurément expéditif et se dit que c'était dans sa nature.

— Il me semblerait plus judicieux, général, si je puis me permettre d'écouter ces… autochtones pour tenter de résoudre cette crise potentielle de manière constructive.

— Écoutez, je n'ai pas dépensé des sommes folles, franchi une montagne de difficultés administratives, et dix mille kilomètres pour, au dernier moment, faire face, en baissant les yeux, à une vindicte populaire irrationnelle dictée par l'ingratitude d'ignorants.

Laura songea que c'était sans appel, mais elle voulait en savoir plus, tandis que Tom ne paraissait pas solidaire des propos de son père.

— Général, je suis historienne, j'ai besoin de revenir aux sources pour comprendre, et intégrer votre motivation. Puis-je savoir pourquoi vous tenez absolument à rapatrier son corps ?

Le général lui répondit sur un ton ferme.

— Madame Zante, je ne pense pas que la réponse, qui est d'ordre personnel, soit de nature à influer sur votre mission. Nous allons ce matin rencontrer la maire de Neuville-en-Condroz pour les derniers détails pratiques. J'ose croire que vous argumenterez en ma faveur, et avec l'objectivité que l'on prête aux historiens, si les choses devaient se compliquer. Sachez néanmoins que ce qui rend légitime ma démarche par-dessus tout, c'est ce que disait George Washington : « Vous ne cessez pas d'être un militaire américain parce que vous êtes mort. » Et la place d'un militaire américain, quand il n'est pas en opération, c'est le sol de sa patrie.

Le petit déjeuner terminé, ils gagnèrent le Range Rover de location parqué devant l'hôtel, et la journée commença sur les chapeaux de roues. Après avoir longé les quais, et atteint Angleur, ils empruntèrent la route du Condroz qui les mènerait directement à leur destination, la maison communale, comme on la qualifiait en Belgique, de Neupré, dont dépendait la section de Neuville-en-Condroz, soit une quinzaine de kilomètres à parcourir. Le voyage fut plutôt silencieux, un malaise s'était installé, et Laura pestait contre elle-même quant à son incapacité à maîtriser la situation.

Ils furent accueillis par Sophie Dubois, la bourgmestre de Neupré, ainsi qu'on désigne le maire en Belgique, une femme joviale qui les invita à entrer dans une salle de réunion dans laquelle deux autres femmes étaient présentes. L'une était Géraldine Uwamaliya la professeure d'histoire dont la classe avait adopté la tombe du soldat Bedford, et l'autre Jeanne Colbert, la maman de Lisa, l'adolescente qui était à l'origine de cette adoption. Laura se doutait que le général allait se sentir pris au piège et qu'il allait manifester son irritation, elle se dit aussi que quatre femmes face à un homme, ça pouvait le faire. C'est la bourgmestre qui mena la discussion.

— Bien, merci à tous et à toutes d'être là. J'ai tenu à cette rencontre mon général…

— On ne dit pas « mon » général. Je ne suis pas un officier supérieur de l'armée belge et vous n'avez pas fait votre service militaire au terme duquel vous ne seriez qu'en congé illimité. C'est général ou monsieur Bedford, s'il vous plaît.

L'atmosphère dans la pièce s'était subitement refroidie, mais Sophie Dubois en avait vu d'autres en pratiquant la politique locale depuis vingt ans.

— Général, si nous sommes réunis ici, c'est pour que vous puissiez en toute connaissance de cause prendre conscience de la carte du tendre.

— La carte du tendre ? C'est quoi cette expression féministe ? Je vous prie d'aller au fait, je ne suis ici que pour les derniers détails.

Instinctivement, les quatre femmes présentes furent solidaires dans l'adversité, et elles communiquèrent en silence mieux que si elles avaient été des fourmis s'effleurant les antennes. Même Laura, le cul entre deux chaises, ne résista pas à esquisser un sourire en faveur de la bourgmestre. C'est à ce moment-là que Jeanne Colbert intervint.

— Monsieur Bedford, je suis la maman de Lisa. C'est une jeune fille de treize ans, vive et intelligente, passionnée aussi. Elle a convaincu ses camarades de classe d'adopter la tombe de votre grand-père parce qu'elle est très sensible à la mémoire. C'est étonnant cette maturité pour son âge. Mais elle le fait avec une sincérité déconcertante. De plus, un événement relie directement votre grand-père à ma famille…

— Moi aussi, répliqua le général, interrompant Jeanne Colbert, un fameux événement nous relie : c'est le père de mon père.

La prof d'histoire de Lisa intervint à son tour. Laura comptait les coups.

— Je confirme les propos de Mme Colbert. Lisa est une élève comme on en rencontre peu. Le programme d'histoire offre cette possibilité d'adopter une tombe de soldat américain, c'est-à-dire de participer à l'entretien de sa mémoire, lors des commémorations notamment, et cela permet de développer chez les jeunes une sensibilité au passé collectif moins impersonnelle, vous voyez ?

— Parlons du passé, chère Madame. La bataille des Ardennes est l'événement le plus meurtrier de l'histoire des États-Unis, il illustre le sacrifice consenti par une nation lointaine pour sauver l'Europe de la pire barbarie de l'histoire. Mais vous ne pouvez pas comprendre, sauf votre respect, puisque vous êtes africaine et que vous n'avez pas connu ça là-bas.

Géraldine Uwamaliya était devenue grise, mais elle garda son sang-froid.

— Je suis d'abord professeure d'histoire dans l'enseignement secondaire. Ensuite, sachez que l'Afrique n'est pas un pays général, je suis rwandaise…

Le malaise était maintenant palpable, il ne sortirait plus rien de bon de cette discussion. Laura décida d'intervenir.

— Écoutez, nous avons du temps devant nous. Général, demain nous sommes samedi, j'avais prévu de vous emmener découvrir les lieux de mémoire liés à la bataille des Ardennes. Je propose que Mme Colbert soit du voyage, pour faire connaissance, et que Lisa nous accompagne aussi.

Laura avait détourné le regard vers Tom, complètement ignoré par tous dans cette conversation.

— Je suis d'accord, répondit Jeanne Colbert, je vous propose de prendre ma voiture, je connais bien les lieux, je serai votre guide, dit-elle en souriant, malgré tout, au général.

Ce dernier n'était pas totalement borné et il accepta la proposition de médiation. Après tout, il avait bien prévu de se rendre sur les sites de la bataille ce week-end.

La séance fut levée. La bourgmestre manifesta sa satisfaction pour ce dénouement provisoire. Seule Géraldine resta silencieuse, blessée, et Laura se rapprocha d'elle.

— Je suis vraiment désolée, dit Laura.

— Comment pouvez-vous servir un type pareil ?

— Je dois vous avouer que je ne savais pas dans quoi je m'embarquais en venant ici, mais je pense que le dialogue peut faire avancer les choses, vous ne croyez pas ?

— C'est ce que je répète tous les jours à mes élèves, je ne vais donc pas vous donner tort, répondit Géraldine Uwamaliya en esquissant un léger sourire, dont l'amertume n'était néanmoins guère dissimulée.

Au retour, Laura, le général et son fils s'arrêtèrent au cimetière de Neuville-en-Condroz, pour découvrir un espace vert parfaitement entretenu et couvert par 5 329 croix blanches et des étoiles de David. Un mémorial impressionnant en calcaire anglais de Whitbed, rehaussé sur sa façade d'une aigle américaine de cinq mètres de haut, dominait le site. Les trois visiteurs se recueillirent un instant face à la puissance de cette mémoire.

Qui aurait pu croire qu'un endroit pareil pouvait être source de polémique ?

Le sujet était pourtant sensible. En 2003, alors que les États-Unis étaient en froid avec la Belgique qui refusait de suivre aveuglément George W. Bush sur le sentier de la guerre, l'élue de Floride au Congrès, Ginny Brown-Waite, avait déposé une proposition de loi pour rapatrier tous les corps de soldats américains inhumés dans les cimetières en Belgique. Cette terre wallonne, plus que toute autre, avait bu le sang des GI. Sur les vingt-cinq cimetières gérés par l'American Battle Monuments Commission dans le monde entier, trois se trouvaient en Belgique.

Dont deux rien qu'en province de Liège.

13

Le moteur du 4x4 de Jeanne Colbert tournait au ralenti, en attente sur le parking de l'hôtel Van der Valk. La robuste cinquantenaire, postière chez BPost, une mère de famille que la vie n'avait manifestement pas épargnée, attendait ses passagers avec une certaine appréhension. Sa fille Lisa, à l'arrière du véhicule, n'en menait pas large non plus. Elle avait pris la mesure de l'enjeu de l'excursion.

Elles furent rejointes par Laura, complice, qui se mit à l'arrière, en compagnie de Lisa. Cette dernière observa l'historienne du coin de l'œil. Bientôt le général en tenue décontractée et son fils pénétrèrent dans le véhicule, Bedford étant contraint de s'installer sur le siège passager, première petite victoire de Laura.

Ils prirent l'autoroute E25 qui devait les mener à Bastogne en une heure, à travers la forêt des Ardennes. Au fil du chemin, les paysages devenaient majestueux et l'atmosphère se détendit naturellement. Lisa et Tom étaient branchés chacun sur leur smartphone, mais de temps à autre ils se taquinaient en se montrant quelque chose sur leur appareil et rigolaient en douce. Laura était fascinée : ils dialoguaient sans parler, grâce aux images qu'ils s'échangeaient.

À l'avant, les deux chefs de famille étaient au moins solidaires par leur situation familiale, ils étaient parents d'ados. Ils entretenaient une conversation certes convenue, mais le général savait s'offrir des traits d'humour ; en tout cas il était plus courtois et moins sur la défensive que la veille.

— Et il y a un M. Colbert ? osa John Marshall Bedford.

— Parti, une plus jeune, déclara spontanément Jeanne Colbert, qui, pour ne pas mettre mal à l'aise le général, lui posa la même question.

— Et il y a une Mme Bedford ?

— Partie aussi, 11 Septembre.

— Je suis désolée, répondit Jeanne, sincère.

— Je suis désolé aussi pour vous. Excusez-moi, mais il vaut mieux perdre un imbécile que de le garder sous son toit.

Le trait était tellement inattendu que Jeanne Colbert éclata de rire.

— Excusez-moi à mon tour, mais vous alors, vous savez parler aux femmes !

John Marshall Bedford esquissa un sourire. Au moins ils communiquaient, se dit Laura.

Le général Bedford était attentif aux panneaux routiers, et aux noms mentionnés sur les sorties, vers Malmedy, vers Houffalize, vers Foy, des lieux qui résonnaient dans sa mémoire, et enfin, vers Bastogne, dont le nom était connu de tous les petits Américains, ils l'apprenaient à l'école. Même Tom fut troublé, et Lisa apprécia. Elle donna un coup de coude à Tom, pour lui montrer une photo datant de la Deuxième Guerre mondiale sur son smartphone. Un groupe de jeunes soldats américains, épuisés, mais souriants, posaient en tenant un drapeau à croix gammée en lambeaux. Tom prit spontanément le smartphone de Laura et le tendit à son père, qui regarda cette image du passé avec émotion, les traits concentrés. À son tour, Laura regarda cette photo, elle symbolisait à elle seule le sacrifice et l'enjeu de cette guerre, de cette bataille.

Bientôt le Mardasson fut annoncé, le gigantesque mémorial de la bataille des Ardennes, avec son remarquable Bastogne War Museum. Nul doute qu'ils avaient atteint leur destination.

Et pourtant la voiture poursuivit son chemin. Le général était surpris.

— On ne s'arrête pas ici ?

— Non, on ne s'arrête pas, déclara simplement Jeanne Colbert.

Ils n'entrèrent pas dans l'agglomération de Bastogne, mais continuèrent à rouler quelques minutes. Même Laura était perturbée, mais ne voulait surtout pas le manifester. Qu'est-ce que Jeanne Colbert avait derrière la tête ?

La voiture s'engagea sur le parking d'un complexe de bâtiments blancs, l'hôpital de Bastogne.

— Que venons-nous faire ici ? demanda le général Bedford.

— Accordez-moi encore quelques instants, répondit Jeanne Colbert.

Ils gagnèrent le bâtiment central et se dirigèrent vers le service de gériatrie. Jeanne Colbert connaissait les lieux comme sa poche et était manifestement une habituée aux yeux du personnel médical. Ils entrèrent sans cérémonie dans une chambre anonyme. Sur le lit était couchée une dame très âgée, qui ne réagit guère à cette intrusion. Jeanne ne fit pas les présentations et s'adressa directement au groupe.

— Il s'agit de ma grand-mère, Lucie Calvet, elle a quatre-vingt-douze ans et est atteinte par la maladie d'Alzheimer. Elle ne communique pratiquement plus que par bribes. Quand elle avait dix-sept ans, en décembre 1944, elle a passé une nuit d'amour, une seule, pour fuir les horreurs de la guerre, avec le soldat William Harrison Bedford.

Le général Bedford était sidéré, Laura et Tom aussi. Lisa savait déjà.

— N'hésitez pas général, allez saluer celle qui est peut-être la dernière personne à avoir des souvenirs heureux de votre grand-père, si tant est qu'ils ne soient pas disparus à tout jamais.

John Bedford s'approcha du lit, observa le visage ridé et maigre de la malade dont les yeux pétillaient encore. Elle le regarda longtemps et soudain, contre toute attente, se mit à parler.

— Mais c'est toi, William ! C'est toi, tu es toujours aussi beau, William, je savais que je te reverrais dans une autre vie…

Bedford était bouleversé, il ne s'attendait pas à vivre ce moment hors du temps, où la confusion ramenait les êtres présents à un essentiel.

La vieille dame referma les yeux, elle était comme satisfaite de sa vision. De nouveau, plus rien n'existait pour elle que son éloignement du monde.

Ils sortirent tous de la chambre et marchèrent dans le couloir, dans un silence qui fut brisé par Jeanne Colbert.

— Ça aussi, c'est la mémoire, monsieur Bedford.

Après l'hôpital, ils se rendirent au Mardasson, puis reprirent la route de Liège. L'atmosphère dans la voiture était pesante et la conductrice s'efforça de l'alléger avec de la musique de Mozart, alors que le soir tombait déjà sur l'immense forêt des Ardennes.

À mi-chemin, Jeanne Colbert chercha à détendre l'ambiance.

— Bon, vous êtes mes invités pour le souper, je vous ramène chez nous manger à la bonne franquette un boulet frites. Vous ne connaissez pas, vous allez découvrir.

Heureusement le général ne refusa pas la proposition. Laura se dit qu'il voulait en savoir plus sur cette histoire, et que Jeanne Colbert menait bien sa barque : une émotion à la fois.

La maison des Colbert était modeste et sympathique, ils furent accueillis par Paprika, une jeune chienne joyeuse. Ils s'installèrent dans le salon, Lisa et Tom s'asseyant spontanément dans le même canapé.

Pendant que sa mère préparait le repas, Lisa en profita pour mettre le grappin sur Laura, adoptant d'emblée le tutoiement.

— C'est vrai que tu es historienne ?

— Oui, répondit simplement Laura.

— C'est le métier que je veux faire plus tard, j'adore l'histoire, tu as de la chance.

— Oui, j'aime mon métier, il faut être passionné pour être historien, et si c'est ta vocation, je te souhaite de réussir.

— Enfin quelqu'un qui me dit que c'est un bon plan ! Mais bon, tu es du métier aussi. La plupart des gens me regardent avec des yeux bizarres quand je leur dis ça, il y en a même qui ne savent pas que c'est un métier.

— Tu t'habitueras à ce genre de chose. Cultive tes passions, c'est le meilleur conseil qu'une vieille comme moi peut te donner.

— T'es tout sauf vieille, toi. J'aimerais bien être aussi belle que toi plus tard, mais j'ai des doutes, je pense que je resterai un laideron toute ma vie.

— Mais tu n'as rien d'un laideron, voyons, tu as treize ans, laisse-toi pousser un peu.

Ils passèrent à table et commencèrent à déguster le plat national liégeois. L'Italienne comme l'Américain furent conquis, la sauce lapin des boulets était particulièrement délicieuse, les frites, croustillantes à souhait, et arrosé à la bière blonde fraîche, le mets était exquis.

— Madame Colbert, dit le général, pourriez-vous m'en dire plus sur la rencontre entre votre grand-mère et mon grand-père ?

Il était évident que la question lui brûlait les lèvres.

— Lisa, veux-tu montrer tes albums sur la bataille des Ardennes à Tom ?

— Bien sûr maman.

La complicité entre Lisa et sa mère était palpable. Ils quittèrent la table et Laura sentit que Tom appréciait cette situation.

— Bon, Général, dit Jeanne, je crois qu'il est temps que vous sachiez certaines choses.

14

— Ma grand-mère habitait une petite ferme isolée. Un soir, dans le chaos engendré par l'offensive von Rundstedt, son père s'était rendu au village où ils habitaient, il ne revint jamais, exécuté comme d'autres civils par les Allemands. Ma grand-mère, Lucie, ignorant la tragédie, était donc seule, sa mère séjournant à Liège à ce moment-là.

Alors qu'elle était sortie brièvement de la maison, elle fut surprise par un soldat allemand en perdition qui la brutalisa. Et c'est ici que votre grand-père intervient. Il était dans les parages, en perdition lui aussi, comme tant de soldats, mais il porta secours à Lucie et tua le soldat allemand. Ces deux êtres se retrouvèrent à passer la nuit dans la ferme, et ils s'aimèrent.

— C'est une histoire romanesque. Avez-vous seulement une preuve de ce que vous avancez? demanda Bedford, tout à coup sur ses gardes.

Jeanne se leva pour prendre une vieille lettre dans un tiroir de la commode, et la tendit au général qui se mit à lire.

Ma tendre Lucie, tu dors encore, je dois rejoindre mon unité, c'est mon devoir. Je ne veux pas te réveiller, alors je t'écris cette lettre.
Cette guerre nous rend fous et nous fait vivre des folies, mais parfois ce sont de bonnes folies. Tu m'as fait vivre quelque chose d'inoubliable. On ne se connaît pas et pourtant j'ai l'impression d'avoir vécu cent ans avec toi. Tu resteras toujours dans mon cœur.
Comme je te l'ai dit dès qu'on s'est parlé, je suis marié et j'ai un petit garçon qui m'attend au pays, je me bats pour eux aussi, je veux les revoir et continuer ma vie, et j'espère que tu continueras la tienne dans un monde libre et en paix. Tout fut si intense, tout fut si bref, sache qu'une partie de mon cœur restera toujours ici, et jusqu'à ma mort je penserai à toi.
En souvenir, je te laisse cette petite boîte avec un peu de terre du Montana où je suis né. C'est mon porte-bonheur depuis le débarquement de Normandie. Mais je m'en sépare, pour qu'elle te porte bonheur à ton tour, et que tu survives à l'horreur de cette guerre.
Je n'ai pas peur de dire que je t'aime en te disant adieu.

Le général était sincèrement touché. Le petit garçon mentionné dans la lettre était son père. Jeanne Colbert ne lui laissa pas de répit.

— Le lendemain, William fut tué au combat. Ma mère ne le sut pas, bien entendu, personne ne pouvait faire le lien entre eux. J'ai mené mon enquête, je sais qu'il a été tué ce jour-là, mais je ne connais pas les circonstances de sa mort.

Un silence se fit à table, un recueillement. En effet, personne ne savait comment était mort le soldat William Harrison Bedford, personne ne savait que son peloton, envoyé en éclaireur, s'était dispersé en tirailleurs dans la clairière d'un sous-bois. Personne ne savait qu'une mitrailleuse allemande dissimulée sur leur flanc les avait pris pour cible. Personne ne savait que ces hommes étaient tous tombés les uns après les autres et que la mitrailleuse avait continué à tirer pour ne pas s'encombrer des blessés. Personne ne savait que le soldat Bedford en tombant dans la neige en avait saisi une poignée, et que ses derniers degrés de chaleur humaine vivante l'avaient fait fondre en gouttes d'eau, bien vite retournées au gel.

Dans le salon de la maison des Colbert, Lisa et Tom commençaient à parler ensemble, comme ils pouvaient. Le français de Tom et l'anglais de Lisa étaient rudimentaires, mais ils se parlaient, et dans ce genre de circonstances, les mots dits ont plus de valeur, plus de poids.

Lisa entendit sa mère l'appeler, elle les réclamait à table pour le dessert, qu'ils mangèrent dans une ambiance étrange, sans véritable gaîté, mais sans froideur non plus. Lisa se leva et disparut, pour revenir avec quelque chose dans la main, une petite boîte qui contenait de la terre. Futée comme un petit renard, elle avait deviné le contenu de la discussion que sa mère venait d'avoir.

— Tom, je crois que cela te revient, lui dit-elle en lui remettant la boîte. Ton père t'expliquera.

Et, pour la première fois, Laura vit le général Bedford baisser les yeux.

Ils rentrèrent à l'hôtel en taxi malgré la proposition renouvelée de Jeanne Colbert de les reconduire à bon port. Ils ne parlèrent pas pendant le voyage.

Une fois qu'ils furent arrivés à l'hôtel, dans le hall, avant de se séparer pour la nuit, le général Bedford s'adressa à Laura sur le ton de la confidence.

— Madame Zante, je sais, ces gens sont charmants, et votre rôle est très inconfortable dans cette affaire, j'en ai conscience, car je sais de quel côté penche votre cœur. Mais je dois vous dire que je ne changerai pas d'avis. Demain dimanche je dois avoir une conversation téléphonique avec la maire pour régler les derniers détails et lundi, la translation des restes aura bien lieu. Je tenais à vous le dire maintenant pour dissiper toute ambiguïté.

Laura n'en pouvait plus.

— Mais pourquoi cet acharnement de votre part, Général, pourquoi ? Je crois que je mérite une explication, parce que, en effet, je suis en train de vivre un enfer et que cette histoire me bouleverse plus que de raison.

— Bon, écoutez, retrouvons-nous au petit déjeuner, on parlera, après vous aurez quartier libre jusqu'à lundi.

Laura pensa que, décidément, avec lui, on ne sortirait jamais des métaphores militaires.

L'historienne regagna sa chambre, elle s'assit au petit bureau pour rédiger un courriel à François, elle avait besoin de se confier. Alors que son PC s'allumait, Laura songea à la parole de Shakespeare dans *Macbeth* : « *la mémoire est la sentinelle de l'esprit* ». Elle illustrait bon nombre d'initiatives mémorielles publiques pour insister sur l'importance de combattre l'oubli de tragédies du passé. Elle évoquait si bien l'enjeu de la mémoire. Et pourtant, comme toujours, Shakespeare n'était pas le plus grand écrivain anglais pour rien, et ses traducteurs n'étaient pas les moins audacieux, car le dramaturge avait utilisé le mot *warder... of the brain*, traduit par *sentinelle* en français, mais qui signifie aussi le gardien de prison, le *geôlier.* La citation prenait alors un sens tout différent : « *la mémoire est le geôlier du cerveau* »...

Là résidait toute l'ambiguïté de la mémoire, et Laura avait le sentiment d'y avoir été confrontée de plein fouet lors cette journée particulière.

15

Le dimanche s'annonçait pluvieux. Tom était resté dans sa chambre, et le petit déjeuner s'était transformé en tête-à-tête entre Laura et John Bedford. Ce dernier était résolu à lui apporter un surcroît d'explications concernant sa fermeté dans cette affaire. Mais c'est Laura qui se confia d'abord.

— Je suis confuse, Général, je me rends compte que je ne suis pas votre alliée et que vous le sentez, mais je ne m'attendais pas, en acceptant votre proposition de travail, à me retrouver dans pareille situation. Je comprendrais très bien que vous exigiez récupérer votre investissement.

— Il n'en est pas question, je n'ai pas fondamentalement de reproches à vous faire. Je suis moins obtus qu'il y paraît, vous savez. Je vais vous dire pourquoi j'ai entrepris toutes ces démarches, en dépit de tous les conseils pour m'y faire renoncer que l'on m'a donnés au pays. Il se trouve que je n'ai plus personne. Les morts de ma famille disparaissent. Mon père a été tué au

Vietnam, il était pilote, son corps n'a jamais été rendu. Ma femme est morte le 11 Septembre, transformée en cendres à New York, et le fils que nous avions ensemble, militaire lui aussi, a été tué en Afghanistan, Dieu sait ce que les talibans ont fait de lui. Alors aller me recueillir chez moi, sur la tombe de mon grand-père, le héros de la famille, je considère que ce n'est pas trop demander.

Laura convenait que cette série noire était particulièrement tragique. Elle ne put s'empêcher de poser une question au général.

— Mais votre femme ne peut pas être la maman de Tom, il est trop jeune ?

— Oui, il y a la maman de Tom, un accident, une erreur, un mariage éclair pour fuir la réalité, une séparation rapide, mais Tom est venu au monde. C'est vrai, chaque fois que l'on me questionne sur ma femme, c'est à Helen que je songe.

— Mais Tom a une mère que vous niez, et lui, il a besoin de vous, parce qu'il est vivant. Il faut laisser les morts avec les morts et les vivants avec les vivants, vous ne croyez pas ?

— C'est étrange qu'une historienne me dise ça. Vous vivez avec les morts, non ?

— Je les côtoie, je ne vis pas avec eux, jamais. Au contraire, les couches des générations de cadavres me font aller à l'essentiel, la petite portion de vie partagée ensemble. Vous ne trouvez pas miraculeux qu'entre deux rives séparées par un océan, des échanges, des liens se nouent entre des personnes complètement différentes les unes des autres, autour du soldat William Bedford ? C'est cela, la richesse de cette histoire, le culte de la mémoire n'a pas d'autres objets pertinents. En arrachant ce corps à la terre, vous allez déchirer ces fils tissés entre les vivants.

Laura se rendit compte de la violence de ses propos, mais aussi de leur justesse.

— J'y ai pensé, je n'ai pas entrepris les démarches à la légère, et je suis sensible à votre point de vue, mais c'est à ma manière que je veux restructurer la dernière étape de ma vie, c'est moi que je dois retrouver.

Laura ne lui dit pas qu'il avait déjà un fils qui manifestement devait encore se trouver. Il était inutile d'envenimer la conversation. La partie était perdue, elle devait l'accepter. Ils se séparèrent pour la journée. Et Laura décida de s'occuper l'esprit en planifiant quelques activités jusqu'au soir.

C'est alors qu'elle reçut un appel téléphonique de Jeanne Colbert. Sans doute venait-elle aux nouvelles, mais pas seulement.

— Bonjour Laura. Voilà, je sais que vous pensez que je vous appelle pour en savoir plus, c'est vrai, mais ce n'est pas tout, ma fille me scie les côtes pour vous rencontrer. Avez-vous du temps libre aujourd'hui pour qu'on se voie ? On descendra à Liège.

Du temps libre, Laura n'avait que ça. « Scier les côtes » ? Les expressions liégeoises étaient particulièrement imagées, songea-t-elle.

— Avec plaisir, on se voit où ?

— À 17 heures, pour le thé ? À votre hôtel c'est très bien.

— Parfait, je vous attendrai au bar. Je vais m'occuper d'ici là.

— Ce matin, allez sur la Batte, c'est le grand marché de Liège. Tout un spectacle.

— Mais il pleut !

— Dans un hôtel liégeois, il y a forcément des parapluies à destination des clients.

Après une promenade sur la Batte, le marché dominical millénaire de Liège, joyeux et coloré en dépit de la météo, Laura fit la visite du musée de la Boverie, dans le parc du même nom, consacré aux beaux-arts. Elle venait en voisine depuis son hôtel, qu'elle regagna en ayant l'impression d'être payée pour faire du tourisme.

À 17 heures, Lisa déboula dans le bar du Van der Valk à la recherche de Laura, suivie de loin par sa mère. Laura, son PC ouvert pour répondre à ses courriels, leur fit un petit signe de la main. Lisa se planta devant elle sans manières.

— Alors, il a changé d'avis le général ?

— Malheureusement non, et on ne peut rien faire, il a la loi pour lui.

— La loi, c'est quoi la loi ? Il est bien ici, le soldat Bedford.

— Lisa, écoute, cela ne sert à rien de s'arracher un disparu. Ce qui compte, c'est ce qu'il a fait à son époque, ce que cela signifie pour nous aujourd'hui. C'est cela, la leçon qu'il te délivre, qu'il soit ici ou ailleurs.

— Le général est un sale égoïste, tu peux le lui dire de ma part.

La mère de Lisa finit par les rejoindre et elles s'assirent pour prendre leur collation. Laura leur raconta sa tentative pour convaincre le général, mais leur fit part des motivations de ce dernier. Jeanne Colbert ne put que se résoudre à acquiescer, sa fille lui dit alors une horreur, qu'elle réagissait comme pour son père quand il avait claqué la porte, elle fut volontairement blessante parce qu'elle était blessée, c'est l'explication que donna Laura pour consoler la mère que son adolescente venait de larguer pour sortir sur le parking de l'hôtel et offrir sa peine à la Meuse en se plantant sur la rambarde de la rive. Bref, un ratage complet.

Puis Lisa revint à table, calmée, le coup de grisou était derrière, elle embrassa sa mère et souhaita un Fanta orange. Elle s'adressa à Laura.

— J'ai quelque chose à te demander : tu vas repartir, mais j'aimerais qu'on reste en contact, tu es la seule historienne que je connaisse en vrai, et j'aimerais qu'on soit amies sur Facebook. En plus, mon exposé annuel en histoire, c'est pas pour tout de suite, c'est sur le nazisme. Tu pourrais me conseiller ?

— Lisa, je ne suis pas sur Facebook.

— Instagram ?

— Non plus.

Une incompréhension totale se dessina sur le visage de l'adolescente qui se demandait comment c'était possible.

— T'as pas de réseau social ?

— Non.

— T'as pas d'amis ?

— Si.

— Lisa, laisse Laura tranquille voyons ! Excusez-la, ma fille n'a pas sa langue dans sa poche.

— Je l'ai constaté, dit Laura en souriant.

Elle appréciait de plus en plus cette gamine faussement insolente et réellement gentille.

— J'ai une idée, répliqua Lisa, passe-moi ton PC, je vais t'ouvrir un compte Facebook, genre anonyme, rien que pour nous deux.

— C'est possible ça ?

— Mais oui, tu mets ce que tu veux sur Facebook, t'es pas obligée de raconter ta vie comme moi. On te met un pseudo, genre Lauzan, impossible de te trouver par ton nom, et une photo de profil, attends, un cobaye ! En plus tu seras sur Messenger et on pourra s'envoyer des trucs.

Lisa s'empara de l'ordinateur portable et en deux temps trois mouvements, réalisa l'opération. Laura Zante faisait une entrée fracassante sur les réseaux sociaux. Après quelques instants, Laura avait sa première et unique amie, Lisa.

La pause thé était terminée et Laura resta seule. Elle remonta dans sa chambre pour avoir une longue conversation avec François.

Demain serait un autre jour, un mauvais jour.

16

L'exhumation était prévue à 11 heures. Laura se leva tôt, laissa un mot à la réception pour le général Bedford. Elle ne ferait pas le trajet avec lui jusqu'au cimetière, elle le retrouverait directement là-bas. Laura avait quelque chose à faire avant.

Elle prit un taxi pour se rendre à l'école de Neupré où prestait Géraldine Uwamaliya pour l'informer des derniers développements. Elle détestait aussi que la jeune femme soit restée sur la touche à la fin de leur réunion avec la bourgmestre.

Elle préparait sa classe, seule, les cours n'ayant pas encore débuté. Lorsque Laura frappa à la porte, elle achevait d'écrire au tableau le titre de la leçon du jour : « La Constitution belge de 1831. Les libertés publiques ».

— Bonjour, dit Laura, je ne vous dérange pas ?

— Non, pas du tout, entrez.

Les deux femmes s'embrassèrent spontanément, et discutèrent de la situation. Géraldine Uwamaliya avait prévu de venir avec ses élèves à la cérémonie de

11 heures, mais ils resteraient tous en retrait. Ce n'était pas une manifestation d'hostilité, la professeure d'histoire voulait simplement que ses élèves assistent à la fin d'une expérience qui les avait mobilisés. Elle voulut ajouter qu'il y avait d'autres tombes à adopter, mais elle s'abstint, sachant que cela sonnait faux.

Pendant qu'elles parlaient, un collègue de Géraldine se présenta pour demander quelque chose à l'enseignante en histoire. Restée seule, Laura balaya la classe du regard, et vit près du bureau une boîte à chaussures avec une inscription au marqueur : « Pour les réfugiés ». En une fraction de seconde, elle prit sa décision. Elle souleva le couvercle de la boîte, il y avait de la menue monnaie et deux billets de cinq euros. Très discrètement, elle glissa dedans l'enveloppe anonyme qui contenait ses mille dollars d'honoraires.

Après avoir bavardé quelques minutes encore, les deux femmes se séparèrent. Il était temps pour Géraldine de donner cours. Laura quitta l'école et se rendit au cimetière pour assister aux préparatifs et attendre 11 heures. Petit à petit, les différents acteurs de la cérémonie, qui n'étaient pas nombreux, arrivèrent pour jouer leur rôle.

Il faisait froid, venteux et humide en ce jour d'automne. Tous les participants traînaient de la tristesse comme un boulet. Une petite tribune avait été installée pour permettre à la bourgmestre Sophie Dubois de faire son discours. Un peloton de soldats américains, prêts à rendre les hommages, se mettait en position. Quelques autres personnes, comme les employés du cimetière, se greffaient à la cérémonie. Laura avait été rejointe par Jeanne Colbert. Un peu plus loin, mais à portée de vue, une grappe d'enfants, la classe de Géraldine, était clouée sur place, la petite Lisa en avant-plan, un mouchoir serré dans sa main, au cas où.

La scène devint irréelle quand les terrassiers commencèrent à creuser la terre pour sortir le cercueil de la tombe. On n'entendait plus que les coups de pelle sur la terre déjà durcie par la froidure.

Côte à côte, le général et son fils assistaient à la cérémonie. Après tous ces obstacles, John Bedford éprouvait la satisfaction de voir aboutir ses démarches. Mais au fil des minutes, cette satisfaction fit place à une inquiétude sourde. Le général se sentait observé, non pas par les vivants, mais par les morts, comme si chaque croix avait deux yeux, et que des milliers d'yeux étaient tournés dans sa direction, sur lui, tous ces yeux qui avaient vu les beautés du monde et les horreurs de la guerre, tous ces yeux qui s'étaient éteints un jour, par surprise, dans une secousse de violence ultime provoquée par d'autres hommes.

C'est alors qu'il se rendit compte que deux autres yeux le regardaient, bien vivants ceux-là : ceux de son fils, et il plongea le regard dans les yeux de cet adolescent qu'il n'avait pas cherché à voir grandir. Et son fils détourna le regard, pour regarder Lisa, et Lisa le sentit. L'air se chargea du poids de la mémoire et de la brûlure au cœur des vivants. Et le général Bedford sortit de sa torpeur.

— *Stop it!* arrêtez ça! cria-t-il, non pas comme on hurle un ordre, mais comme on invoque des forces qui nous dépassent.

Alors il se passa beaucoup de choses en même temps.

Il y eut une nuée d'enfants s'abattant comme des sauterelles parmi les adultes en fonction, il y eut un peloton de soldats décontenancés, ne sachant que faire de leur fusil, il y eut un attaché d'ambassade soulagé, des journalistes émus, il y eut deux terrassiers, qui, le sourire aux lèvres, commencèrent immédiatement à combler une tombe avec la terre qu'ils venaient à peine de dégager, il y eut quatre femmes qui s'embrassèrent comme si elles se connaissaient depuis toujours, il y eut un fils qui enlaça enfin son père, il y eut une jeune fille et un jeune homme qui se regardèrent, il y eut 5 329 croix retombant dans la sérénité et le cycle des hommages, il y eut le soldat William Harrison Bedford qui resterait aux côtés de ses frères d'armes.

Il y eut tout ça, et plus encore, dans ce désordre, il y eut un ordre des choses.

Laura quitta Liège dans l'après-midi, le cœur chargé d'émotions, en se disant qu'elle faisait le plus beau métier du monde.

Elle arriva chez elle en début de soirée, pour tomber sur un François qui manifestement n'était pas au mieux de sa forme. Il était fébrile, inquiet, une bouteille de vin à moitié vide sur la table du salon.

— Je pars deux jours et je te retrouve désespéré, ce n'est pas normal ça, dit-elle pour détendre l'atmosphère.

— Je suis désolé de t'accueillir comme ça, tu mérites nettement mieux. Mais j'enrage parce que mon assistant, Hervé Martin, n'aura probablement pas le renouvellement de sa bourse pour terminer sa thèse, un coup bas d'Hélène Molbies, la présidente de la Commission de la recherche d'excellence scientifique dont dépend son dossier.

— Mme Piccante ?

Laura lui avait attribué ce sobriquet, directement inspiré de Marcelina, personnage perfide épinglé dans l'air *Via, resti servita* de Susanna, dans *Le Nozze di Figaro* de Wolfgang Amadeus Mozart.

— Elle-même, présidente, depuis... oh, après dix ans j'ai arrêté de compter les années. De toute façon, ils s'échangent les postes de décision entre eux. Ce n'est pas le manque d'argent qui assèche la recherche, ce sont les combines de ceux qui prétendent la stimuler par l'évaluation en se répartissant les poulains à financer. En réalité, quand on a conçu la culture de l'évaluation, on n'a pas voulu penser au bouillon de culture des évaluateurs.

— Autrement dit, vous êtes aussi pourris ici qu'en Italie, mais vous y mettez les formes.

— C'est à peu près ça, oui.

— Il y a autre chose, mon chéri : pour t'abattre comme ça, il faut plusieurs coups en même temps.

— Je ne digère pas mon séminaire d'Ostende.

— Bon, j'y ai réfléchi, demain je te propose quelque chose, après une bonne nuit de sommeil.

17

Assis à la table de la salle à manger pour le petit déjeuner, Laura et François se faisaient face, première étape de la démarche encore bien mystérieuse pour François à laquelle Laura voulait le soumettre. Les explications n'allaient plus tarder.

— *Tesoro mio*, si tu es incapable de donner du sens à ton expérience lors de ce séminaire, c'est parce que tu as le nez dans le guidon, et que celui qui agit n'est pas le meilleur témoin. Je te propose de faire un transfert. Tu me livres ton témoignage et moi j'analyse tes propos à l'aide de la critique interne, afin d'identifier les motivations de tes hôtes. Tu es d'accord ?

— D'accord ! répondit François, séduit par la proposition de Laura.

— Je voudrais qu'on adopte une posture exclusivement professionnelle. Tu es d'accord aussi de faire ça sérieusement, sans lorgner en permanence ma poitrine et tout ça ?

— D'accord, répéta-t-il, avec beaucoup moins de conviction dans la voix.

— Bien, je vais enregistrer ton témoignage et prendre des notes, dit-elle en installant son téléphone portable sur la table et en préparant son carnet.

C'est elle qui allait mener le dialogue.

— D'abord, livre-moi un témoignage brut, sans interruption.

François s'exécuta, il lui parla des faits qu'il avait en mémoire, du déroulé des événements selon un ordre chronologique, les trois journées, leur contenu, l'organisation impeccable du séminaire, mais une absence pratiquement totale d'interactions entre les participants et lui, excepté avec Alfred Rosenshark.

— Je vois, dit Laura concentrée, tu ressens une contradiction entre ce qui s'est passé et l'idée *a priori* que tu te faisais de ce genre de séminaire, d'autant que tu t'estimes, au fond, surpayé par rapport aux résultats que tu espérais. Ici, tu es le seul à l'origine de cette contradiction, tu l'entretiens toi-même, puisqu'à aucun moment tes hôtes n'ont manifesté une insatisfaction quelconque.

— C'est exact, je ne peux que te suivre sur ce point, constata François.

— Bien, maintenant, un séminaire d'entreprise est un moment particulier, normalement les cadres invités rivalisent les uns avec les autres pour améliorer leur image aux yeux de leur patron. Et te poser des questions était une occasion de se mettre en avant selon cet objectif. Que tu sois surpris ici fait sens. Mais d'un autre côté, Rosenshark semble n'avoir rien fait pour les stimuler et surtout, il ne s'est pas préoccupé de cette passivité. Donc il me fait davantage penser à un gourou qu'à un patron paternaliste.

François, dubitatif au départ sans l'avouer à Laura, commençait à s'intéresser à la démarche de celle qui était aussi sa collègue. Laura le sentit, l'entretien prenait corps, une confiance, indispensable, se nouait entre l'interrogé et l'interrogateur.

— Bon, reprit Laura, pour avancer, il faut maintenant introduire un biais. Mon choix est fait. Voici ma question : peux-tu te concentrer sur les questions qui t'ont été posées, ou sur l'absence de questions, en fonction des thèmes journaliers que tu as développés ?

François se concentra davantage. Son récit allait cesser d'être linéaire pour risquer d'être interprétatif, mais le garde-fou de Laura était explicite, factuel : combien de questions, et quelles questions par séquence d'exposé.

François rassembla ses souvenirs.

— Alors, le premier jour, c'était une mise en contexte de la montée du nazisme, la prise de pouvoir d'Hitler. Aucune question de l'assemblée, je m'en souviens bien, car j'ai pensé que c'était le tour de chauffe. Une ou des questions des organisateurs, je ne sais plus sur quoi, mais j'ai senti qu'elles étaient plutôt l'expression d'une forme de politesse.

— Essaye néanmoins de te souvenir de ces une ou deux questions s'il te plaît.

François ferma les yeux pour se concentrer.

— L'une, de Rosenshark, évoquait les communistes, mais vraiment je ne sais plus, je sais juste que je l'ai trouvée pointue comme question, d'ailleurs je me suis dit que ma matière était déjà connue et que cela expliquait l'absence de question de l'assemblée, oui, voilà, ça, je me souviens. Et l'autre question… c'était sur la Nuit des longs couteaux, pourquoi les SA sont-ils allés à l'abattoir sans réagir, un truc comme ça.

Les réponses étaient lacunaires et n'aidaient pas Laura, sauf sur un point.

— Tu ne t'en souviens plus bien, car tu as trouvé à ce moment-là ces questions normales dans leur contexte, c'est déjà une indication pour moi. Passons à la suite.

— La leçon suivante, reprit François, a porté sur la mise en place du régime concentrationnaire, ses rouages, son organisation ses finalités. Zéro question de l'assemblée, une question de Rosenshark, celle-là… attends… je m'en souviens en gros, elle portait sur la pertinence de la politique de communication des nazis avec le communiqué de presse annonçant l'ouverture de Dachau. Je ne sais plus les termes de la question, mais c'était ça.

— Ici par contre tu t'en souviens parce que cette question, la seule, a suscité ton étonnement. Aucune question sur les prisonniers, leur sort, la réaction de la société allemande, rien, uniquement sur la politique de com des nazis.

— C'est exact… la troisième séquence… le cœur du séminaire, matin et après-midi, la Shoah. Je me souviens en début de séance leur avoir pratiquement demandé de songer à des questions et de les exprimer en fin de séance. Puis dans mon exposé, j'ai tout passé en revue, à fond, et au final, le silence à nouveau. C'était navrant.

— Tu veux dire qu'un sujet pareil, dans tous ses aspects, n'a suscité aucune réaction ? Pas même une marque d'empathie pour les victimes ?

— J'allais passer à côté, si, une question, que j'ai trouvée vicieuse, la seule d'un participant du séminaire, un type malin au demeurant, sur l'Aktion T4, une question qui invitait à déceler de l'humanité dans l'initiative d'Hitler de mettre fin à la vie des handicapés. Je m'en souviens très bien maintenant.

— C'est normal, cette question t'est apparue comme étant non seulement incongrue, mais aussi choquante.

— Ensuite, c'est la dernière séquence, la responsabilité et la mémoire, et là, contre toute attente, les questions ont fusé.

— Je veux vraiment que tu fasses un effort, que tu tentes de te remémorer un maximum de questions posées.

François se concentra, demanda à Laura un papier pour noter les souvenirs qui surgiraient et Laura lui répondit que non, elle ne voulait pas de pollution interprétative dans le témoignage de son compagnon, qui s'agitait sur sa chaise.

— Alors, dans le désordre, question sur la chaîne des responsabilités, celui qui donne l'ordre, celui qui l'exécute, jusqu'aux conducteurs de locomotive des trains de la mort, question sur le sentiment de culpabilité ou non des nazis, question sur les sentences des tribunaux contre les nazis, question sur d'éventuelles circonstances atténuantes que l'histoire aurait accordées aux nazis. C'est ce dont je me souviens maintenant.

— Et aucune question sur la difficile construction de la mémoire des victimes ? C'était aussi le thème de ton exposé.

— Heu… si ! Tu fais bien de m'emmener dans cette direction, une question, terrible : et si les victimes n'avaient laissé aucune trace, y aurait-il une mémoire de la Shoah ? Et aussi, une autre, si le génocide avait abouti, si les nazis avaient réussi leur entreprise, les aurait-on accusés de monstruosité historique ?

Laura interrompit l'enregistrement des propos de François Lapierre, elle relut ses notes, elle était plus que dubitative, comme si son propre raisonnement la heurtait.

— Je vais te donner mon impression à chaud, ensuite je te ferai une note plus élaborée. Tu te rends compte que l'ensemble des questions n'a porté que sur le versant des bourreaux ?

François esquissa un léger sourire de satisfaction, reconnaissant l'intelligence analytique de sa compagne.

— Tu te rends compte aussi du désintérêt du groupe de cadres pour les victimes du nazisme, leur humanité en tant que victimes. Elles sont absentes, littéralement absentes, dans le questionnement des participants.

— Et tu en conclus quoi ?

Laura hésita, sa conclusion était inaudible, même pour elle, mais elle s'imposait pourtant, sans détour.

— La véritable demande de Rosenshark n'était pas « Pourquoi la Shoah ? », mais « Pourquoi la Shoah a-t-elle échoué ? », mais il ne pouvait pas la formuler comme ça sur l'invitation. Je crois que tu es allé servir la soupe à une bande de néonazis en costume-cravate.

18

Elle pleurait à chaudes larmes. Le pic de la crise était passé, mais elle était effondrée sur elle-même et sa souffrance semblait irradier dans chaque parcelle de son père qui apparemment tentait de la soulager. Sauf qu'il s'agissait en réalité d'un rapport de force.

Il se souvint que sa fille, toute petite, avait déjà du répondant. Lorsqu'elle était enfant, sept ou huit ans, il avait conçu une astuce très simple pour la consoler. Il lui volait discrètement son nounours préféré, celui avec lequel elle dormait. Affolée de l'avoir perdu, et tout en s'excusant pour sa distraction, elle se confiait à son père qui l'enlaçait et la caressait, et elle répondait à ses caresses dans la direction voulue par son père. La séance terminée, il faisait mine de partir à la recherche du doudou, retrouvait bien sûr le nounours qui avait tenté de fuir une fois encore, et le lui rendait car elle avait été une gentille fille et qu'il ne souhaitait que son bonheur.

Chaque fois qu'il en éprouvait le désir, il agissait de la sorte, avec un succès constant, sa petite fille anticipant même ses exigences dans l'espoir que son père l'aiderait une fois encore à retrouver son nounours.

Il appelait d'ailleurs sa fille à cette époque « ma petite chienne de Pavlov ».

Il écarta ce souvenir d'une période heureuse de sa vie.

— Ma chérie, ma petite fille, c'est fini, papa est là, papa est près de toi.

Il l'enlaçait, la consolait, et voulait lui transmettre sa force, mais ce n'était pas sa préoccupation principale.

Il devait la convaincre, lui rappeler ses arguments, la raison d'être de son action, dont les pleurs traduisaient aussi le rejet.

— Non papa, je ne veux pas le faire, je ne peux pas faire ça !

— C'est une nécessité, et tu es la seule, tu entends, la seule en qui j'ai confiance, tu dois le faire, tu dois t'inscrire dans ce projet, c'est pour notre bien à tous.

— Noooon, c'est monstrueux ! dit-elle sur un ton désespéré, alors que sa voix hoquetait, brisée par l'émotion.

Il voulut lui rappeler que la catastrophe irréversible causée par l'accumulation des gaz à effet de serre était imminente et que la réduction mondiale des émissions de CO_2 n'aurait jamais lieu, c'était un vœu pieux, parce que l'environnement n'était pas une priorité des gouvernements qui avaient cessé d'assumer leur rôle d'organes d'anticipation des crises, ne vivant que d'élection en élection. La démocratie avait réduit le champ de vision à long terme des élites politiques, c'était son credo et sa fille refusait de l'entendre.

Il voulait lui dire que les peuples sont affamés de plaisirs immédiats s'ils sont en fin de règne, comme l'illustre la décadence actuelle de l'empire européen, et aussi s'ils sortent de la misère par peur d'y retourner. Aucune pédagogie, aucun visage d'enfant, même les leurs, ne les poussent à réagir, à changer leurs habitudes.

Il voulait lui dire qu'il fallait une autre solution, radicale mais compatible avec l'égocentrisme humain, mais c'était inaudible pour sa fille, une révoltée qui n'avait rien compris.

Il redevint de marbre. Il détestait ça, mais il était contraint de faire usage d'un autre registre, conscient de la douleur supplémentaire qu'il allait infliger à sa fille. Il se détacha d'elle et se releva, la regardant de haut, comme un maître le fait pour son esclave soumis.

— Tu ne me laisses pas le choix, tu es une vilaine fille qui méprise son papa, je vais appeler ta sœur Clara, ta sœur jumelle que tu as mangée quand tu étais dans le ventre de ta maman, et qui est encore en toi comme dans une prison toute noire, avec ses cheveux tout sales, à gratter avec ses ongles à la porte de la cellule, oui je vais l'appeler !

Dans un accès de rage, elle trouva la force de se lever et de se jeter sur son père.

— Non, tu ne feras pas ça, tu ne feras pas ça !

Son père n'eut aucun mal à la repousser et à la faire plier jusqu'au sol, sans même serrer les dents. L'aplatissant, il posa un genou sur sa nuque.

— Si, je vais le faire, et je vais le faire maintenant !

Il prononça le prénom Clara, qu'il répéta, à intervalles réguliers, comme une litanie, conscient d'infliger des coups de poignard au cœur de sa fille abandonnée dans sa douleur.

Elle murmura enfin, détachée du monde, molle comme une loque dérisoire :

— D'accord, je le ferai.

19

C'était une journée studieuse pour les deux historiens. François avait décidé de ne pas sortir de son appartement pour chercher des informations sur Alfred Rosenshark, afin de tenter de mieux comprendre dans quoi il avait mis les pieds, et Laura avait déclaré, assez mystérieuse, qu'elle partait faire des recherches en bibliothèque à la Sorbonne.

François Lapierre adorait ces journées où il pouvait s'isoler et se consacrer depuis chez lui à la recherche et à l'écriture.

Tout ce qu'il trouvait sur Rosenshark contrastait avec le profil d'un néonazi. Si on s'en tenait aux informations accessibles, cela n'avait aucun sens. Au contraire, l'homme était apprécié comme un humaniste et il semblait se comporter comme tel. C'était un grand entrepreneur, certes, mais un libéral progressiste combattant les inégalités là où il pouvait le faire, en faisant preuve d'une grande générosité, notamment dans des œuvres caritatives qui avaient pignon sur rue.

Il relut la note de critique interne rédigée par Laura concernant son propre témoignage. À la lumière des faits et de la biographie de Rosenshark, sa compagne avait manifestement, selon lui, fait preuve de surinterprétation. Cela dit, il était mal placé pour juger, étant lui-même l'objet de l'entretien qui avait conduit à cette note de critique interne. D'un point de vue historien, la démarche était plombée, le résultat, inutilisable. Il préféra ne pas en faire la remarque à Laura, car elle avait voulu bien faire, et décida de ne pas considérer sa note comme une source d'information prioritaire. Il la rangea dans son tiroir de bureau.

Il choisit un angle d'attaque avec lequel il était *a priori* un peu plus familier, la Fondation pour le futur, manifestement une vitrine de Rosenshark pour l'expression d'une sensibilité en dehors de ses activités purement professionnelles d'industriel en matière de haute technologie au sein d'UMNIT Corporation.

Il examina la page web de la Fondation et la liste de ses parrains, des personnalités médiatiques et de grands scientifiques dans leur domaine respectif.

L'accent était mis sur la collapsologie. Cette discipline était née dans la foulée du rapport sur les *Limites de la croissance* formulé en 1972 à Stockholm, lors de la première conférence sur le climat, signé par les Meadows et deux autres auteurs, tous chercheurs au Massachusetts Institute of Technology, qui avaient réalisé leur étude suite à une sollicitation du Club de Rome.

La collapsologie concentrait ses analyses prédictives sur un avenir sombre et inévitablement apocalyptique pour la société industrielle, sur la base de faits et de chiffres, mais des solutions existaient pour que cet avenir sombre devienne un avenir radieux, où l'humanité serait sauvée.

François songea immédiatement à une parenté analogique avec l'eschatologie, cette branche de la théologie au Moyen Âge qui, par l'étude de la Bible, prédisait la fin du monde sur la base de signes émanant du Malin – mais, par la foi et la bonne conduite, l'humanité serait sauvée.

L'analogie s'arrêtait là, François s'avoua que les analyses scientifiques de différents intervenants, sous forme d'articles accessibles en ligne sur le site, étaient particulièrement inquiétantes concernant l'impact écologique de la croissance économique et démographique mondiale.

Il revint à la liste des parrains, plutôt des membres qui constituaient le comité scientifique de la Fondation. Une courte biographie accompagnait chaque photo de ceux-ci. François ne les connaissait ni d'Ève ni d'Adam, ce n'était vraiment pas son monde, et il déplora son manque de curiosité intellectuelle en la matière, à force d'isolement dans sa propre discipline.

Et pourtant un visage lui disait quelque chose, celui d'un sociologue d'origine ukrainienne, Alexis Pasternak, spécialiste de l'impact sociétal des phénomènes de désindustrialisation en temps de crise. La faute originelle de ces phénomènes tragiques pour les populations concernées revenait selon lui à l'Occident dès le XIXe siècle, qui, avide de richesses immédiates, n'avait jamais véritablement planifié les révolutions industrielles sur la longue durée. Le sociologue prônait de tirer des leçons du passé pour envisager à l'avenir une désindustrialisation calculée, progressive, afin de basculer sans douleur dans un modèle plus respectueux des ressources objectives de la planète et sans tremblement de terre social.

Sollicitant sa prodigieuse mémoire photographique, François se concentra sur le portrait de son profil. Où l'avait-il vu ? L'avait-il déjà rencontré ? C'est alors qu'il se souvint : oui, c'était ça, sauf ressemblance extraordinaire, il s'agissait de l'auditeur à Ostende qui lui avait posé la question, la seule de la séance, sur la dimension compassionnelle de l'Aktion T4 à partir de 1939, soulignant le rôle des médecins et le principe de chambres à gaz ou d'injections létales conçues comme la guillotine, un instrument de mise à mort humanisé par comparaison avec les habitudes d'exécution de l'Ancien Régime.

C'était lui, François en était maintenant persuadé. Mais qu'était-il venu faire dans son séminaire ? Il y avait mille réponses possibles. Sans doute Rosenshark avait-il recruté large pour constituer un public digne de ce nom. Deux sous-questions turlupinaient François Lapierre : pourquoi l'organisateur ne les avait-il pas mis à un moment donné en contact l'un avec l'autre ? Après tout, c'étaient deux collègues universitaires. Mais François mit ça sur le compte d'une certaine indifférence de Rosenshark, sans compter que ce collègue aurait pu, de lui-même, en trois jours, faire cette démarche courtoise. Soit.

Mais il y avait autre chose. François se souvenait en avoir discuté avec Pamela Erskine durant une pause-café. Elle lui avait dit son nom, en l'excusant presque d'avoir été provocateur, oui, et ce nom, François l'avait trouvé « drôle », en résonance avec l'univers du cinéma. Ce n'était pas Pasternak, il en était sûr, mais sa mémoire ne remontait pas au-delà.

Peut-être que Pamela Erskine s'était tout simplement trompée, mais elle avait l'air de bien le connaître. François restait dubitatif. Presque instinctivement, il ouvrit son tiroir et ressortit l'analyse de critique interne faite par Laura pour la glisser à nouveau dans sa farde des priorités.

C'est justement ce moment-là que Laura choisit pour faire son entrée dans l'appartement, pleine d'énergie communicative. Il se leva de son bureau et ils s'embrassèrent en se serrant très fort. Ils adoraient donner à leurs retrouvailles des allures d'adieux définitifs. On était loin du bisou du matin ou du soir juste en passant. Ils restaient perpétuellement avides l'un de l'autre.

C'est Laura qui brisa le charme.

— J'ai bien bossé aujourd'hui, et je me suis bien amusée, j'ai fait des découvertes faramineuses, dit-elle en détachant chaque syllabe du dernier mot.

— Ton prochain article ? Sur l'utilisation de l'image de la Madone dans le discours contre-révolutionnaire italien ?

— Non, un truc plus perso.

— C'est quoi ?

— Plus perso, j'ai dit, mais ce n'est pas contre toi, rassure-toi, mon inquiet.

— Donc tu as une cible.

— Tu ne penses pas si bien dire… *Ciao*, maintenant je vais m'offrir un bain moussant de pacha !

Ensuite sa peau sera toute parfumée, se dit François, que demander de plus ?

20

Laura Zante marchait d'un pas ferme et décidé dans ce couloir de la Sorbonne qu'elle connaissait maintenant comme sa poche. Dix ans d'errance, de petits boulots intellectuels, de mini-contrats foireux, tout au long de son parcours universitaire italien et étranger, l'avaient confrontée à toutes les situations et les vices du monde de la recherche universitaire. L'université était un milieu de violence car c'était un lieu de pouvoir, où les places étaient chères et les égos, surdimensionnés. Le grand public n'avait généralement pas conscience que la connaissance n'avait jamais constitué un rempart à la vanité et à l'ambition démesurée de ceux qui s'en réclamaient les porteurs de flambeau. Il fallait vivre au sein d'une institution universitaire pour le voir et le croire, et pour constater que la médiocrité humaine et la prestance scientifique étaient parfaitement conciliables.

Dans ce milieu qu'elle aimait pourtant par-dessus tout pour mille raisons, Laura Zante s'était pris des portes en pleine figure plus souvent qu'à son tour, parce qu'elle était femme, parce qu'elle était belle, parce qu'elle n'avait pas les bons protecteurs au bon moment et parce qu'elle ne cherchait pas à les avoir, mais ce qui ne vous décourage pas vous affûte, et Laura Zante était affûtée, particulièrement aujourd'hui.

Elle s'arrêta devant la porte d'un bureau, frappa et attendit à peine la réponse pour entrer. Hélène Molbies, *alias* Mme Piccante, la présidente de la Commission de la recherche d'excellence scientifique, la CRES, ou « crécelle », dans le jargon de ces jeunes chercheurs condamnés d'avance parce qu'ils n'étaient jamais invités au réveil de la reine, l'accueillit plutôt froidement.

— Bonjour, Laura, comme tu peux le voir je suis très occupée, que puis-je faire pour toi ?

Son bureau débordait de dossiers, le décor indispensable à la crédibilité scientifique, comme le bureau de Mussolini éclairé toutes les nuits, même en son absence, pour faire croire au peuple qu'il travaillait sans cesse au bonheur de la nation italienne.

— C'est peut-être moi qui peux faire quelque chose pour toi, Hélène.

Mme Piccante fut brièvement désorientée par cette Italienne insolente qu'elle ne pouvait pas sentir, elle avait l'habitude des suppliques, voire des larmes, et voilà que cette jeune arriviste qui couchait pour réussir tentait l'ironie avec elle. Comme tous les gens qui cultivaient la méchanceté, elle fut prompte à réagir en jetant un voile de cynisme sur la conversation.

— Ça m'étonnerait, je ne suis pas une solliciteuse spécialisée.

— Que tu le croies ou non, répondit Laura sans se démonter, la conversation qui va s'engager peut se terminer au profit de l'honnêteté intellectuelle et de l'entente cordiale, genre franco-britannique.

— Je t'ai dit que j'étais occupée, si tu pouvais aller droit au but.

— J'y viens. (Et Laura sortit de sa mallette une série de publications et de photocopies.) Tu te souviens de ton article sur les méfaits de l'opium sur la marine de guerre française lors de la guerre franco-chinoise de 1881-1885 ? On retrouve d'ailleurs son contenu dans ta thèse de doctorat.

— Évidemment, c'était le début de ma carrière.

— Deux ans auparavant, un obscur étudiant oublié de tous avait fait son mémoire de maîtrise sur l'usage des drogues dans l'armée française au XIXe siècle.

Et Laura lui tendit simultanément deux feuillets, celui de droite était une page de l'étudiant, celui de gauche, une page de la thèse d'Hélène Molbies. Les deux textes étaient pratiquement identiques. Mme Piquante comprit l'allusion.

— Et alors, erreur de typographie stupide, j'ai omis les guillemets et la référence de bas de page, que veux-tu, ça arrive même aux meilleurs.

— Sauf que j'ai trois autres exemples sous la main. On tombe dans la définition juridique du plagiat. Ce n'est pas très bon pour la réputation de celui, ou de celle, qui s'est hissé dans les plus hautes sphères de la carrière académique.

— C'était il y a vingt ans, qu'est-ce que ça peut te foutre aujourd'hui ?

— Il y a quatre ans, tu as publié un livre sur…

Hélène Molbies l'interrompit, c'était inutile d'écouter jusqu'au bout.

— C'est quoi cette traque, cette persécution, ça suffit, c'est du harcèlement moral ! À quoi tu passes ton temps, Laura Zante ?

— Crois-moi, ce n'est pas de gaieté de cœur. Mais je sais que tu te prépares à commettre une injustice, une de plus, tu ne t'en rends même plus compte, à force de servir tes intérêts et ceux de ta clique et d'envelopper tes décisions d'une rhétorique scientifique qui ne sert qu'à masquer tes méfaits au profit de ton ascension personnelle ou celle de tes valets.

Laura avait dit cela avec une telle rage contenue que Mme Piccante lui lâcha la question qu'elle attendait.

— Tu veux quoi ?

— Un examen objectif du dossier d'Henri Martin, qui demande une prolongation de sa bourse pour achever sa thèse de doctorat.

— Ah ! Nous y voilà ! Tu es mandatée par ton amant !

— Non, c'est de la solidarité élémentaire, mais tu ne peux pas comprendre.

Laura s'était levée et se dirigeait vers la porte, sachant que la question posée par Mme Piccante avait valeur de réponse.

Hélène Molbies fulminait, elle mûrit sa repartie, distillant son venin.

— Bon, je vais examiner son dossier en fonction des critères d'excellence qui sont les nôtres… mais sache, ma petite, que je vais m'offrir le scalp de Lapierre, son siège à l'Académie nationale d'histoire, il peut se le carrer où je pense.

Laura s'arrêta net. Son sang de Sicilienne doubla de vitesse dans ses artères, comme aspiré par la colère. Elle se retourna, s'approcha lentement du bureau de Mme Piccante et planta ses poings dessus, le regard vrillé par la rage.

— Le professeur Lapierre a une idée assez pertinente de sa valeur, et suffisamment d'orgasmes par semaine pour se foutre d'un fauteuil à l'Académie, lui !

Laura fit demi-tour et sortit en claquant la porte – et « claquer », le mot était faible. Tous les étudiants dans le couloir se retournèrent sur elle.

— On appelle ça une réunion collégiale ! ne put-elle s'empêcher de crier à la cantonade.

21

Le portable de François vibra sur son bureau, un numéro inconnu. Fait exceptionnel dans ces circonstances, plutôt que d'attendre le message enregistré par son interlocuteur et de l'écouter à son aise afin de filtrer les importuns, il accepta l'appel. C'était Pamela Erskine.

— Bonjour, professeur Lapierre, j'espère que je ne vous dérange pas.

— Bonjour, madame Erskine, comment allez-vous ?

Il avait opté pour la distance, mais sur le ton de la courtoisie. Il voulait la sonder et saisir cette opportunité.

— Est-il possible de se rencontrer ? J'ai quelque chose d'important à vous remettre.

— C'est-à-dire ?

— Quelque chose de vraiment important.

Pamela Erskine n'avait pas vraiment répondu à la question. François n'insista pas. Il réfléchit vite, il voulait convoquer Laura à ce rendez-vous, pour différentes raisons. Il connaissait son emploi du temps.

— D'accord, voyons-nous aujourd'hui à 16 heures dans un café sur la place située près de l'entrée principale de la Sorbonne, un établissement qui s'appelle justement Le Tabac de la Sorbonne. Je serai accompagné d'une personne sûre.

Pamela Erskine n'ajouta plus rien, le rendez-vous avait été pris.

Immédiatement après la conversation, François appela Laura, elle était dans son bureau à l'université. Elle décrocha rapidement.

— Chérie, j'ai besoin de toi à 16 heures, j'ai reçu un appel…

— Fais vite, je suis en rendez-vous avec un étudiant là.

— OK, un membre du staff d'Alfred Rosenshark veut me remettre quelque chose d'important, rendez-vous au Tabac de la Sorbonne, vers 15 h 45 pour nous deux.

Ponctuels tous les deux par habitude et par principe, ils se retrouvèrent à l'heure dite et choisirent une table pour être visibles dès l'entrée. François situa le personnage de Pamela Erskine à Laura, en omettant volontairement certains détails de leur rencontre.

Pamela Erskine arriva à 16 heures. L'inquiétude se lisait sur le visage de la beauté rousse, sans masquer son élégance féminine et sa sensualité pimentée. François fit les présentations. Les deux femelles alpha se toisèrent, puis la civilisation l'emporta et elles se saluèrent avec le sourire.

Un café fumant posé devant elle, Pamela Erskine attaqua la conversation.

— Je vais faire quelque chose que je ne suis pas autorisée à faire et qui peut me coûter mon poste et ma réputation, je vais vous remettre cette enveloppe dans laquelle se trouve un dossier confidentiel émanant d'Alfred Rosenshark en personne.

Pamela Erskine déposa l'enveloppe sur la table, elle n'était guère épaisse.

— C'est un manifeste, il manque environ quatre cents pages d'annexes, je n'ai pas réussi à les obtenir, mais je vais continuer à essayer.

Laura se saisit la première de l'enveloppe et se prépara à l'ouvrir, mais fut interrompue par Pamela.

— Pas ici, attendez d'être seuls.

— J'ai l'impression d'être dans un thriller, ne put s'empêcher de dire Laura, qui n'était pas convaincue par la prestation de Pamela, dont le ton changea, à la fois inquiet et courtois.

— Vous allez comprendre. Il y est question d'un projet, le Projet Thalassa, il est d'une telle abomination que vous resterez sans voix. Depuis que je l'ai découvert, je suis ébranlée, perdue, j'ai besoin d'aide. J'ai choisi le professeur Lapierre parce que c'est un homme intègre, et si vous êtes avec lui, c'est que vous êtes une bonne personne, alors j'ai confiance.

Laura fut davantage décontenancée que François. Cet aveu et son accent de sincérité relancèrent son intérêt et firent baisser sa méfiance d'un cran. François était plus dubitatif. Il prit la parole.

— Madame Erskine, comment avez-vous pu obtenir un document confidentiel de cette, disons, nature ? Je suppose que M. Rosenshark est par définition un homme extrêmement méticuleux dans la protection de ses informations les plus sensibles.

— Oui, vous n'avez pas idée, mais je ne suis pas que son attachée de direction, je suis aussi sa fille.

— Sa fille ? se contenta de répondre François, sincèrement surpris.

À aucun moment lors du séminaire un tel lien n'était apparu.

— Oui, en public, qui plus est au travail, rien ne transparaît pour des raisons de crédibilité professionnelle. Il est comme ça, mon père, il ne supporterait pas une accusation de népotisme, même injustifiée. C'est aussi pour ça que je me présente sous le nom de ma mère.

— Bon, dit Laura, qui tenait toujours l'enveloppe. Je crois que nous pouvons examiner ce document et rester en contact pour la suite ?

— D'accord, mais, s'il vous plaît, ne me laissez pas tomber, répondit Pamela Erskine, comme si une menace sombre et permanente planait sur elle.

Elle se leva, manifestement perturbée, salua les deux historiens de la tête et sortit sans se retourner.

Laura et François se regardèrent, ne sachant que penser de cette scène étrange. C'est François qui relança la conversation.

— Je t'avoue que j'ai beaucoup de mal à comprendre la situation.

— On comprendra peut-être mieux quand nous connaîtrons le contenu de cette enveloppe.

— Ou ce sera pire.

Ils quittèrent la brasserie pour prendre ensemble les transports en commun et rentrer place Vauban. Paris était sous la grisaille, tenace, collante, humide. Les foules retournaient chez elles, dans leurs quartiers, courbées par une journée de travail sans soleil. Pendant le trajet, Laura sentit que François vivait quelque chose qu'il détestait par-dessus tout : l'inconnu devant lui, les pièges de la vie, les mauvaises surprises. Elle avait cueilli un homme déjà rangé, et l'avait réveillé certes, mais elle savait que les incertitudes étaient davantage sa vie que celle de François, et la douzaine d'années qui les séparait contribuait à marquer cette différence entre eux.

Et dans ce bus surpeuplé, c'était clair, François Lapierre sentait venir à plein nez un vent mauvais.

22

À peine rentrés dans leur appartement, de manière un peu solennelle, pris au jeu, Laura et François s'installèrent à la table de la salle à manger, côte à côte, pour découvrir ensemble le contenu de l'enveloppe remise par Pamela Erskine, c'est-à-dire un document imprimé.

Le texte dactylographié n'était pas très long, il fut rapidement lu, une première lecture qui dérouta les deux historiens, partagés entre un réflexe professionnel de prise de distance par rapport à une source et la stupéfaction muette. C'est Laura qui s'exprima la première.

— C'est… tout bonnement… monstrueux ! Quel esprit dérangé peut écrire des choses pareilles ?

— Je te l'accorde, mais nous ne savons rien de ce document, de sa provenance, de sa nature, de sa valeur.

— Je n'en reviens pas, dit Laura en reprenant en main le texte comme pour vérifier qu'il existait vraiment.

— D'un point de vue critique, on doit d'abord identifier son statut, confirma François.

— Je suis d'accord, mais je n'ai jamais rien lu d'aussi vénéneux. J'ai besoin de l'assimiler avant de le traiter.

— Et moi de le traiter avant de l'assimiler. Je te propose une pause, sortons un peu, allons prendre un verre dans le quartier.

Ils quittèrent leur immeuble de la place Vauban et marchèrent sur l'avenue de Tourville pour aboutir à l'élégante brasserie La Terrasse du 7e, place de l'École-Militaire. Leur brève promenade avait été silencieuse, réflexive, Laura était atteinte et François dubitatif, ils n'étaient pas sur la même longueur d'onde, ils le savaient et préféraient se taire pour l'instant.

Quand ils furent assis à l'intérieur de l'établissement, Laura commanda un thé et François un café, un de plus. Ils se regardèrent pour trouver les mots justes.

— C'est une abomination, dit François qui avait évolué durant leur marche et qui se voulait conciliant envers Laura. Le résultat ne se fit pas attendre.

— Mais tu as raison, que vaut un tel écrit ?

Leur couple fonctionnait aussi devant les tâches historiennes à remplir, car ils savaient tous les deux rééquilibrer leur sensibilité respective en temps réel pour pouvoir communiquer de manière constructive.

— Pour le moment, notre source est Pamela Erskine, on peut la considérer comme étant proche du producteur du document, mais il n'est pas signé, constata François. Son assertion concernant le fait que Rosenshark en serait l'auteur ne repose sur rien de formel jusqu'ici. Dans l'absolu, nous pourrions être face à une manipulation d'une employée malveillante, voire d'une fille qui veut faire du tort à son père.

— C'est clairement un manifeste, rédigé pour être rendu public ou semi-public, en tout cas partagé, rebondit Laura.

— Je suis d'accord. Donc nous avons un texte anonyme et généraliste destiné tôt ou tard à un lectorat encore non identifié.

— Et ce texte n'a pas encore été diffusé et est encore confidentiel.

— On a deux entrées préliminaires : la crédibilité de Pamela Erskine et la crédibilité du contenu, conclut François. Pour commencer, tu t'occupes d'Erskine et je m'occupe du contenu ?

— D'accord, répliqua Laura, mesurant que le choix de François n'était pas innocent en lui laissant la messagère.

Ils terminèrent leur boisson chaude à petites gorgées, sans leurs facéties habituelles.

Préambule

Le Projet Thalassa est le fruit de longues réflexions menées par les membres de l'organisation gouvernementale Zêta, une structure internationale ultrasecrète animée lors de ses réunions virtuelles par l'ambition constante et sincère de sauver une humanité engagée dans son autodestruction imminente.

Le sort des générations futures est au cœur des motivations de l'Organisation, dont les membres, choisis parmi les personnalités les plus éminentes de la planète, ne font partie qu'après un examen très sévère de leurs qualités personnelles, de leur expertise, du pouvoir qu'ils exercent, de leurs fortes convictions et de leur honnêteté intellectuelle.

Il s'agit effectivement d'une société secrète réunissant une élite mondiale attachée à la survie de l'espèce humaine et à son perfectionnement. C'est pourquoi l'élaboration du Projet Thalassa n'est qu'une étape dans la voie de l'éducation des peuples à tracer une destinée plus élevée et plus sécurisée que celle dans laquelle ils sont engagés aujourd'hui et qui les conduit immanquablement à leur perte. À l'évidence, les États constitués ont deux sortes d'ennemis : les ennemis du dedans et les ennemis du dehors.

De jour en jour, à travers un réseau virtuel de plus en plus étendu, l'organisation gouvernementale Zêta prend de l'ampleur et rencontre un succès toujours plus vif. Elle sera bientôt prête à se substituer aux gouvernements actuels totalement impuissants face à la crise majeure et apocalyptique qui nous menace, et dont l'Organisation des nations unies est le symbole de la déliquescence.

La Révolution mondiale est proche, elle surprendra le monde et triomphera des obstacles dressés devant elle par l'inertie des incompétences et des lâchetés généralisées.

Nous tenons à préciser que l'Organisation n'obéit à aucune idéologie ou religion, elle est libre et indépendante, sa démarche repose évidemment sur des constats scientifiques, et son projet peut être qualifié d'humaniste, au sens le plus noble du terme.

Notre objectif est clairement une prise de pouvoir de manière telle que pourra se réaliser à long terme le Projet Thalassa, dont nous allons ici présenter les grandes lignes.

État des lieux

Le Projet Thalassa est conçu sur le socle d'une immense défaite de l'humanité : son incapacité à anticiper l'avenir sur les bases de la mémoire des tragédies du passé, de la répétition de ses erreurs démultipliées par sa démographie actuelle et les progrès de la technologie purement matérialiste et consumériste amenant la nature au bord de l'extinction des espèces vivantes.

Les auteurs du Projet auraient largement consenti à ne jamais le concevoir, si une alternative était possible pour l'humanité.

Mais afin de répondre par l'avance à l'anarchie totale, conséquence des cataclysmes qui nous attendent, il est nécessaire de prendre ses responsabilités et d'apporter les remèdes décisifs avant qu'il ne soit définitivement trop tard.

La Solution Thalassa

L'accomplissement du Projet Thalassa sera l'aboutissement du triomphe de la Révolution mondiale qui se prépare activement à l'insu des gouvernements corrompus et de leurs soutiens.
Il consistera à soulager la planète et toutes les espèces vivantes, à commencer par l'homme, d'une partie de l'humanité, et ceci sans guerre, et dans un consentement lucide et global.
C'est l'Europe qui a été choisie pour être le laboratoire du Projet Thalassa, car la désignation de cette partie de l'humanité est aisée pour d'évidentes raisons, en particulier historiques. Il reviendra à chaque continent de faire de même, en fonction de son contexte particulier. Notons que le Projet dans sa version européenne pourra servir de banc d'essai et notre savoir-faire acquis, exporté sur le reste de la terre.
En ce qui concerne l'Europe, les attentats terroristes et les vagues migratoires toujours plus populeuses désignent naturellement les groupes à sélectionner : les musulmans (plus de cinquante millions) et les migrants (plus de vingt millions). Les chiffres sont bien entendu à

affiner, car, outre des superpositions de populations, ils sont malheureusement en constante évolution. Nous pouvons y ajouter les désaxés sociaux et ceux qui les soutiennent politiquement, de l'ordre de trente millions.

La faisabilité du Projet Thalassa doit donc tenir compte de l'objectif à atteindre : le retranchement de cent millions d'individus résidant actuellement sur le sol européen.

Il est bien évident qu'un processus industriel doit être mis en route, qui utilise les technologies les plus pointues pour que ce projet se réalise dans les meilleures conditions. Un *business plan* a été rédigé en ce sens par les meilleurs spécialistes de la question qui adhèrent au Projet Thalassa. Les quatre cents pages d'annexes ci-jointes témoignent de la qualité de ce *business plan* définissant la Solution Thalassa.

Mais c'est la méthodologie que nous souhaitons présenter en quelques lignes. Il s'agit de rassembler les populations concernées dans des centres de traitement, selon une démarche qui évite les erreurs du passé en matière d'opérations spéciales collectives de grande ampleur, et qui soulage la responsabilité judiciaire et historique des entrepreneurs. Il s'agit aussi d'être animé d'une volonté écologique en ne laissant aucune trace de l'opération de retranchement.

C'est pourquoi les centres de traitement seront installés en bord de mer, pour éliminer les restes des retranchés sous forme de cendres de manière saine et efficace, et en faisant en sorte que l'ensemble des étapes de retranchement soit placé sous le contrôle d'une intelligence artificielle qui s'exercera sans violence inutile.

23

Laura et François avaient décidé de travailler chacun de leur côté en se répartissant les tâches. Laura devait se concentrer sur Pamela Erskine, le transmetteur du document. Selon elle, c'était son père, Alfred Rosenshark qui en était l'auteur, mais à ce stade, rien ne le prouvait que ses dires.

Laura téléchargea le CV en PDF *via* le profil LinkedIn de Pamela Erskine, c'était une première base, puis elle se rendit sur le profil Facebook de l'Écossaise. L'historienne n'était pas une adepte du réseau social, elle avait cédé sur l'insistance de la jeune Lisa, mais elle devait reconnaître qu'elle y trouverait des informations plus intimes qui, combinées avec un profil professionnel, permettaient déjà d'en savoir beaucoup sur quelqu'un.

Pamela était célibataire, c'était indiqué en toutes lettres, et compte tenu des photos suggestives qu'elle postait d'elle-même et de son physique avantageux, nul doute que les demandes d'amitié devaient pleuvoir. Laura reconnut que le potentiel de séduction de Pamela Erskine était très élevé. Elle avait 4 703 amis, un nombre proche du plafond autorisé par Facebook. À vingt-huit ans, elle avait donc cultivé ses fans, à la louche une nette majorité d'hommes.

Laura passa en revue les photos du profil dans l'espoir d'y trouver un détail significatif. Et elle en découvrit un : il s'agissait d'une ancienne photographie postée récemment de Pamela petite fille avec sa mère, et la mention « Déjà 20 ans sans toi, je t'aime maman ». La photo, qui avait reçu 346 *likes*, contrastait avec la dimension *fun* en général des publications de Pamela Erskine. Donc elle était orpheline de sa mère depuis l'âge de huit ans, et le nom de celle-ci, qui était indiqué en toutes lettres, était Élisabeth Erskine. Pamela avait effectivement pris le nom de famille de sa mère pour son identité publique, comme elle l'avait avoué le jour de leur rencontre. C'était une information en soi.

Si Élisabeth Erskine avait été la femme d'Alfred Rosenshark, elle devait avoir laissé des traces sur le Web. Par le truchement de Google, Laura en trouva très rapidement. Élisabeth Erskine, architecte d'intérieur prometteuse, née à Glasgow, s'était suicidée en 1999 en se jetant par la fenêtre de l'appartement familial à Londres. On ignorait les causes de son geste. Son mari était toujours en pleine ascension sociale, sa fille toute mignonne avait huit ans, et sa carrière d'architecte d'intérieur cartonnait dans les milieux huppés de la City et même à l'étranger. Cette belle femme n'était pas affectée d'une maladie incurable.

Dans un article de presse, Laura apprit que la petite Pamela, après le drame, avait dû suivre un traitement psychiatrique, tandis qu'Alfred Rosenshark, complètement dévasté, avait décidé de fonder une association qu'il financerait et qui porterait le nom de sa femme, une association vouée à la défense des baleines, l'animal fétiche de son épouse, précisait-il.

La réflexion de Laura fut interrompue par la sonnerie de son téléphone. Elle décrocha et fut sincèrement, et joyeusement, surprise de l'identité de son correspondant.

— Hello Laura ! comment va la plus belle historienne du monde ? Je ne te dérange pas ?

— Oh ! Giovanni, ça alors, quelle allégresse, ça fait un bail !

Giovanni Marullo était un ancien copain de fac de Laura, ils avaient fait leurs études ensemble. Après avoir tenté de la séduire au forceps, comme la toute grande majorité des étudiants de sa promotion, subjugués par la plastique hors norme de la jeune Sicilienne, ils étaient devenus amis, à vrai dire un calvaire pour Giovanni dans les premiers temps, mais qui s'était mué, à l'usure, en une affection sincère et fraternelle de sa part, bien que tout espoir de la conquérir un jour, peut-être dans une autre vie, ne fût pas complètement éteint dans son cœur. Brillant docteur en histoire, beau mâle italien dans toute sa splendeur, Giovanni Marullo faisait partie de la masse des prolétaires universitaires qui tentaient de survivre au jour le jour.

— *Amore mio*, je ne te téléphone jamais parce qu'il me faut des calmants ensuite pour m'en remettre, et des litres de camomille.

— Et que me vaut l'honneur d'un coup de fil du plus grand séducteur de l'université de Palerme ?

— Le pire tu veux dire. Bon, plusieurs choses, d'abord un *gossip*. Tu te souviens de Paolo Fornare, un type qui avait publié un livre, bon d'ailleurs, sur la diffusion du fascisme dans les écoles primaires sous Mussolini ?

— Heu ! vaguement, avoua Laura.

— Il s'est suicidé ! Et il a laissé une lettre pour dénoncer les concours truqués des recrutements universitaires pour des postes déjà attribués à l'avance. Tu n'imagines pas le scandale, il a fait le tour de la Péninsule, mais seulement pendant trois jours, après le silence est retombé dans les médias. On dit qu'une enquête est en cours, et si tu veux mon avis on va vers le *cold case*, mais genre très *cold*.

— Bon Dieu, dit Laura, plus le système est pourri et plus il se renforce. Au moins, les maisons délabrées s'écroulent, ici c'est le contraire.

— Alors, voilà aussi pourquoi je te téléphone, puisque nous sommes des survivants. D'ailleurs bravo pour ton poste à la Sorbonne, tu es la personne sur mille des statistiques en la matière. Donc, j'ai besoin de toi pour ma fulgurante carrière, mais c'est un peu délicat et tu peux bien sûr refuser. Il se trouve que je dépose actuellement un projet de recherche d'intérêt national. Le thème est la sorcellerie en Italie du XVIe au XVIIIe siècle. Le principe est simple : j'introduis mon dossier avec les mots-clés suivants : *sorcellerie*, *Inquisition*, *hérésie*, *Italie* et l'époque en question. Toi, de ton côté, tu poses ta candidature comme experte évaluatrice pour les projets de recherche d'intérêt national, compte tenu de ton CV, c'est gagné d'avance. Prends soin en t'inscrivant de mettre les mêmes mots-clés que moi pour définir ton profil. Tu auras l'occasion de les modifier plus tard.

Donc, si tu t'inscris de ton côté comme experte dans les bonnes rubriques qui collent à mon sujet, les algorithmes vont te désigner pour m'évaluer et tu pourras mettre cinq étoiles à mon projet. *Cinque stelle*… tu es d'accord ?

Laura réagit au quart de tour.

— Écoute, non seulement j'ignorais l'existence de ce genre de magouilles à la noix et je tombe des nues, mais je ne peux pas y souscrire, on renforce le système qu'on dénonce. En revanche, tu as un beau dossier, et à l'université de Liège en Belgique, ils ont des postdocs *in* extra, des denrées très rares de nos jours, un contrat de deux ans temps plein avec un salaire honnête, et de mon côté je peux demander une lettre de recommandation du professeur François Lapierre. On te trouvera un superviseur là-bas.

— « Le » François Lapierre ? Tu crois qu'il accepterait ?

— Si tu as un bon dossier oui, et c'est le cas. En jouant franco, c'est mieux.

— OK, merci *sorella*, je vais y songer. Il y a une dernière chose, après je ne t'embête plus. C'est plus délicat, c'est personnel. Je suis en train d'écrire un article sur *L'Extase de sainte Thérèse d'Avila*, la fameuse statue en marbre du Bernin réalisée au XVIIe siècle qui est dans l'église Santa Maria della Vittoria à Rome. Tu as remarqué combien elle est expressive. Je parle du visage sculpté de sainte Thérèse bien sûr.

Laura connaissait la réputation sulfureuse de cette œuvre, couplée aux propos de l'autobiographie de Thérèse d'Avila évoquant le petit feu de la pointe de la longue lance d'or du bel ange qui lui était apparu. La future sainte écrivait à propos de cette lance du jeune ange : « *Il m'a semblé qu'on la faisait entrer de temps en temps dans mon cœur et qu'elle me perçait jusqu'au fond des entrailles ; quand il l'a retirée, il m'a semblé qu'elle les retirait aussi et me laissait tout en feu avec un grand amour de Dieu. La douleur était si grande qu'elle me faisait gémir ; et pourtant la douceur de cette douleur excessive était telle, qu'il m'était impossible de vouloir en être débarrassée.* » Pour Jacques Lacan, cela ne faisait aucun doute, le visage de la statue traduisait l'orgasme féminin.

Giovanni poursuivit sa confession.

— Tu vois Laura, plus j'étudie cette statue, et plus je suis embêté, car je n'ai jamais vu dans aucune femme avec qui j'ai couché le même abandon. Je suis inquiet pour ma virilité.

Laura savait que toute recherche historique tapait sur le système de celui qui la menait, mais ici on était quand même proche d'un point de non-retour. Elle décida d'aider son collègue et ami.

— C'est d'après nos yeux contemporains que son extase mystique ressemble à l'idée que nous nous faisons du plaisir féminin. Mais si c'était tout simplement vraiment une extase mystique typique d'une croyante du XVIe siècle, illustrée au siècle suivant ? Rassure-toi, il y a mille manières pour une femme d'exprimer sa jouissance. Ta virilité n'a rien à voir là-dedans.

— Je suis désolé de t'avoir embêtée avec ça, mais merci d'avoir tenté de me rassurer.

Puis Laura eut une idée, elle n'avait rien à perdre.

— Giovanni, j'ai moi aussi un truc à te demander, puisque les universitaires italiens sont disséminés partout sur cette planète, tu ne connais personne de notre génération qui soit parti à la London School of Economics ?

Elle sentit que Giovanni réfléchissait, il répondit rapidement.

— Si *bella* ! Ma cousine, Tania, la grosse tête de la famille, un peu plus jeune que nous, elle y est allée. Elle bosse pour Ferrari aujourd'hui.

Laura n'en revenait pas de ce petit miracle, mais elle savait que dans la vie, ils étaient plus fréquents qu'il n'y paraissait.

— Bon, écoute, j'ai besoin que tu la contactes pour lui demander si elle a connu quelqu'un qui s'appelle Pamela Erskine, tu notes.

Giovanni répéta le nom pendant qu'il le notait.

— OK, je te recontacte dès que j'en sais plus.

— Merci, Giovanni, tu es un ange, dit-elle, sans mesurer l'analogie qu'il ne manquerait pas de faire avec sainte Thérèse.

— Ne dis pas ça, il me faudra toute la boîte de calmants maintenant.

La conversation terminée, stimulée par cet échange, Laura eut une autre idée, totalement saugrenue *a priori*. Mais elle sentait qu'elle et François allaient avoir besoin de renforts, des robustes. Elle forma un nouveau numéro de téléphone, pour tomber évidemment sur une messagerie.

— Allô ! Shoshana, c'est Laura Zante, peux-tu me rappeler s'il te plaît ?

24

Alors que Laura enquêtait sur Pamela Erskine, François avait décidé d'exploiter un levier de la source qui lui semblait pertinent, celui de l'intelligence artificielle au service d'un projet pareil. Si ce point de contenu n'était pas crédible, le document ne valait pas plus qu'un récit de science-fiction. Mais il n'y connaissait rien et il lui fallait solliciter des compétences extérieures. Heureusement, Thierry Boni, une de ses connaissances des milieux universitaires, était passionné par ce thème. Il habitait dans une vieille maison qu'il avait lui-même retapée, au cœur du beau village d'Yèvre-le-Châtel dans le Loiret, à une centaine de kilomètres de Paris. Thierry Boni, un homme grand, mince et doux, passionné aussi par le patrimoine local et la mémoire vive de sa communauté, s'investissait beaucoup dans la promotion de l'environnement exceptionnel dans lequel il avait choisi de vivre une vie sereine.

Sa petite maison était un havre de paix, et François y fut accueilli en ami. Les deux hommes s'installèrent près du feu ouvert dans le salon, en dégustant une boisson chaude et des biscuits. François était un urbain pur sucre, mais il songeait que la dernière partie de sa vie devait se dérouler dans ce genre d'endroit, à l'écart de l'agitation des hommes. Bien sûr, l'Italie en recelait beaucoup, et pour l'instant, ses rêves le conduisaient là-bas.

Dans un tel climat, la conversation fut d'emblée placée sous le signe de la confiance et de l'intimité. François avait pris soin de communiquer au préalable le Projet Thalassa à Thierry Boni, avec les précautions d'usage. Ils entamèrent leur échange en connaissance de cause. Après avoir discuté de la pluie et du beau temps, François posa une première grande question directe à son hôte.

— Crois-tu qu'il soit possible de faire usage de l'intelligence artificielle pour exterminer une population dans un cadre industriel ?

Thierry Boni s'était préparé à l'entretien, sa réponse fusa.

— D'emblée je te dis non, il y a trop de paramètres pour faire gérer un Auschwitz par une intelligence artificielle.

François comprit qu'ils faisaient fausse route, Auschwitz était l'emblème du génocide des Juifs, mais ce camp multiforme n'était pas totalement représentatif de la Shoah industrielle. Il réorienta la discussion.

— Tu connais Belzec ?

— Vaguement.

— C'est normal, personne ou presque ne connaît Belzec. Sobibor, Majdanek ou Treblinka sont un peu mieux connus. Personne ne connaît Belzec parce qu'il n'y a plus rien à Belzec. Ce n'est pas l'historien, mais l'archéologue qui peut en retracer l'histoire. Belzec, situé en Pologne, est un camp d'extermination nazi aux infrastructures minimalistes. Il ne mesure que 275 mètres de long sur 263 mètres de large. Il était uniquement consacré aux tueries. La garnison SS comptait à peine entre vingt et trente hommes, accompagnés par une centaine de supplétifs pour les basses œuvres, principalement des Ukrainiens. Il fonctionna dix mois, de mars à décembre 1942. Bilan : entre quatre cent cinquante mille et cinq cent mille morts, entre mille cinq cents et deux mille par jour, amenés par des convois quotidiens. Moins de dix survivants. La puanteur des corps brûlés sur des bûchers jour et nuit s'étendait à quinze kilomètres à la ronde. Les restes d'os étaient broyés dans des moulins à céréales.

Plus performant que l'enfer, se dit Thierry Boni, horrifié, qui corrigea le tir de sa première réponse.

— Dans ce cas, on est dans une autre perspective. Si tu te contentes d'un point d'arrivée, d'un lieu de tuerie, et d'un système d'évacuation radicale des morts et de leurs biens, alors oui, une intelligence artificielle peut d'ores et déjà aujourd'hui conditionner la phase de production de morts, même par millions.

Seulement, il y a un truc qui m'échappe dans ton affaire. La Shoah a fonctionné grâce au secret qui l'entourait, et ici ce manifeste dévoile tout à l'avance.

Prévenir les futures victimes, ce n'est pas vraiment une bonne idée.

— Je te l'accorde, c'est une des choses qui m'échappent aussi dans cette affaire, et ce n'est pas la seule, crois-moi... Il y a autre chose dont je voudrais qu'on discute, c'est l'intelligence artificielle elle-même, sa nature.

— Bon, t'as le temps ? Il faut remonter aux origines.

— J'ai tout mon temps.

— Alors, le mot « robot » fut inventé en 1924 par l'écrivain tchèque Karel Čapek dans une de ses pièces de théâtre. Note ceci : Čapek invente ce mot pour bien distinguer un robot d'un humain. Donc, dans sa tête, le robot n'était pas destiné à ressembler aux humains. Aujourd'hui c'est exactement le contraire, nous faisons tout pour qu'il nous ressemble, au point d'imaginer copuler avec lui. La nouvelle génération de poupées gonflables, c'est décoiffant ! Mais bon, revenons à l'historiographie.

Un autre écrivain que tu connais sans doute mieux, Isaac Asimov, publie en mars 1942, curieusement – même si les deux événements ne sont pas liés – quelques semaines après la conférence de Wannsee le 20 janvier de la même année, qui mit sur pied la Solution finale, une nouvelle intitulée *Cercle vicieux*, ou *Runaround* pour le titre original. Il y réunit et expose les trois lois fondamentales de la robotique. Je ne te résume pas l'histoire, mais d'emblée les lois sont contradictoires : un robot ne peut s'en prendre à un humain ou ne peut pas ne pas l'aider s'il est en danger, un robot doit obéir à un humain, un robot doit se défendre si cette défense n'est pas contraire à la première et à la deuxième loi. Du coup, si un humain ordonne à un robot de s'en prendre à un autre humain, *quid*?

— En faisant en sorte que l'humain visé ne fasse plus partie de l'humanité, répondit François qui suivait avec attention.

— Ou menace l'humanité, ajouta Thierry Boni. Asimov dans d'autres récits postérieurs tenta de lever la contradiction en concevant une loi zéro : le sort de l'humanité est plus important que le sort d'un individu ou de plusieurs. C'est cette loi qui mobilise Rosenshark dans la conception de ses intelligences artificielles. Remarque que l'argument du sauvetage de l'Allemagne, voire du monde, pour justifier l'extermination des Juifs, était aussi celui des nazis.

— Mais un robot ne peut déduire la différence entre des humains et l'humanité ? s'interrogea François.

— Si, par un logiciel, qui donnerait la faculté de déduction chez un robot, selon une fois encore une nouvelle d'Asimov, un prophète en la matière. Jusqu'aux années 1990, les « cerveaux » des robots étaient qualifiés de positroniques, selon l'expression d'Asimov, ne pouvant répondre qu'à des règles préalablement implantées sans les interpréter ou les contourner. Ensuite, un beau jour, je saute les étapes, il y a eu Alpha Go.

— Alpha Go ? s'étonna François.

— C'est comme Belzec, reprit Boni, il n'y a que les spécialistes qui connaissent. Le go est un jeu de stratégie ancestral d'origine chinoise, constitué par un damier, le goban, et des pions noirs et blancs. Deux adversaires y jouent. Bref, sache que les combinaisons de jeu sont littéralement infinies, au sens mathématique du terme. En 2016, le champion du monde Lee Se-Dol a été battu plusieurs fois d'affilée par Alpha Go, un ordinateur à capacité intuitive conçu par Deep Mind, une filiale de Google. Aujourd'hui, il est impossible pour un humain de battre Alpha Go à ce jeu.

— Mais comment est-ce possible ? demanda François, sincèrement intrigué.

— Comment t'expliquer en peu de mots ? L'homme a des neurones et l'ordinateur, des algorithmes, le nombre de neurones est un nombre fini, le nombre d'algorithmes est un nombre infini. Ta question de départ était : l'ordinateur est-il capable de déduction, la réponse est oui, est-il capable de penser, la réponse est presque oui. Mais selon moi, le basculement n'est pas là, le basculement aura lieu lorsqu'un ordinateur sera capable de rêver, sans décider de rêver. C'est encore de la science-fiction.

François avait le sentiment d'avancer vers un précipice, des questions surgissaient dans son esprit dont il redoutait la réponse, il vivait une initiation, mais pas vers la lumière, vers l'ombre.

— Thierry, ma question est peut-être naïve, mais comment peut-on savoir qu'un ordinateur peut penser ?

Le visage de Therry Boni s'éclaira par un sourire charmeur pétillant d'intelligence, qui n'était pas artificielle, celle-là.

— Mon ami, il me faudrait te parler ici d'Alan Turing. Dès 1950, dans *Computing Machinery and Intelligence*, ce précurseur de génie s'est demandé si des machines pourraient penser. Il prenait pied dans le concept de l'intelligence artificielle. Il a conçu le test de Turing. En fait, il a imaginé une expérience, appelée le jeu de l'imitation. C'est un peu compliqué. En synthèse, il y a trois acteurs, un humain, un ordinateur, et un deuxième humain qui pose des questions, mais il ne sait pas si c'est l'ordinateur ou l'humain qui répond. Si l'interrogateur n'est pas capable de distinguer dans les réponses celles qui sont fournies par l'ordinateur ou par l'humain interrogé, alors l'ordinateur a réussi le test.

— OK, je vois, déclara François, les yeux grands ouverts. Et ça a marché ?

— Nous sommes en Inde, en septembre 2011, le programme Cleverbot est soumis au test de Turing. Un public de plus de mille trois cents personnes joue le rôle de l'humain aveugle qui doit décider si la conversation qui se déroule met en scène deux humains ou un humain et un ordinateur. Résultat : plus de cinquante-neuf pour cent des participants ont jugé qu'il s'agissait d'une conversation entre deux êtres humains. C'était la première fois que le plafond des cinquante pour cent était dépassé de manière significative.

François tentait d'avancer dans la réflexion, en aveugle lui aussi, désemparé. Il voulait choisir une nouvelle direction.

— Donc, on peut considérer que des machines peuvent désormais prendre une série d'initiatives dans le cadre d'une autonomie utilitaire relative, mais avec des performances très poussées. Je t'accorde qu'on est à la lisière de la pensée humaine, mais ce qui caractérise fondamentalement celle-ci, c'est le libre arbitre ; or on n'en est pas là.

— C'est juste, répondit Thierry Boni, et c'est encore plus grave.

François décrochait, son interlocuteur apporta des précisions à sa réponse.

— Tu crois que les concepteurs d'intelligence artificielle ont envie de développer le libre arbitre de leur machine ? C'est le meilleur moyen pour qu'elles échappent à leur créateur.

François vit les choses sous un angle nouveau.

— Donc si ces machines sont intelligentes sans libre arbitre, elles sont… irresponsables !

— Bingo ! tu es assez malin pour tirer tout seul les conséquences « historiques » de ce constat.

François comprit instantanément vers quel monde on se dirigeait et combien devenaient vétustes les valeurs et les institutions sur lesquelles les civilisations s'étaient construites. Il traduisit en mots la nausée qui venait de l'envahir, en songeant à la Solution Thalassa.

— Donc la question de la responsabilité ne pourra jamais, en aucun cas, devant un tribunal, être endossée par un robot, quels que soient ses actes. La justice des hommes ne juge que les hommes.

— Exact.

— Et le concepteur d'un logiciel ?

Boni voyait bien où Lapierre voulait l'entraîner.

— Il conçoit des programmes, mais il peut se décharger sur celui qui, nuance, initie ses programmes, voire les modifie légèrement, par exemple un vieux militant facho à l'article de la mort, qui ne sera plus là pour comparaître dans un hypothétique grand procès final, ni même peut-être pour assister à l'enclenchement de la Solution Thalassa.

— Donc, dans ce scénario, on pourrait éliminer cent millions de personnes sans qu'un tribunal punisse un jour un seul coupable ! conclut François avec effroi.

— Exactement.

— Et la mémoire des hommes n'aurait aucune prise sur cette dimension de justice nécessaire à la reconstruction des humanités brisées et au retour à la vie des survivants, au cas où il y en aurait, ou des communautés dont ils sont issus, ajouta François, complètement effaré. Pas de trace, pas de crime, pas de coupable, seulement des victimes dont on doute même du statut, c'est le sort au centuple des Arméniens de 1915 qui ont disparu, au sens propre du terme, dans le désert.

Un silence se fit. François se souvint de sa dernière intervention au séminaire d'Ostende, les questions nombreuses des participants sur la notion de responsabilité, de culpabilité. À ses yeux, la conclusion coulait de source.

— La notion de culpabilité, individuelle ou collective, disparaît.

— Et l'indifférence devient une posture autorisée et éminemment confortable, donc populaire. Et en même temps, Rosenshark et sa boîte font exploser leurs bénéfices en équipant les centrales de mises à mort, renchérit Boni.

— C'est complément dément, tu penses qu'il croit à son scénario ?

— Bien sûr qu'il y croit, je suis sûr qu'il y travaille, tous les jours. Mieux, il a la rage du sauveur, Noé construisant son arche. Les fous dangereux peuvent avoir une cohérence qui nous dépasse.

François, accroché à son volant, fit le trajet du retour vers Paris complètement décontenancé. Il avait espéré avoir affaire aux délires d'un savant dément, et il venait de découvrir que son projet était techniquement réaliste. Le point suivant qu'il fallait absolument examiner était les complicités de Rosenshark, la fameuse organisation gouvernementale Zêta. François Lapierre avait le sentiment de devenir complotiste, mais il se refusait à croire que pareille organisation existait vraiment. Pour une fois, il roula sans allumer la radio.

Mais la vie ne manquait pas de contrastes, ni de surprises.

Au même moment se déroulait une scène qui aurait pu rendre sèche durant une période indéterminée la gorge d'un observateur extérieur. De nature à réveiller un mort, le spectacle était celui de Laura Zante seule dans sa chambre, un pied sur une chaise, en train d'ajuster un porte-jarretelles en dentelle en écoutant *Go Your Own Way* de Fleetwood Mac, tandis qu'un soutien-gorge corbeille noir transparent brodé rendait hommage à sa lourde poitrine voluptueuse. Son regard était rehaussé de khôl et ses lèvres de rouge, du Chanel n° 5 était répandu un peu partout sur elle. Un chemisier blanc transparent qui ne ferait pas long feu l'attendait sur le lit, il ne serait porté qu'en ouverture des festivités.

Lorsque François tourna la clé dans la serrure, il était à cent lieues d'imaginer ce qui l'attendait. Le pas de la porte à peine franchi, il entendit Laura qui l'interpellait depuis leur chambre.

— Je suis là.

Il se dirigea vers sa voix, intrigué, puis il fut sidéré, sans doute l'équivalent d'une apparition mariale pour un chrétien. Il ne prononça qu'une question.

— C'est Noël ?

— C'est la vie.

François ne fut pas long à abandonner le vernis de civilisation qui donnait le change au citoyen moderne. Le lit craqua de la chute des corps. Mais c'est Laura qui était à la manœuvre.

Elle monta sur François pour le chevaucher, une position qu'ils adoraient tous les deux, confortable pour François et ludique pour Laura. Elle se jouait de son corps et du sien dans une danse assise d'une sensualité époustouflante. À la fois jeune et mature, Laura savourait toutes les secondes qu'elle pouvait arracher au temps, libre de jouir, libre de mettre à mort son partenaire qui ne demandait pas mieux. Après des circonvolutions savantes, des pauses qui n'en étaient pas, dans une ultime saccade, elle bascula son homme dans un bain de couleurs et de chaleur.

Le silence se fit dans la pénombre étudiée de leur chambre, les deux amants relâchaient enfin toutes les parcelles de leur corps, ils respiraient le bon air du plaisir de vivre.

— Je dois t'annoncer une mauvaise nouvelle, *Tesoro mio*, tu n'es pas élu à l'Académie.

— M’en fous, répondit vaguement François, d’une voix étouffée, sonné par le plaisir, le visage plongé dans l’oreiller.

— *Mission check !* songea Laura, couchée sur le dos, les mains croisées sur le ventre, le sentiment du devoir accompli.

Alors François se redressa et murmura à l’oreille de sa compagne.

— Je le savais déjà…

Puis il lui déposa délicatement un baiser sur le nez.

25

François avait longtemps hésité avant de téléphoner à Hervé Gibbon, chef de rubrique au *Nouvel Examinateur*, l'un des grands périodiques français. Il savait qu'en faisant cela, il mettait la main dans un engrenage, mais il ne pouvait plus vivre à côté du Projet Thalassa dans le silence, dans cette familiarité non partagée qui lui semblait être une forme de complicité, d'adhésion, d'autant qu'il estimait avoir été l'objet d'une manipulation dans le cadre du séminaire d'Ostende, qu'il n'arrivait pas à digérer. Pour lui, l'absence de réplique était une démonstration d'impuissance et il détestait cet état de fait. En tout cas, cela ne coûtait rien d'en parler à un spécialiste de la communication qui pourrait au moins lui donner son point de vue sur l'affaire.

— Lapierre, ça alors, un revenant, tu publies un nouveau bouquin ? dit Gibbon, sincèrement étonné de l'appel de François.

— Non pourquoi ?

— Parce que tu ne m'appelles jamais que quand tu veux promotionner un nouveau livre. Tout à coup je suis ton meilleur pote, alors je dis OK, puis tu me dis que tu me rappelleras pour une bonne bouffe, et hop ! l'historien disparaît comme par enchantement.

Le ton était jovial avant d'être ironique, François appréciait.

— Tu as gagné, on commence par manger ensemble puis je réclame tes services.

— Dis donc, tu dois avoir besoin d'un gros service.

— Bon, tu choisis l'adresse, dit François.

— Oh ! un très gros service… Maison Legrand !

— D'accord, répondit François, en songeant que les droits d'auteur récoltés pour la *Source S* allaient en prendre un méchant coup.

Hervé Gibbon était réputé pour être un amateur de grands crus, il allait se venger des silences de François.

Ils s'étaient donné rendez-vous pour le déjeuner dans cet établissement mythique de Paris. Les Caves Legrand, situées Galerie Vivienne dans le 2e arrondissement, cumulaient les plaisirs terrestres de haut vol. Ce lieu de dégustation de vin était aussi une épicerie fine qui datait du XIXe siècle, au début de la Troisième République, quand elle voulait faire oublier les rigueurs des deux précédentes. Le cadre était historique, un vrai musée tout en boiseries chaudes. Cet endroit incarnait une sorte d'embouchure où des fleuves de vin venaient se jeter, puisque la Maison Legrand était allocataire des grands châteaux bordelais et des crus de Bourgogne d'excellence, comme la Romanée-Conti.

Fréquentée par le Tout-Paris depuis toujours, il suffit de dire que des Philippe Noiret, Michel Serrault, Jean-Pierre Marielle ou Jean Carmet y avaient leurs habitudes pour savoir que ce n'était pas là qu'il fallait chercher à cultiver le spleen de Paris ou d'ailleurs.

Lorsque François arriva au rendez-vous, il découvrit Hervé Gibbon déjà attablé. L'homme était un colosse, mais pas aux pieds d'argile, bûcheron canadien ou sapeur de l'armée romaine dans une existence antérieure, une sorte de Tourangeau Sans-Quartier des temps modernes qui aurait pu lutiner la gueuse avec Danton.

Gibbon avait pris les devants, partageant l'espace de la table avec une bouteille de Carillon de l'Angélus, vin du domaine Angélus, premier grand cru classé A, année 2016, exceptionnelle. Afin de ne pas laisser ce saint-émilion pleurer de solitude, l'homme de plume, audacieux, avait choisi une burrata à la truffe.

— Ah ! Cher François, te voilà ! J'ai commencé l'apéro sans toi. Je dis toujours : pour avoir le nez creux, il faut le ventre plein.

Avec Gibbon, il valait mieux être sérieux tout de suite sous peine d'être débordé, comme la cavalerie britannique le fut par les lanciers français au début de l'après-midi du 18 juin 1815 à Waterloo.

— Lis ça, dit François qui souhaitait un commentaire à vif du journaliste sur le Projet Thalassa. Le chef de rubrique s'exécuta, en grand professionnel, concentré durant toute sa lecture.

— Bon, celui qui a écrit ça est un sacré fils de pute.

Au moins, François avait déjà une réaction pointue d'un spécialiste des médias, qui venait d'avaler un verre entier d'un divin nectar pour se remettre de ses émotions et de ses efforts. Lapierre espérait néanmoins qu'il soit plus loquace, il le fut.

— D'abord tu dois m'expliquer le contexte, pourquoi tu as ce document ? T'as l'air tendu en plus, donc c'est plutôt sérieux, en tout cas tu prends cette histoire à cœur.

François lui raconta toute l'affaire depuis le séminaire d'Ostende. Évidemment, le vin s'évaporait comme l'eau d'une vasque romaine dans un caldarium. Une nouvelle commande fut passée dans un geste théâtral par Gibbon, un Château Ausone premier grand cru classé A, bien sûr, et on restait dans le Bordelais. Bien que François fût saisi par l'angoisse de celui qui est proche du dépôt de bilan, il ne résista pas à faire surgir dans son esprit une douce image, celle de la très jolie Pauline Vauthier, cavalière de haut niveau et œnologue diplômée, la fille du propriétaire du château, Alain Vauthier, et directrice technique du vignoble. L'historien déplora subitement de n'avoir qu'une vie.

Et Gibbon voulut un rôti, qu'y faire ?

La conversation roula, la deuxième bouteille achevée, François réussit à convaincre son vis-à-vis de fonctionner désormais au verre, mais à la vitesse à laquelle il continuait à les descendre, l'économie serait toute relative, voire archinulle.

— Bon, mon historien préféré, je crois qu'il faut donner un coup de pied dans la fourmilière, c'est le meilleur moyen pour y voir clair. Soit ce truc est une fumisterie, un délire, soit il y a une action politique qui sous-tend la démarche. Mais tu ne peux pas rester au point mort.

— Tu es sûr ? demanda François, circonspect. Parfois quand on ne maîtrise pas un dossier, on le lance pour voir où il chutera, et en général, les gerbes vous retombent dessus.

— *No risk no gain*, mon pote. Mais tu peux prendre tes précautions. Il y a suffisamment de matière là-dedans, et suffisamment, disons, de *curiosités*, pour le publier avec un article de toi, pas trop long, qui recadre et qui invite le lecteur à la prudence. À la fois tu balances, à la fois tu verrouilles. Si tu es sincère avec les lecteurs, ça ira. Envoie-moi le texte et ton article en Word, et on publie.

François demanda l'addition, avec le moins d'états d'âme possible.

— On prend un pousse avant ? suggéra humblement Hervé Gibbon.

26

Une semaine s'était écoulée depuis la rencontre de François avec Hervé Gibbon.

Ni François ni Laura n'avaient plus véritablement progressé sur le Projet Thalassa.

François devait aller donner une conférence maçonnique, raboter une planche, à la loge de la rue de la Parcheminerie à Angers. Il avait prévu de revenir le lendemain en début d'après-midi.

Laura restée seule dans l'appartement, après avoir avalé une salade, avait de nouveau travaillé sur le Projet Thalassa, après une longue journée à la faculté. Elle pianotait sur son PC quand un courriel arriva, de son ami Giovanni. Elle le lut immédiatement.

Bella,

J'ai demandé à ma cousine si elle connaissait Pamela Erskine. Tout le monde la connaissait à la London School of Economics, mais sans en parler, comme un tabou. Elle souffrait d'un trouble dissociatif de l'identité, un truc vraiment rare, pire que la schizophrénie. Elle hébergeait véritablement plusieurs personnes en elle, tantôt une jeune femme, tantôt une petite fille, tantôt une mère de famille, tantôt une rockeuse. C'est ce qui se racontait sur le campus. Mais ma cousine n'a jamais assisté à une « transmutation » et ne la connaissait pas personnellement.

C'est tout ce que j'ai pour toi mais j'espère que ça t'aidera.

Je t'embrasse.

P.-S. : Si tu reviens dans ma vie, il y a toute la place.

Laura le remercia immédiatement. Comme toujours dans une recherche, plus on avançait et plus c'était compliqué. Ce nouvel élément concernant Pamela Erskine impliquait de nouvelles questions. D'abord, ignorant tout de cette maladie, Laura fit quelques recherches. D'après les spécialistes, la plupart des patients affectés par cette maladie avaient vécu des agressions physiques ou sexuelles intenses durant une partie de leur enfance. Mais d'autres causes traumatiques pouvaient intervenir. Laura visionna sur YouTube une vidéo impressionnante sur un cas particulier, celui de Diana, qui illustrait véritablement l'existence non pas seulement de plusieurs personnalités, mais de plusieurs identités dans une seule personne.

Laura était fatiguée. Une pression douloureuse lui mordait les côtes et la nuque, elle éprouvait des vertiges, ses yeux brûlaient, elle se sentait fiévreuse sans avoir de fièvre. Toutes les tensions accumulées ces derniers temps avaient usé ses forces vives et le découragement la gagnait. Un courriel s'annonça sur Messenger, cela ne pouvait être que Lisa. Laura le lut, il était bref, l'adolescente voulait lui soumettre son plan de travail pour son exposé en classe sur le nazisme, il était en annexe du courriel en format Word, et Lisa souhaitait que Laura y jette « un simple regard », pour lui « donner son avis ».

Laura décida qu'elle répondrait plus tard, elle n'en pouvait plus, elle voulait simplement s'effondrer dans son lit. Elle était lasse et même démotivée.

Puis, curieusement, elle se ravisa, sans savoir pourquoi, peut-être un sursaut de conscience professionnelle pour une petite fille qui préparait avec cœur son exposé pour ses condisciples. Laura entama la lecture du plan de Lisa. Il était bien entendu très classique, mais elle abordait les points qui devaient être traités, elle avait pour son âge bien investi son sujet, avec sérieux, et voulait manifestement bien faire. Il n'y avait pas grand-chose à dire, sinon que la petite cherchait sans doute simplement un encouragement de l'aînée savante. En fin de texte, après un « merci d'avance », il y avait un *nota bene* :

> *Il y a un truc auquel j'ai pensé pour commencer, ce n'est pas dans la liste des « clés pour comprendre » que la prof nous a données, mais à moi ça me parle, ce sont Les Protocoles des sages de Sion, c'est dingue cette histoire, voilà un texte archifaux, et Hitler s'en sert à tout-va, et tout le monde le croit, croit que c'est vrai ! Je me disais*

que ça montrerait que la haine des Juifs datait d'avant Hitler, et qu'un document faux devenait plus vrai que la vérité quand on était aveuglé. T'en penses quoi ?

Laura interrompit sa lecture, foudroyée, tétanisée. Nom de Dieu ! s'exclama-t-elle... elle se leva, se mit à réfléchir en marchant à petits pas dans l'appartement, pour s'arrêter devant la fenêtre qui donnait sur le dôme des Invalides. Elle contempla les lumières de Paris, songeuse.

— Putain, c'est une gosse de treize ans qui vient de te donner la clé !

Laura Zante respira un grand coup, ferma un instant les yeux. Elle allait puiser dans ses réserves ou ce qui en restait, elle se rendit dans la cuisine pour se préparer une théière remplie à ras bord, car, sans nul doute, la nuit serait blanche.

27

François Lapierre rentra chez lui vers 10 heures du matin, plus tôt que prévu. Ayant réussi à attraper le TGV qui quittait Angers à 7 h 48, il espérait ainsi faire une surprise à Laura. Il constata le chaos qui régnait sur la table de la salle à manger, couverte de papiers divers, manifestement investie par une Laura bourreau de travail. Il fut distrait par un feuillet déposé par terre à l'entrée : « Dès que tu rentres, réveille-moi, avec un seau d'eau s'il le faut. »

François en prit bonne note et se dirigea vers la chambre, un peu intrigué quand même. Sa compagne dormait sur le ventre, comme un bébé, entièrement nue. Elle n'avait même pas pris la peine de se glisser sous les draps.

François s'approcha d'elle et lui dessina des circonvolutions sur la peau du dos avec son doigt dans l'espoir de l'éveiller en douceur. Le procédé échoua lamentablement. Alors il l'embrassa sur la nuque et promena son nez dans son abondante chevelure brune. Dieu qu'elle sentait bon, se dit-il, en se demandant si la mission de l'éveiller faisait vraiment sens. François se dit qu'on n'en était pas à dix minutes près, il se déshabilla et se colla contre Laura, laissant sa virilité s'affirmer dans l'indifférence complète de la belle dormeuse, ce qui frustra légèrement l'historien.

Alors il l'enlaça, décidé quand même à bien profiter de ce moment de chaleur et de douceur, juste quelques instants, sinon qu'il s'endormit après quelques minutes.

François sentit des secousses qui lui rappelèrent les heures sombres des réveils brutaux entre copains de bande dormant tous dans la même chambre. Il émergea de son sommeil en découvrant la tête de Laura qui l'observait avec des yeux ronds.

— Il est où le seau d'eau ? dit-elle, avec gravité.

— Hein ? répondit François, mollement irrité.

— Tu ne sais pas lire… je te demande de m'éveiller à tout prix, c'était ça la métaphore du seau d'eau, vois-tu, et je te retrouve sur moi avec une érection matinale significative qui, je dois bien le reconnaître, te fait autant honneur qu'à moi, et finalement c'est moi qui te réveille. Tu peux m'expliquer ?

— Écoute, je suis le genre qui ne réveille pas la Belle au Bois dormant, mais qui se couche à ses côtés pour profiter du meilleur du silence, parce qu'il sait qu'au réveil, elle lui fera des réprimandes sans fin… J'ai essayé de te réveiller, en vain, et le coup du seau, j'ai pas pu.

— Donc tu ne m'écoutes pas, tu es bien un homme comme les autres.

François se redressa, comme inspiré.

— Exactement un homme comme les autres. Et j'ai mieux que l'eau pour éveiller la femme que j'aime.

Tel un soudard, il bascula sa compagne sur le dos et l'enlaça avec énergie, cherchant sa bouche comme un assoiffé, faisant tomber les résistances d'une Laura qui ne les avait, au demeurant, guère consolidées. François se déchaîna, animé d'une vigueur animale toute matinale, et ils explosèrent en simultané, après un moment hors du temps aussi bref qu'intense.

— Tu as raison, murmura Laura perlée de sueur, le regard voilé, l'eau, ce n'était pas une bonne idée. Tu aurais dû appliquer ton plan B tout de suite.

Une fois qu'ils furent remis de leurs émotions, Laura déclara qu'elle avait beaucoup de choses à lui dire et qu'il fallait bosser.

Elle se leva, vêtue simplement d'une petite culotte blanche et d'une chemise de François, certes plus large que les siennes, mais elle aimait bien flotter dedans, un vrai peignoir pour une fille de son gabarit, se disait-elle, un peu inquiète sur la tendance à l'embonpoint de son compagnon.

Ils s'installèrent à la table de la salle à manger, leur deuxième bureau.

— Tu es prêt à m'écouter ?

— Avec la plus grande attention, répondit François, à moitié distrait sans le montrer.

— Bon, je me suis d'abord concentrée sur le texte du Projet Thalassa, non pas pour analyser ses parties et son contenu, mais pour déceler un anachronisme, un emprunt ou une modification de tonalité.

— Tu as cherché le plagiat !

— En somme oui, comme dans une copie d'étudiant. À force d'en corriger par centaines, on finit par acquérir ce doigté qui épingle ces modifications de tonalité.

— Et ?

— J'en ai trouvé une.

François Lapierre devint plus grave, Laura connaissait et appréciait les changements presque imperceptibles du visage de son compagnon quand il était intellectuellement séduit. Elle se concentra sur son propos, en lui indiquant du doigt un passage dans le texte.

— Ici… « *les États constitués ont deux sortes d'ennemis : les ennemis du dedans et les ennemis du dehors* »… j'ai senti que cette phrase n'était pas de l'auteur du document. Et j'ai vérifié, avec le logiciel antiplagiat le plus élémentaire, Google.

Laura réalisa l'opération en direct sur son PC en introduisant le passage incriminé dans le célèbre moteur de recherche. Un résultat se démarqua en premier lieu, que François découvrit à l'instant. Laura embraya.

— *Le Dialogue aux enfers entre Machiavel et Montesquieu*… le passage était textuellement mentionné dans ce pamphlet anonyme paru à Bruxelles en 1864, peu connu, bâti sur des dialogues fictifs entre les fantômes des deux penseurs politiques. Il était en réalité l'œuvre d'un avocat français, Maurice Joly, qui déplorait le coup d'État de Napoléon III et qui attaquait vigoureusement l'empereur. C'était la raison de sa parution à Bruxelles plutôt qu'à Paris. Mais Joly fut démasqué et incarcéré. La Troisième République ne reconnut pas ses mérites d'opposant à l'Empire et Joly ne la vit pas combattre les dérives qu'il dénonçait déjà sous Napoléon III. Amer et très déçu, il se suicida en 1878.

Laura évoqua le contenu du pamphlet à François pour qu'il saisisse son raisonnement. Celui-ci est composé de vingt-cinq dialogues sur les sujets les plus divers concernant la conduite d'un État. Le fantôme de Machiavel, qui est la caricature de Napoléon III, démontre comment un autocrate peut s'emparer des mécanismes de la démocratie et du libéralisme constitutionnel à son profit dans les sociétés modernes. Très instructif d'ailleurs, selon l'historienne. Les passages sur la presse étaient à méditer, soulignait-elle.

François reprit la parole après avoir écouté sa compagne avec attention.

— Bien, mais je ne vois pas le rapport avec le Projet Thalassa.

— C'est pour ça que le rédacteur ne s'est pas inquiété d'intégrer ce passage, parce qu'il n'y a, *a priori*, pas de lien entre le *Dialogue aux enfers* de 1864 et le Projet Thalassa aujourd'hui.

— Mais…

— Mais il y en a un.

François estima que Laura méritait de laisser planer le suspense, c'était une juste récompense pour ses efforts consentis. Il ne put néanmoins s'empêcher de préciser un point.

— Bon, si on va en amont, il s'agit d'un pamphlet d'un genre plus ancien, je pense au *Dialogue des morts* de Fontenelle de 1683.

— Oui, et qui s'inspire directement du *Dialogue des morts* de Lucien de Samosate, IIe siècle après Jésus-Christ, renchérit Laura.

— Et la référence originelle est *La République* de Platon, ajouta François.

— Donc tu conçois *de facto* qu'il s'agit d'un procédé narratif adaptable aux circonstances ?

— Oui, mais tu ne réponds pas à ma question, souligna François.

— Attends, c'est toi qui as voulu remonter le temps, à mon tour maintenant. Sais-tu de quel document contemporain célèbre le *Dialogue aux enfers* est le socle ?

François avoua qu'il l'ignorait. Laura lâcha le morceau.

— *Les Protocoles des sages de Sion*... Suis-moi maintenant dans mon raisonnement s'il te plaît. La question est : comment un pamphlet contre l'autoritarisme de Napoléon III est-il devenu un pamphlet antisémite ? Par des manipulations du texte et des procédés de réécriture, par exemple, en remplaçant le mot « financiers » par « Juifs » dans le texte. D'ailleurs, j'ai vérifié, le passage « *les États constitués ont deux sortes d'ennemis : les ennemis du dedans et les ennemis du dehors* » se retrouve aussi dans *Les Protocoles*. Je dois t'avouer que j'ai été aidée par une petite fille de treize ans, mais je t'expliquerai plus tard.

François était maintenant songeur plutôt que concentré, il avait besoin que Laura boucle la boucle.

— Va jusqu'au bout de ta pensée.

— Je pense que nous sommes en train de mieux cerner l'auteur anonyme du texte du Projet Thalassa, je pense que le Projet Thalassa est un faux et que son auteur souhaite à son texte une postérité aussi formidable et terrifiante que celle des *Protocoles des sages de Sion*, parce qu'il a été séduit par la trajectoire dans l'opinion publique d'un document de cette nature, même si son contenu était aberrant. Voilà.

François connaissait bien la trajectoire déroutante de ce document faux. L'opuscule intitulé *Les Protocoles des sages de Sion* consistait en la publication de prétendus comptes rendus de réunions secrètes de l'élite juive internationale préparant la domination du monde. Révéler ce complot était la raison pour laquelle ces comptes rendus étaient publiés. En réalité, l'auteur du texte des *Protocoles*, rédigé à Paris en 1901, était un agent de la police secrète du tsar Nicolas II, Mathieu Golovinski. Dès sa diffusion, des voix s'élèvent pour dénoncer son caractère apocryphe, elles ne sont pas entendues. L'ouvrage paraît en Russie en 1905 dans le but d'attiser l'antisémitisme virulent qui y régnait, puis il est traduit en allemand en 1909, et même présenté au Parlement autrichien. En 1920, les *Protocoles* connaissaient une édition en Allemagne, ramenés dans les bagages des Russes ayant fui la Révolution bolchevique, et Hitler les cita dans *Mein Kampf* pour illustrer l'emprise du complot juif mondial. Pour l'anecdote, l'agent secret du tsar, Mathieu Golovinski, qui avait le sens de la survie, était passé dans le camp des bolcheviques après la Révolution d'octobre 1917. Entre 1920 et 1922, les *Protocoles* continuent d'être traduits, notamment en français. Et plus rien ne semble arrêter la diffusion de l'opuscule, empoisonnant les esprits, même après avoir été dénoncé comme faux.

Laura ne lâchait pas prise, elle voulait convaincre à tout prix François du bien-fondé de son analyse et de ses conséquences. Elle reprit la parole.

— Tu le sais mieux que personne. S'attaquer à un faux et le démontrer comme tel n'est pas une garantie de succès. On croit que la vérité est nécessairement audible, on se trompe, qu'elle est intelligible, on fait erreur. La saveur du mensonge peut être une liqueur bien plus douce au palais que l'âcreté de la vérité. Les rationalistes n'ont jamais voulu l'accepter, parce que c'est la contradiction ultime de leur vision des choses : l'homme n'obéit pas à sa raison.

François restait silencieux, Laura poursuivit sur sa lancée.

— La première démonstration consistante du caractère apocryphe des *Protocoles des sages de Sion* date seulement de 1939, il s'agit d'un ouvrage d'Henri Rollin intitulé *L'Apocalypse de notre temps. Les dessous de la propagande allemande* qui paraît chez Gallimard. Rollin était en liaison avec les services secrets français, il avait eu accès à des informations qui lui permettaient de conclure que les *Protocoles* étaient un document faux, même s'il n'a pas pu à l'époque déterminer son auteur. Qui connaît ce livre de cinq cent soixante-dix pages rétablissant la vérité ? Qui ne connaît pas les *Protocoles des sages de Sion* ?

François n'osa pas avouer qu'il ne le connaissait pas…

— En 1940, continua Laura, l'ouvrage de Rollin est interdit et mis au pilon par les nazis. Tu sais combien d'exemplaires ont été sauvés ? Un seul, un unique exemplaire, celui de la Bibliothèque nationale. Alors on oublie cette démonstration laborieuse pour la vérité, on l'oublie jusqu'en… 1991, où il est enfin redécouvert par un historien anglais, Norman Cohn. Quelle misérable trajectoire éditoriale pour un modèle de critique historique, non ?

Quant aux *Protocoles*, il n'y a pas que les nazis qui en ont fait leur livre de chevet. Les grands journaux qui deviennent les relais des *fake news*, cela ne date pas d'aujourd'hui. Tu sais qui a donné un sacré coup de pouce publicitaire aux *Protocoles* ? L'extrême droite ? Même pas, mais Le *Times* de Londres, pas moins. Dans un article du 8 mai 1920 intitulé *Le Péril juif, un pamphlet dérangeant. Demande d'enquête*. Crois-tu que le *Times* démolit les *Protocoles ?* Pas du tout, pire, il distille le doute. À ses yeux, les *Protocoles* sont « singuliers », tu te rends compte, et peut-être même prophétiques. En somme, le *Times* sous-entend qu'ils pourraient dire des choses vraies. Voilà dans quoi on tomberait si le Projet Thalassa était publié.

— Le *Times* a corrigé le tir, tenta François.

— Oui, un an plus tard, mais le mal était fait. Le constructeur automobile américain bien connu Henry Ford, symbole du libéralisme US triomphant, édita même les *Protocoles* dans le journal qu'il détenait, *The Dearborn Independent*, encourageant ses ouvriers à le lire. Et tu sais quand on a enfin identifié, de manière claire et définitive, l'auteur des *Protocoles*, Mathieu Golovinski ?… En 1999 ! Et tu sais quand fut réédité Rollin ? En 2005 seulement !

— Et les *Protocoles* restent un best-seller aujourd'hui dans les pays à dominante islamiste, admit Lapierre.

Laura voulait que François tire la conclusion lui-même à propos du Projet Thalassa, mais elle semblait s'imposer difficilement à ses yeux. Il demeura trop longtemps silencieux pour qu'il ne s'agisse pas d'une manifestation de doute chez lui. Laura devait enfoncer le clou.

— Écoute, c'est la deuxième manipulation, la première c'est le séminaire, la deuxième, c'est ce texte que tu voudrais rendre public en t'impliquant personnellement. Quelqu'un utilise ta crédibilité d'historien réputé pour diffuser son venin, et selon moi, ton Écossaise est mouillée jusqu'au cou, si je puis dire…

— Ma crédulité tu veux dire, avoua François, l'amertume dans la voix.

— Je n'ai pas dit ça ! Arrête de faire ton martyr, on a esquivé le coup, non ?

— Non.

Laura fut sincèrement surprise, c'était au tour de François d'enfoncer le clou, et du bois allait craquer.

— Le Projet Thalassa et mon article qui le commente comme un document potentiellement authentique sont déjà entre les mains d'Hervé Gibbon du *Nouvel Examinateur*, et peut-être déjà sous presse à l'heure qu'il est.

Laura fut littéralement estomaquée, et pire, envahie de tristesse.

— Quoi ! mais tu ne m'as rien dit, tu ne m'as pas fait part de ton initiative aussi avancée auprès du *Nouvel Examinateur* ! Je croyais qu'on était une équipe, qu'on fonctionnait en binôme et toi, à la première occasion, tu pars en vrille.

— Je suis désolé, j'ai voulu bien faire, j'ai voulu dénoncer, prévenir l'opinion, rendre coup pour coup dans cet environnement où les pires idées de haine circulent.

Laura comprit qu'il fallait calmer le jeu, qu'elle devait prendre sur elle.

— Mais ce faisant tu allais participer toi aussi à la circulation et à la banalisation des idées de haine. Écoute, je suis avec toi, j'ai confiance en toi, il y a une pieuvre qui veut t'étrangler, je ne sais pas encore pourquoi, mais sache que je la combattrai avec toi, avec toute la rage dont je suis capable, mais on doit être ensemble sur ce coup-ci, pour tout, les choses importantes comme les détails.

François esquissa un sourire. Laura était aussi son amie, sa meilleure amie. Et sa petite voix intérieure lui répéta qu'un cadeau pareil, c'était une fois dans une vie.

— À la guerre comme à la guerre ?

— À la guerre comme à la guerre, répéta-t-elle en laissant paraître aussi un sourire, à moitié forcé celui-là.

Alors Laura prit le portable de François qui était sur la table et téléphona à Hervé Gibbon, elle tomba sur son répondeur. Elle leva les yeux au ciel et tendit le téléphone à François, ils étaient de nouveaux complices. François comprit bien sûr l'allusion. Il obtenait toujours son correspondant téléphonique du premier coup, et Laura jamais, c'était une source de fous rires entre eux. Après quelques sonneries, Gibbon décrocha.

— Allô ! François ! C'est toi qui viens de m'appeler ? Désolé, je n'avais pas mon portable à portée de main.

— Bonjour, Hervé, tu en es où avec le Projet Thalassa ?

— Pour le prochain numéro, c'est du lourd, on va faire le buzz.

— Arrête tout.

— Quoi ?

— Arrête tout, c'est un faux.

— Un faux ?

— Oui, le contraire d'un document authentique.

— Te fous pas de ma gueule, c'est quoi cette embrouille ?

— Je vais passer au journal t'expliquer, mais il ne faut pas que le dossier paraisse.

— Tu m'emmerdes Lapierre, tu bousilles mon planning, tu crois que ça marche comme ça, la presse ?

— Je suis désolé, je reconnais que j'ai commis une faute professionnelle, je me suis emballé, mais on corrige le tir et on ne se plante pas.

— Et je mets quoi à la place dans mes petites pages ?

— Tu as bien un truc de réserve.

— Un truc de réserve, bien sûr… en tout cas, désormais, laisse passer quelques milliards d'hectolitres de flotte sous les ponts de Paris avant de solliciter mes services une nouvelle fois, entendu ?

— Entendu, c'est de bonne guerre.

28

La pénombre qui régnait dans l'appartement de la rue de Turenne de Pamela Erskine était bien davantage source de malaise que d'intimité. Face à elle était assis son père, Alfred Rosenshark, qui maintenant se levait de son fauteuil pour se rapprocher au plus près du visage de sa fille. Pamela le trouva subitement hideux, mais sa voix la paralysait. Elle entrait en elle comme une coulée gluante qui investissait son esprit pour façonner ses réactions, sans qu'elle puisse y faire quoi que ce soit, ou se résoudre à faire preuve de la moindre résistance. La voix de son père était une drogue hypnotique, au timbre malsain et irrésistible, avec des ondulations qui rayaient indéfiniment le miroir de son âme. Alfred Rosenshark n'avait pas laissé passer un jour des vingt-huit années de vie de Pamela sans la dresser à cet apprentissage de la dépendance et de la soumission.

— Nous devons maintenant entamer la phase trois. Après le séminaire et la transmission du document, des missions que tu as bien menées, je dois le reconnaître, il faut aller de l'avant ma chérie. La phase trois, le choc. Seulement nous avons un problème.

— Lequel papa ?

— La phase trois est trop difficile à assumer pour toi, tu es déjà trop impliquée. Je dois demander à Clara d'intervenir. Tu sais, parfois je me dis que c'est ta sœur qui aurait dû te manger, je ne dis pas ça pour te blesser, rassure-toi, mais je suis réaliste.

— Je t'en prie papa, pas Clara, ne la sollicite pas, je t'en supplie !

— Je pense que Clara est tout simplement plus apte à remplir cette nouvelle mission, tandis que toi, tu risques de me faire faux bond, je suis désolé, ma confiance en toi ne va pas au-delà des missions précédentes.

— Tu es injuste avec moi papa, et c'est cruel de m'écarter au profit de ma sœur, elle est fourbe, dangereuse et irresponsable.

— Non, c'est plus prudent, car je ne suis pas sûr que tu conserves la distance nécessaire, en particulier avec François Lapierre. Il te plaît n'est-ce pas ?

— Non, non, pas du tout !

— Il te plaît n'est-ce pas ? répéta Rosenshark en susurrant les mots comme le ferait une vipère si elle savait parler.

— Non, je t'assure que non, il est laid !

— Bien sûr qu'il te plaît, petite cochonne, je le sais, je le sens, je le vois. Avoue donc qu'il te plaît !

— Oui… oui, il me plaît ! cria-t-elle en se cachant le visage comme si elle avait honte.

— Tu vois que je ne peux pas avoir confiance en toi. Ce sera trop difficile pour toi. Même si cela concerne ta rivale, Laura Zante, celle qui t'empêchera toujours de séduire François Lapierre, ma pauvre, tu es assez minable face à elle, je dois malheureusement le dire, donc l'éliminer devrait te faire plaisir, mais tu es trop sensible, trop prévisible, tu es restée une petite fille qui n'a pas voulu grandir. Tu ne comprends rien du monde dans lequel tu vis, heureusement que je suis là, n'est-ce pas ?

Il lui saisit le poignet et le tordit en serrant les dents, attendant sa réponse.

— Papa tu me fais mal… oui… heureusement que tu es là, lâcha-t-elle en courbant l'échine.

Pamela sentit ses sens défaillir, son père la sacrifiait une fois encore au profit de sa sœur, malgré tous ses efforts pour répondre à ses demandes. Mais elle était soumise et se contenta de pleurer longuement. Elle ne voulait pas de mal à François Lapierre, au contraire, son père avait raison sur ce point, elle était très attirée par lui, en fait elle ne voulait de mal à personne, elle souhaitait juste que sa mère soit là. Et Rosenshark semblait lire dans les pensées de sa fille.

— Je sais que tu voudrais que maman soit près de toi, n'est-ce pas ? Mais tu ne dois t'en prendre qu'à toi-même, si tu n'avais pas pleuré le jour où elle nous a surpris dans ta chambre, pendant que ton nounours avait une fois encore disparu à cause de ta négligence, elle ne se serait pas jetée par la fenêtre.

Pamela ne répondit rien, elle brûlait d'une souffrance intérieure indicible, une douleur sèche, sans larmes, qui broyait son cerveau, pulvérisait son âme, piétinait sa personnalité, son identité, face à ce père solide et froid comme un roc, qui lui assénait des phrases comme des coups de matraque et qu'elle ne pouvait pas contester. Elle vivait l'impuissance absolue, le plus complet renoncement de soi-même.

Elle était brisée, Rosenshark décida qu'il n'avouerait pas à sa fille qu'il lâchait aussi les chiens sur François Lapierre. Il était inutile de jeter de l'huile sur le feu.

29

Laura passait la journée à la Sorbonne. À peine entrée dans son bureau après son cours d'histoire de l'Italie contemporaine, elle reçut un appel téléphonique. C'était Pamela Erskine. Que voulait-elle encore ?

— Allô ! Laura Zante ?

— Oui, bonjour Pamela.

— Je vous appelle pour vous prévenir, quelqu'un qui s'appelle Clara va chercher à vous atteindre pour vous faire du mal, beaucoup de mal. Je dois vous expliquer tout, puis-je passer vous voir aujourd'hui ?

Déconcertée, Laura éprouvait des difficultés à saisir le sens des propos de Pamela Erskine, sinon que la rencontrer à sa demande était peut-être une opportunité pour lui tirer les vers du nez. Pamela était fragile et Laura se disait qu'il fallait exploiter la faille.

— D'accord, venez dans mon bureau à la Sorbonne à 14 heures.

Et elle lui indiqua comment la rejoindre dans son bureau.

À 13 h 45, une jeune femme discrète franchit la porte de la Sorbonne, au nº 1, rue Victor-Cousin, mêlée au flux d'étudiants qui entraient et sortaient de l'illustre université. Dans la cour d'honneur, elle tourna la tête vers la droite pour apercevoir la chapelle, mais continua son chemin vers la gauche pour franchir la galerie Robert-de-Sorbon, et atteindre l'escalier pour rejoindre la galerie des Lettres. Elle s'arrêta un instant pour admirer sur sa droite le Grand Amphithéâtre. Pleine d'assurance, elle marchait d'un pas ferme, consciente de l'importance de sa mission, et concentrée sur les actes qu'elle devait poser pour l'accomplir. L'exaltation la gagnait, elle était une battante et rien ne lui résistait, elle se savait être une somptueuse rousse flamboyante, et en dépit de la banalité de sa tenue pour passer inaperçue, les étudiants la regardaient se déplacer tels des jeunes chiens au trop-plein de salive. Elle avait envie de se moquer de ces petits baveux mais elle n'en avait pas le temps.

Arrivée dans le couloir du département d'histoire où se trouvait le bureau de Laura Zante, arrogante et déterminée, elle sortit un pistolet semi-automatique Walther P22 muni d'un silencieux, mais son geste pourtant discret fut bêtement repéré par un étudiant qui la croisait par hasard. Depuis les attentats, tout le monde était un peu sur le qui-vive. L'étudiant interpella l'inconnue.

— Hé toi ! c'est quoi ça ?…

Il n'eut pas le temps d'ajouter un mot de plus, une déflagration étouffée et il s'effondra dans le couloir comme un pantin désarticulé. Alors les choses s'accélèrent, des étudiants furent pris de panique, d'autres hésitaient sur la marche à suivre, comme venir en aide à leur camarade au sol ou fuir. L'assistant de François Lapierre, Hervé Martin, qui était présent dans le couloir, les bras chargés de photocopies, se dirigea vers la tireuse en balançant ses feuilles par terre et en hurlant sur elle, il fut arrêté net par une balle et s'écroula, la face contre les pavés, une abondante coulée de sang révélant une plaie profonde. Le doyen Alain Leroy, qui était sorti de son bureau en entendant le boucan, se rua sur la jeune femme pour tenter de la maîtriser, mais celle-ci, qui n'avait pas perdu sa contenance ni son sang-froid, ouvrit le feu sur lui. Frappé par une balle dans le ventre, il fut terrassé, brisé dans son élan, et roula lourdement sur le sol.

Le vide fait autour d'elle, la tueuse se prépara à pénétrer dans le bureau de Laura Zante. Celle-ci s'était levée de son siège, percevant que quelque chose se passait à l'extérieur, mais elle ne put empêcher l'entrée en force de cette femme armée qu'elle reconnut sans peine dans sa stupéfaction.

— Pamela !

La bouche tordue par un affreux rictus, les yeux pleins de haine, la tireuse pointa son arme sur Laura.

— Je ne suis pas Pamela, idiote, cette sale poufiasse de sœur qui m'a bouffée peut crever, je suis Clara, et je vais te faire exploser la gueule… à genoux !

Laura s'effondra par terre, adoptant une position fœtale spontanée, et se mit à pleurer et à hurler de toutes ses forces, sa raison subitement anéantie par une terreur froide. Il n'y a pas de dernière pensée quand on va mourir, juste un chaos physiologique.

Dans leur singulière et atroce brièveté, les événements se succédèrent : une détonation étouffée, un crâne brisé d'où jaillit la masse cervicale, une belle chevelure de femme souillée par les gros bouillons de son propre sang.

À moins de trois kilomètres de la Sorbonne, François Lapierre sentit ses entrailles se tordre sans raison apparente, sinon que le sillage d'un vol d'oiseaux noirs dans le ciel plombé venait d'attirer son attention alors qu'il arrivait à la porte de son immeuble. Il était coutumier d'angoisses subites, mais celle-ci était brusque et profonde. Il mit cela sur le compte de sa fatigue, et à peine rentré dans son appartement, il décida de prendre une douche et de se coucher pour une longue sieste. Il n'y avait rien d'autre à faire dans ces cas-là.

Il se débarrassa de ses affaires et mit son portable en mode silencieux, puis le déposa sur la table de la cuisine. Il voulait faire le vide pendant deux heures, s'isoler du monde.

Même l'ouïe la plus fine n'aurait pu percevoir les vibrations répétitives qui faisaient se mouvoir le portable sur la table, par petits sauts de puce, alors que l'eau chaude de la douche coulait sur le corps fatigué de l'historien François Lapierre, bientôt dans son lit.

Son portable accumulait les textos et les messages audio.

« Ici le secrétariat du rectorat, veuillez bien vous mettre de toute urgence en contact avec votre Faculté. »

« Allô François ? Décroche nom de nom, un attentat à la Sorbonne, c'est Yann Berthier, c'est le département d'histoire qui a été frappé. » Et le collègue et ami de François, titulaire de la chaire d'histoire de l'Antiquité, à la voix désespérée, ne put que raccrocher.

François, quand tu lis ceci, rappelle-moi d'urgence au journal.

Et c'était signé Hervé Gibbon.

« Allô ! professeur, c'est terrible, on a tiré sur des gens dans notre département, il y a du sang partout ! » La voix de son étudiante-monitrice, qui pleurait à chaudes larmes, ne put terminer son message de manière intelligible.

« Allô ? C'est très grave, je ne peux pas te dire ça par téléphone, c'est atroce, appelle-moi. » Et le bibliothécaire, Bernard Godel, un copain de François avec qui il échangeait régulièrement des adresses de viticulteurs, s'étrangla et raccrocha.

Une quinzaine de messages pratiquement simultanés s'étaient introduits dans la mémoire électronique de ce petit appareil abandonné sur une table de cuisine, comme autant de morsures venimeuses potentielles qui attendaient de briser l'homme qui venait de s'endormir paisiblement, comme si c'était là son dernier sommeil.

Il n'y avait aucun message de Laura Zante.

30

Le corps effondré à côté de Laura avait cessé de vivre, tandis que l'historienne abasourdie et désorientée, éprouvait la sensation qu'elle était toujours en vie. Une voix familière parvint à ses oreilles. Laura se sentait comme un noyé remonté à la surface.

— Tu es en état de choc, dors dessus, je file, demain 16 heures chez Angelina.

Et cette voix répéta lentement la dernière partie de son message qu'elle venait de délivrer dans une précipitation maîtrisée.

Lorsque Laura se risqua à porter un regard circulaire sur la pièce dans laquelle elle se trouvait, Shoshana avait déjà disparu, se mêlant à la foule des étudiants affolés qui couraient dans tous les sens, en pagaille dans le couloir. Son style, sa morphologie maigre, sa petite taille ne dénotaient pas dans cet environnement post-adolescent, ni la capuche qui lui dissimulait la tête, un attribut très généralisé dans ce milieu.

L'écœurement que le cadavre de Pamela Erskine provoqua chez Laura la ramena à la réalité et elle émergea de sa torpeur, malgré l'évidence de son état de choc. Elle se redressa, tandis que son bureau était investi par des étudiants et des collègues pour constater le drame et lui venir enfin en aide. On la sortit de là pour l'asseoir contre le mur du couloir, afin d'attendre les secours. Elle ne parlait pas encore, mais elle réfléchissait déjà. Elle tenta de se relever, mais des symptômes d'évanouissement se manifestèrent et elle renonça spontanément à cette tentative. On lui parlait avec douceur, elle ne répondait pas. Elle acquiesçait de la tête aux paroles de réconfort, mais restait muette. Elle se remit à pleurer, mais cette fois de soulagement plutôt que de peur.

Les infirmiers et les policiers surgirent pratiquement en même temps, ils étaient nombreux et disciplinés. Ils restaurèrent l'ordre en évacuant la jeunesse et posèrent des gestes assurés dans tous leurs actes. Laura renoua avec la perception des détails, il y avait du sang sur elle mais ce n'était pas le sien, et dans le couloir, trois corps gisaient, un étudiant qu'elle ne connaissait pas, Hervé Martin, qui se tordait de douleur, et plus loin le doyen de la faculté, inconscient. Laura baissa un instant la tête pour replonger dans son brouillard, puis la redressa. Du personnel médical examinait maintenant avec soin les victimes.

Elle ferma les yeux sur cette scène de désolation, alors même que des infirmiers la couchaient sur une civière pour l'emporter loin du désastre.

François s'éveilla, ou plutôt sortit du coma, tant il était allé loin dans son sommeil, même si des cauchemars étranges s'étaient manifestés, comme des corps humains nus qui plongeaient dans un volcan.

Il était 18 heures, la nuit était déjà tombée et il pleuvait. Il reprit ses esprits dans la salle de bains, s'habilla et alla boire des verres de San Pellegrino dans la cuisine. Il retrouva son portable et constata qu'il avait reçu un nombre inhabituel de messages. Il se mit à les écouter et sentit ses jambes se dérober. Il continua à découvrir ces morceaux de terreur tout en allumant la télévision. Une émission spéciale évoquait l'attaque qui avait fait quatre victimes, on n'en savait pas plus, et les journalistes meublaient en attendant des nouvelles fraîches. Les blessés avaient été transportés à l'hôpital Cochin.

François était complètement affolé, et ce n'était rien de le dire, quand il comprit qu'il n'y avait pas de message de Laura et qu'elle était injoignable.

L'historien sortit en quatrième vitesse de son immeuble pour dénicher un taxi, il irait plus vite ainsi dans les rues de Paris.

Afin de rejoindre les environs du métro École-Militaire, où il avait plus de chance d'en trouver un, il emprunta rapidement l'avenue de Tourville et, au coin que celle-ci fait avec l'avenue de Lowendal, dans un espace dissimulé par des panneaux de travaux routiers, il fut surpris par trois hommes qui l'encerclèrent, plutôt costauds. Ils étaient armés de matraques et d'une batte de baseball.

François n'avait aucune marge de manœuvre. Il était paralysé par la surprise puis par la peur.

— On va te fracasser, sale morveux, dit un des agresseurs qui tenait une matraque.

Il porta un coup violent dans les côtes de l'historien, qui plia le haut du corps et les genoux. Un deuxième malfrat s'appliqua à lui envoyer un coup de matraque en pleine figure. L'arçade sourcilière explosée, Lapierre tomba à genoux et son assaillant en profita pour lui balancer un coup de poing et lui éclater les lèvres.

L'homme armé de la batte de baseball s'avança alors vers lui.

— Bon, c'est pas tout ça, il y a un match de foot ce soir, achevons-le rapido, je lui brise les rotules et puis les coudes, à l'irlandaise, il va se tordre comme un vermisseau.

Il rit et son rire entraîna celui de ses compagnons.

— Casse-lui tout, il ne pourra plus se torcher quand il ira chier, il pourra même plus s'asseoir sur le pot !

Nouveaux rires…

Le voyou prit soin de se positionner et leva sa batte, l'œil mauvais.

C'est alors qu'un curieux personnage apparut dans son champ de vision, un clochard qui s'adressa à eux.

— Vous savez qui est ce gars ? Il a vu Napoléon !

Cette apparition incongrue ne perturba pas les voyous, au contraire, ils allaient s'offrir un dessert. François mit à profit ce moment de distraction pour sortir de sa torpeur douloureuse en tentant de se relever.

— Viens ici vieux poivrot, on va te faire ton Waterloo !

Nul doute, le malfrat avait de la culture.

Contre toute attente, le clochard s'avança vers le porteur de batte qui semblait être le chef de la bande. Il s'approcha de lui calmement avec un air de défi qui amusait le voyou. Quand ils furent face à face, le clochard dévoila un couteau étrange et lui déchira la poitrine avec la rapidité de l'éclair. Il planta l'arme blanche à fond, et la fit pivoter en forçant comme un bœuf, pour détruire un maximum de contenu organique, les haleines du vivant et du mourant se mélangeant dans des collisions de molécules. Un effarement fugace fut la dernière manifestation du faciès du matraqueur.

François, qui s'était relevé tant bien que mal sentit que c'était sa chance. Il était à portée d'un assaillant subjugué par la scène. L'historien n'était pas un cogneur, mais il connaissait l'effet dévastateur que provoque dans une boîte crânienne un coup de poing dans la tempe. Il lui décocha une droite furieuse à se faire éclater les phalanges, ce qu'il fut à deux doigts de réussir. L'homme s'effondra instantanément.

Le troisième agresseur ne mit pas longtemps à prendre la fuite, abandonnant la partie et ses deux compagnons inanimés.

Le regard de François se porta sur l'arme du clochard… une dague espagnole, sans doute du XVIe siècle… fabriquée probablement à Tolède… Que faisait-elle dans la main calleuse du poivrot ? Celui-ci anticipa la question de François.

— J'étais antiquaire, puis faillite, divorce, alcool, les trois Grâces, alors j'ai gardé ça pour les jours gras où il y a du lard.

François le reconnut, c'était le SDF qui s'installait souvent en bas de son immeuble.

Le clochard contemplait maintenant son œuvre.

— Il a le palpitant qui palpite plus… les types comme eux brûlent les types comme moi avec de l'essence… rentre chez toi p'tit, moi j'me casse à Las Vegas !

Et il quitta les lieux sans demander son reste, sans attendre le « merci » qui avait du mal à sortir de la bouche de Lapierre, et en abandonnant ses frusques dérisoires.

31

François ne retourna pas chez lui, il se mit à courir malgré les douleurs et bondit dans le premier taxi qui passait après s'être planté devant lui en pleine rue. Le véhicule freina de justesse avant le choc.

— Ça va pas dans votre tête vous ? dit le chauffeur qui découvrit le visage tuméfié de son client.

— À l'hôpital Cochin, se contenta d'annoncer François.

— M'en serais douté, répondit le chauffeur, désabusé.

À peine assis, le portable de François couina, un nouveau texto.

Je vais bien mon amour, je t'aime, je suis à l'hôpital Cochin.

François, qui avait tenté vainement de joindre Laura, assuma comme il put le double choc de l'agression et du soulagement. Il avait mal partout et n'avait jamais senti une onde de bonheur plus douce. Son esprit vacillait, il décida qu'il devait récupérer un peu le temps d'arriver à destination pour apaiser les giclées chimiques et électriques contradictoires qui avaient complètement brouillé ses neurones.

Au cours de son trajet, des informations lui parvinrent, on ne déplorait aucun mort, sauf l'assaillante, l'identité des victimes était connue, aucune n'était dans un état critique.

Il arriva à l'hôpital, avec une tête dont la forme s'était modifiée : arcade sourcilière gonflée et ouverte, une bosse comme un œuf, une lèvre inférieure qui avait doublé de volume. Par ailleurs, François évaluait à deux le nombre de ses côtes cassées, mais il n'y avait rien à faire en la matière.

Il prit l'ascenseur comme un zombie agité pour atteindre l'étage où se trouvait Laura, après avoir capté au vol l'information sollicitée à l'accueil. Il sortit à grandes enjambées de l'ascenseur pour se rendre directement au comptoir des hospitalisés, une infirmière de garde assise derrière son ordinateur l'accueillit avec un air étonné.

— Cher Monsieur, pour les soins ce n'est pas ici, dans votre état, je vous dirais d'aller sans attendre aux urgences, ici c'est un étage de patients déjà hospitalisés, et c'est l'heure de visite des familles.

— Je ne viens pas pour moi en fait, je rends visite justement, elle s'appelle Laura Zante, on n'est pas mariés mais c'est la femme de ma vie. Et je dois voir aussi Alain Leroy, un type un peu grincheux mais avec un bon fond, et un jeune homme qui s'appelle Henri

Martin, ainsi qu'un autre jeune, un étudiant, je ne sais pas qui… vous pouvez me noter les numéros des chambres sur un papier s'il vous plaît ?

— Dites, vous avez une grande famille vous ! répondit l'infirmière de plus en plus intriguée, mais manifestement touchée par le personnage singulier à la tête au carré en face d'elle.

— Un chat n'y retrouverait pas ses jeunes, lui déclara François.

— Bon, dit l'infirmière, venez, je vais vous rafistoler en vitesse, sinon vous allez faire peur aux patients.

Résigné, François suivit l'infirmière dans un petit local pour qu'elle s'occupe de lui. Puis il rendit visite à Laura qui somnolait…

— Ma chérie ?

— C'est toi ?… J'aime pas quand tu viens me voir à l'hôpital, la dernière fois, ça s'est mal terminé. Si c'est pour me dire qu'on abandonne la partie, tu peux prendre la porte, mon chéri.

— Non, on n'abandonne pas la partie, je venais voir si ça allait, on m'a raconté.

Laura ouvrit enfin les yeux, elle eut un mouvement de recul.

— Tu t'es vu ? C'est quoi ce maquillage de Quasimodo ?

— Ils ont voulu faire un coup double, taper dans le tas.

— On est maintenant une sacrée force de frappe toi et moi, lui répondit Laura, à la fois dépitée et souriante, bref, tendre.

François sourit aussi. Ils avaient effectivement connu des jours meilleurs, mais ils étaient en couple, en phase, même sonnés, même blessés.

— On va pas y arriver seuls, déplora François.

— La cavalerie est là, déclara Laura, Shoshana, c'est elle qui m'a sauvé la vie, mais ne le dis à personne.

François n'insista pas pour demander des explications complémentaires, il y avait un temps pour tout.

— Elle est venue avec sa bande ?

— Je ne sais pas. C'est trop long à t'expliquer maintenant. Je la vois demain.

— Tu sors déjà de l'hôpital ?

— Bien sûr, je suis en observation – d'ailleurs, c'est fou le nombre de mâles en blouse blanche qui sont déjà venus me reluquer. Et s'ils ne veulent pas, je m'enfuis. Je sais comment faire maintenant.

— Bon, après ton rendez-vous avec Shoshana, on devrait y voir plus clair et préparer un plan de riposte.

— J'aime bien quand tu es comme ça, cabossé et hargneux, tu es mon héros.

— Et toi mon héroïne.

Il lui serra tendrement la main et l'embrassa sur le front.

— Va voir les autres, cet étage est une annexe de la Sorbonne, lui conseilla Laura.

François se rendit dans la chambre de son doyen, un homme costaud, mais il était beaucoup plus mal en point que Laura. Une balle dans l'abdomen avait fait des dégâts. Il était hors de danger, mais manifestement épuisé. Il fit l'effort d'accueillir François comme il pouvait.

— François… je suis heureux de te voir… quel bordel.

— Comment ça va ?

— Comme après un conseil de faculté, j'ai l'habitude. Et toi, t'es passé sous un camion ?

Les deux hommes étaient des amis de longue date, ils avaient fait leurs études ensemble. Alain Leroy était un type bien.

— Ils vont te remettre sur pied et tu reviendras vite gérer les grandes questions universitaires, dit François, complice.

— Pour sûr… à ce propos, Mme Piccante – oui je sais comment vous la surnommez, vous n'êtes pas très discrets Laura et toi –, je disais donc, la présidente de la Commission de la recherche d'excellence scientifique a donné son aval pour le dossier d'Henri Martin, elle a comme on dit reçu l'illumination… il a son bonus pour achever sa thèse…

— Merci infiniment, dit François, sincèrement surpris. J'en suis vraiment heureux, d'autant qu'il a eu une rude journée lui aussi.

— Va le voir, il est à quelques portes d'ici, ça lui fera du bien.

François salua son ami et prit congé. Au moment de sortir, son doyen l'interpella.

— Et dis à ton jaguar de se calmer un peu, OK ?

La théorie des grands équilibres… François venait de comprendre.

— D'accord, je ferai passer le message.

François se rendit dans la chambre de son assistant, le cœur noué, il était mal en point.

— Bonjour, professeur, je suis désolé, j'ai rien pu faire.

— Il n'y avait rien à faire, Henri, tu as eu un comportement remarquable. Je suis effondré de te voir ainsi, que disent les médecins ?

— Ils disent que la colonne est touchée, que les Jeux olympiques, je n'y songe même plus, sauf si ce sont ceux des mathématiques. Je vais devoir me déplacer en fauteuil roulant, mais avec le temps et des exercices, j'ai une chance de remarcher.

— Tu as du cran, tu restes dans l'équipe, je te garde avec moi, on trouvera des solutions pratiques, y compris pour terminer ta thèse.

— Vous êtes le prof le plus optimiste que je connaisse. Pour la thèse, c'est pas gagné.

— J'ai une nouvelle justement : tu as ton année supplémentaire, la commission scientifique l'a validée.

— Merci… merci, monsieur Lapierre, je sais que vous n'avez jamais lâché l'affaire. Je ne lâcherai pas non plus.

François se retira et, avant de fermer la porte, il s'adressa à son assistant.

— Quand tu pourras, écris une belle lettre de remerciements à la présidente de la commission, d'accord ?

— D'accord, répondit Henri Martin, avec un sourire entendu qu'ils partagèrent.

Le jeune homme avait déjà passé suffisamment de temps à l'université pour en prendre de la graine.

François était crevé, mais il frappa à la porte de l'étudiant qu'il ne connaissait pas pour aller le saluer.

Après, il rentrerait chez lui, pour se laver, se soigner, dormir, et pour réfléchir à la riposte. Désormais, tous les coups étaient permis.

32

Laura arriva à 16 heures pile chez Angelina, le fameux salon de thé rue de Rivoli, bondé comme d'habitude. Les marques de l'épreuve de la veille étaient toujours visibles sur les traits de la jeune femme, mais elle faisait bonne figure en jupe beige clair et chemisier rose poudre en soie. Elle avait pris soin de repasser chez elle et de se changer après l'hôpital.

Elle repéra la table de Shoshana qui, elle aussi, avait fait des efforts. La fille toute mince tendance ninja était vêtue d'une robe courte noire et moulante, manches trois quart et décolleté en V rehaussant ses formes piquantes et vitaminées. Portant de hautes bottes noires jusqu'aux genoux, elle était maquillée et coiffée, sans doute un passage chez un spécialiste en la matière de la capitale française qui n'en manquait pas.

Leur amitié était née spontanément dans la foulée des aventures liées à la Source S. Leur sympathie réciproque les avait amenées à garder contact après le retour de l'agent secret israélien dans son pays. Laura et celle qui était surnommée La Mouche dans son milieu s'écrivaient régulièrement et avaient manifesté plusieurs fois l'envie de se revoir dès que l'occasion se représenterait.

À dire vrai, Laura soupçonnait Shoshana d'éprouver pour elle des sentiments qui dépassaient le cadre d'une simple amitié. Shoshana entretenait sans ambages une ambiguïté perceptible, mais ce n'était pas une première pour Laura Zante qui avait déjà été courtisée par des femmes.

Les deux amies s'embrassèrent chaleureusement, heureuses de passer un moment normal ensemble. À peine assises, elles furent abordées par un garçon empressé aux yeux baladeurs qui prit leur commande tout sourire, un thé fumé pour Laura, un chocolat chaud à la crème chantilly, la spécialité à tomber par terre de la maison, pour Shoshana, en attendant l'arrivée des pâtisseries, le millefeuille à la crème aromatisée à la vanille, une véritable tuerie, pour Laura et un délice framboise-pistache pour Shoshana, plus raisonnable, qui serait déjà comblée par le chocolat chaud.

C'est Laura qui entama la conversation.

— Comment te dire ? Merci infiniment, sans toi…

Shoshana interrompit ce qui pouvait tourner à effusions.

— Après l'envoi de ton dossier sur le Projet Thalassa, je suis venue discrètement à Paris et j'ai mis un mouchard dans l'appartement de Pamela Erskine rue de Turenne, un jeu d'enfant pour moi. J'ai pu l'écouter et je l'ai filée hier, sachant qu'elle allait t'agresser. Voici une clé USB avec l'enregistrement d'une conversation entre elle et son père. Édifiant, je te laisse découvrir, c'est une horreur. En fait, je suis en vacances, alors je dégomme ceux qui embêtent mes copines.

Les deux femmes échangèrent un sourire et un regard complices.

— Merci d'avoir répondu à mon appel au secours, dit Laura, tu connais maintenant cette affaire, elle semble inextricable, et incompréhensible par bien des points.

— D'emblée, sache que je ne peux pas faire de miracles, je suis officiellement en vacances, c'est vrai, et seule, répondit Shoshana, sérieuse.

— Comment vont tes collègues ?

— Hugo Boss s'est cassé le pied en jouant au ballon avec son petit neveu, je ne dois plus supporter son humour pourave. Mais bon, il me manque un peu quand même. Et le Paresseux, la dernière fois que j'ai eu des nouvelles, il était immobile depuis vingt-quatre heures sur le plateau du Golan en attendant une cible… il a eu sa cible.

— Je vois, toujours une vie trépidante, fit Laura en agitant les deux mains.

— Mais passionnante, une vie qui permet aussi de rencontrer des personnes comme toi, avoua Shoshana, manifestement impatiente de rentabiliser son rendez-vous.

Laura était prête à l'entendre. Shoshana le sentit et poursuivit.

— Vois-tu, Laura, je vais être cash, tu me plais beaucoup, et je rêverais de te découvrir un peu plus, au sens propre.

Laura appréciait la franchise de la conversation, elle resta dans le ton.

— L'histoire de ma vie sexuelle est d'une simplicité enfantine, tu sais. J'ai embrassé une fois sur la bouche une copine quand j'avais seize ans, j'étais ivre dans une surprise-partie, mais je pense que cela ne compte pas. Je suis hétéro depuis toujours.

— Au cours de l'existence, on peut changer de camp, répliqua Shoshana.

— Tu es toute belle, mais je ne pense pas. Tu vois, je n'ai connu que deux hommes dans ma vie…

— Seulement deux ? l'interrompit l'Israélienne sincèrement étonnée. Mais tu es une bombe à fantasmes !

— J'ai passé ma vie à évincer des garçons. Je suis une experte absolue en la matière. Je devrais écrire un bouquin là-dessus quand je serai vieille, genre, « les conseils de Mamie Laura qui fut jeune et belle à destination des jeunes écervelées ».

Elles rirent de bon cœur toutes les deux.

— Sûr que le succès serait au rendez-vous… je n'ai jamais vu une poitrine aussi somptueuse que la tienne, tu as des seins incroyables, et ton cul, ma belle, ton cul, comment t'as fait pour en avoir un pareil ?

— Bon, écoute, charmeuse, j'ai besoin d'aimer pour faire l'amour, c'est banal, mais chez moi, tomber amoureuse c'est compliqué. Je suis tordue dans ma tête. Je te disais, deux hommes seulement, mon premier amour, de dix-sept à vingt-huit ans, c'était torrentiel. Il était tellement fou de moi que sa jeunesse seule l'a sauvé plus d'une fois d'un arrêt cardiaque. Moi aussi j'étais folle de lui. C'était l'époque des granges siciliennes plutôt que celle des palaces romains, mais je crois qu'on a fait l'amour à peu près partout.

— Continue, j'adore ! s'exclama Shoshana qui se pourléchait les babines.

— Puis il y a eu François.

— Il est bien celui-là ?

— Il est mieux que bien.

— Sexuellement je voulais dire.

— Il est mieux que bien. Il va plus loin.

— C'est chaud ça... Bon ensuite, entre *the first and the last*, vraiment rien ?

— Rien, pendant trois ans.

— Même pas une petite incartade ?

— Même pas une petite incartade.

— Comment t'as fait ?

— J'étais dans une prison mentale de haute sécurité, répondit Laura, en buvant une gorgée de thé.

Elles rigolèrent toutes les deux, plus fort qu'il n'est de coutume dans l'auguste établissement.

— À ton tour maintenant, dit Laura sincèrement curieuse, je veux savoir.

— J'ai essayé une fois un type, mais à titre d'expérimentation. Je ne suis pas fidèle, je fais l'amour dès que je peux avec toutes les femmes que je peux. J'ai été vraiment amoureuse un jour, elle l'était aussi, on a failli fonder un couple, mais dans mon pays il y a encore pas mal de tarés tu sais, des fanatiques religieux qui nous lapideraient bien volontiers. C'est pour ça que j'habite

Tel Aviv et que je fréquente plutôt la jet-set. Je viens d'un quartier juif de Jérusalem où c'est encore le Moyen Âge en la matière. Bref, comme on dit, je pratique l'amour libre. Et qu'est-ce que j'aurais aimé t'ajouter à mon tableau de chasse… Bon, si on laissait le sexe de côté ? J'ai quand même deux ou trois choses à te dire à propos de ton Projet Thalassa qui est à vomir.

— Dis-moi.

— D'abord c'est du bricolage de ma part, je ne peux pas solliciter mes collègues puisqu'il n'y a pas d'ordre de mission, et les petits coups de main entre potes et les passe-droits dans mon milieu, c'est bon pour les romans. Donc j'ai dû recourir à mon petit monde parallèle à moi. Il se trouve que, il y a belle lurette, j'ai passé un week-end volcanique avec une fille complètement déjantée, un coup de foudre genre cyclonique. Et nous les filles, on n'est pas comme les garçons, on n'oublie pas. Bref, c'est une Suédoise qui a une double vie, libraire bon chic bon genre à Amsterdam. Si tu passes par là, sa boutique s'appelle Millénium. Mais elle est aussi hackeuse sans vergogne et justicière par conviction. Son nom de guerre est Antarès, la plus flamboyante étoile de la constellation du Scorpion, c'est dire…

Laura était fascinée, Shoshana avait en effet un petit quelque chose d'irrésistible, même pour elle. Elle savait à quelle porte frapper si d'aventure elle se lassait des hommes. Mais surtout, c'était bon d'avoir une pote pareille dans la vie.

— Et elle est d'accord pour nous aider? demanda Laura, pratiquement pour la forme.

— Oui, on triangule, toi, moi et Antarès, inutile d'essayer de communiquer directement avec elle, c'est elle qui prendra ce genre d'initiative, et je te préviens, elle va te tester grave, et elle est plus méchante que nous deux réunies.

— Comment t'as réussi à la convaincre ?

— Je lui ai envoyé ta photo.

33

Après avoir quitté Shoshana, Laura décida de déambuler dans Paris pour faire le point avec elle-même, une demi-heure de marche pour rentrer chez elle. Elle adorait cette ville, y vivre suite à sa rencontre avec François Lapierre était un rêve de jeunesse qui s'était concrétisé, mais elle développait aussi la nostalgie de la Sicile, de Rome, sa mère lui manquait. Elle n'avait plus fait de saut là-bas depuis plusieurs mois, elle devait bientôt combler ce manque.

Elle traversa le jardin des Tuileries et emprunta la passerelle Léopold-Sédar-Senghor pour franchir la Seine. Elle tourna à droite pour suivre le quai Anatole-France.

Il était évident que le niveau de menace avait augmenté d'un cran, mais Laura ne comprenait pas le rapport entre la récente explosion de violence et les deux manipulations liées à François. Elle ne voyait pas clair dans ce scénario où Rosenshark était manifestement le personnage principal. Et qui était vraiment cette Pamela Erskine qui avait véhiculé littéralement l'identité de Clara ? C'était insensé. Et elle ne songeait même plus au caractère ahurissant du Projet Thalassa.

Le plus absurde était qu'immanquablement, l'enquête des autorités allait mener tôt ou tard à Rosenshark et Laura n'arrivait pas à comprendre pourquoi il s'était exposé ainsi, avec autant de légèreté.

Quelque chose ne collait pas dans cette histoire.

Arrivée au niveau du somptueux Hôtel Collot, qui renfermait la galerie Kugel et ses fameuses antiquités, elle croisa par hasard Michel Gerardy, un collègue de la Sorbonne d'origine belge qui, lassé d'attendre la poule aux œufs d'or, s'était reconverti en brasseur de bière. Il tentait d'implanter sa marque, la Belgicus, savoureuse et gourmande, dans les bonnes adresses parisiennes. Ils papotèrent un peu et Laura reprit sa route, débouchant sur la rue Aristide-Briand.

Ses alliés, à part François bien sûr, étaient donc un agent israélien en goguette et une mystérieuse hackeuse apparemment foldingue. Elle-même n'était pas un foudre de guerre, ses notions de krav-maga acquises durant ses études lui paraissaient de peu de poids face à quelque chose qui semblait être une organisation internationale secrète, mais dont les contours étaient complètement flous. Avant de se séparer chez Angelina, Shoshana lui avait remis un sac Bégum Paris contenant une boîte à chaussures de la boutique Delage des jardins du Palais-Royal, sauf qu'on n'y trouvait pas de hauts talons mais un pistolet semi-automatique Beretta 92 avec son chargeur complet. « C'est le même modèle que celui de ton compatriote sicilien, le commissaire Montalbano, et celui-ci est intraçable, il est comme un gentil garçon, un peu lourd mais fiable », lui avait dit son amie. Laura se baladait ainsi avec une arme à feu et ses munitions, dont elle savait certes se servir plus ou moins suite aux leçons particulières données par son oncle Luigi en Sicile quand elle était adolescente. Le mafioso repenti voulait la protéger des mauvais garçons, initiative généreuse sans doute, mais quelque peu excessive, avait-elle toujours pensé, enfin, presque toujours.

Elle atteignit la place du Palais-Bourbon et s'engagea dans la rue de Bourgogne. Elle se sentait dans une impasse. Quand c'était comme ça, la procédure historienne exigeait de tout reprendre à zéro, de revenir aux origines de la réflexion et de recommencer humblement à analyser les documents à disposition. Comme c'était la seule chose qu'elle était vraiment capable de faire dans la vie, elle opta pour le recours à ce savoir-faire afin d'avancer et de s'en sortir. Il fallait en définitive comprendre les motivations de Rosenshark, réétudier son profil, son parcours, se replonger dans le Projet Thalassa. Elle était certaine que François pensait la même chose.

Après un tronçon de la rue de Varenne, elle parcourut le boulevard des Invalides et enfin l'avenue de Tourville et la place Vauban. Elle estimait que cette marche était suffisante pour assimiler la pâtisserie dégustée avec Shoshana.

Elle gagna son appartement, François n'était pas encore rentré, il avait finalement daigné se faire examiner par son médecin à toutes fins utiles. Il avait aussi prévu de contacter la police pour témoigner de son agression, mais après un appel téléphonique pour prévenir les policiers, il s'était rendu compte qu'aucun incident n'avait été déclaré avenue de Tourville, ni évidemment mort d'homme. Les malfrats avaient fait eux-mêmes le nettoyage *a posteriori*. François avait alors renoncé à porter plainte, avait-elle appris par un texto de sa part.

Les pieds sur la table basse, Laura lisait dans un fauteuil du salon un thriller haletant de son auteur français préféré dans ce genre, Bernard Minier, quand François rentra dans l'appartement en lui annonçant de manière théâtrale que sa tête allait progressivement retrouver forme humaine et qu'il fallait penser à fêter ça.

Il se rendit dans la chambre pour se changer, et revint avec une drôle de mine.

— C'est normal de trouver un flingue sur la table de nuit de la femme que j'aime ? interrogea-t-il.

Laura, absorbée par sa lecture, leva à peine les yeux vers lui.

— Par définition, *Tesoro mio*, si tu rentres à la maison, tu n'as pas à craindre mon flingue.

34

Ce matin-là, c'est une Laura tout ébouriffée, à peine sortie du lit, qui découvrit François assis à la table de la salle à manger, complètement tétanisé devant son écran d'ordinateur.

Il était figé, ravagé. Quelque chose n'allait pas du tout.

— Bonjour… osa Laura.

François ne répondit pas, c'était une première. Elle ne put s'empêcher de penser qu'ils devenaient déjà un vieux couple désabusé, mais son trait d'humour n'était qu'une mesure de protection face au parfum de désastre qui émanait de la pièce.

— Allume ton PC, va sur le site du *Nouvel Examinateur* s'il te plaît.

François avait prononcé cette phrase avec une froideur inhabituelle chez lui. Elle s'exécuta en s'asseyant face à lui, pour lire la même chose que lui.

Et là, elle tomba des nues.

Un article du célèbre périodique français annonçait une fracassante interview d'Alfred Rosenshark suite au décès de sa fille, il expliquait qu'elle souffrait de problèmes psychiatriques graves, qu'elle était très fragile, et que sa rencontre avec l'historien François Lapierre avait compromis ce qui lui restait d'équilibre personnel. Elle était tombée follement amoureuse de lui, comme l'illustraient des photos remises au journaliste par Rosenshark en personne, l'une d'elles les montrant dans un jacuzzi, et l'autre dans un bar à cocktails où leur proximité était évidente. Les deux photos couvraient une demi-page de l'article.

Sa jalousie envers l'historienne Laura Zante, de notoriété publique la compagne de l'historien, avait emporté ce qui restait de la raison de sa pauvre fille. C'était un drame passionnel, déplorable, mais en tant que père, que pouvait-il y faire, sinon assumer cette tragédie pour le restant de sa vie ? Il n'en voulait pas à l'historien, qui ignorait *a priori* l'état mental de sa fille, même s'il était bien obligé de reconnaître son rôle de séducteur invétéré dans cette sombre affaire.

En revanche, il était comme tout le monde, il ne s'expliquait pas l'assassinat de sa fille, et ne croyait pas à la version de Laura Zante, incapable de décrire son sauveur en ces circonstances. Il estimait que la police française était très négligente sur ce point. Une négligence complice ?

Laura, livide, se leva, pour s'asseoir dans un fauteuil.

— Je fais quoi moi, je bois un whisky ou je saute par la fenêtre, ou les deux ?

— Tu me laisses t'expliquer.

— Tu ne sais pas tenir ta queue François Lapierre. Ou plutôt si, et que trop bien.

— Il ne s'est rien passé entre nous.

Au bord des larmes, elle le regarda fixement droit dans les yeux. François aussi. Leur destin, leur amour, se jouait dans la demi-seconde qui suivrait.

— Le pire, c'est que je te crois, déclara enfin Laura, putain je te crois, mais c'est dur.

François devait jouer franc jeu, mais délicatement, ce qui était contradictoire pour la plupart des hommes. Mais il n'était pas la plupart des hommes, voilà au moins une certitude que Laura avait.

François lui dévoila le volet Pamela de son séjour à Ostende, sa rencontre à la piscine, les approches courtoises mais appuyées de la jeune femme, et même le bar vide de participants le soir de leur *drink*, c'était voulu, pour qu'ils soient intimes. Il lui expliqua, c'était sincère, le sentiment de malaise qui l'avait conduit à rompre le fil de ce processus de séduction dans les deux situations. Il s'agissait d'une autre manipulation de Rosenshark.

Mais de nouveau la question du pourquoi surgissait.

François et Laura s'enlacèrent, leur cœur battait à tout rompre, mais la tension retombait. François la sentit, la caressa, l'embrassa, et Laura aimait ça. Cette chaleur entre eux était le point de départ perpétuel, c'est par elle qu'ils reviendraient de tout dans l'existence.

Mais François devait à nouveau sortir la tête de la tranchée.

— Lis la fin de l'article.

Deuxième round, la cloche de la reprise du combat.

Le journaliste, qui n'était pas le plus mauvais de l'équipe rédactionnelle, avait fait le lien avec un récent papier du *Times* où le célèbre professeur d'histoire de l'université d'Oxford, Arnold Tybee, déclarait avoir découvert le texte d'un manifeste particulièrement inquiétant concernant un projet intitulé Thalassa. Il révélait ce texte au grand jour afin que l'opinion publique réagisse, d'autant que, *a priori*, suite à son étude approfondie de la source, se vantait l'historien anglais, ce texte, même s'il n'était pas signé, mettait en cause l'un des hommes les plus riches du monde au parcours sans faute, Alfred Rosenshark.

Affaire à suivre, concluait le journaliste.

François saisit son téléphone portable. Laura était toujours frappée par l'épaisseur virtuelle du carnet d'adresses de l'historien, un vrai annuaire téléphonique ambulant. Bien sûr, il obtint son correspondant du premier coup.

— Allô ! Arnold ?

— Oh ! mais c'est le nom de mon prestigieux collègue français Lapierre qui apparaît comme par magie… J'adore ces petits appareils !

— Bonjour, Arnold, tu as quelques minutes ?

— Pour toi oui, je vois que les nouvelles ont franchi le Channel, si tu veux m'inviter à la Sorbonne pour une conférence, je le fais gratis, moyennant mon billet d'Eurostar en première classe, une nuit dans un quatre-étoiles et une bonne bouffe.

Bref un mois de Smic, songea François, même la Sorbonne ne marchait plus comme ça, le plafond, c'était un trois-étoiles, sauf pour les auteurs à deux cent mille exemplaires. Les temps étaient durs pour tout le monde. Il fallait se plier au nouveau récit national français.

François alla à l'essentiel.

— C'est un document faux, Arnold.

— Cette vieille rivalité anglo-française… non, mon ami, c'est un document vraisemblable.

Plus il vieillissait, et il avait maintenant quarante-cinq ans, et plus François Lapierre détestait les polémiques avec ses collègues, d'un ennui mortel.

— Tu as bien lu le contenu ?

— Évidemment, un projet fasciste dans toute sa splendeur, on doit combattre cette pieuvre, éclairer les démocrates de ce genre de danger.

— Tu n'es pas dérangé par le contraste entre le contenu ahurissant de ce texte et la personnalité publique de Rosenshark ?

— Si bien sûr, d'autant qu'il m'avait invité à Glasgow pour un séminaire sur la Shoah figure-toi, mais *please*, motus, ce n'est plus bon pour ma réputation maintenant de révéler cette anecdote.

Lapierre n'était pas plus étonné que ça, il n'insista pas, laissant son collègue tout à sa joie avant de découvrir tout seul un jour prochain que François avait vécu la même expérience.

— Bien, alors je te laisse à ta croisade.

— Va voir ma vidéo sur le sujet sur YouTube, déjà un million de vues, la pub arrive, mais je dois reverser une partie des gains à mon *alma mater*, que veux-tu, c'est le libéralisme. Bon, c'est mieux que le socialisme où je devrais tout reverser à l'État, se sentit obligé de préciser Arnold Tybee, pour qui une conversation sans un peu d'humour n'était pas une vraie conversation, et qui s'arrêta là.

Laura regardait François avec ce petit sourire dévastateur qui précédait une annonce en général agréable.

— Tu as un peu maigri, dit-elle, sur un ton complice.

François, malin comme un singe, sauta sur l'occasion.

— Il faut dire qu'on a singulièrement espacé nos razzias gastronomiques ces temps-ci.

— C'est exact, je le confirme, on va continuer comme ça alors ? Tu vas enfin devenir svelte et musculeux.

— À dire vrai, je trouve qu'on mérite une pause, se laver la tête.

Ce qui signifiait surtout se laver l'estomac avec un vin de haute qualité, traduisit intérieurement Laura.

— Pendant que tu ferraillais comme à Azincourt, j'ai réservé une table à Ciasa mia.

Près du Panthéon, rue Laplace, c'était le restaurant préféré de François. Touché ! se dit-il.

— J'accepte, dit François, solennel, à une condition.

— Je suis tout ouïe.

— La totale.

Dans leur dictionnaire amoureux, « la totale » signifiait ne pas déjeuner, faire l'amour le plus longtemps possible, puis une très longue sieste, un bain interminable, puis le restaurant pour un dîner d'affamés, dans cet ordre précis. Laura ne fut pas longue à réagir.

— Il est presque midi… viens.

35

Assis à leur table habituelle à proximité de la cheminée, chaleureusement accueillis par Francesca, Laura et François savouraient les premiers mets délicats concoctés par Samuel, le maître d'œuvre du restaurant Ciasa mia. Ils n'avaient pas voulu échapper au menu de dégustation huit services.

Ils étaient détendus et heureux, un moment privilégié après la furieuse séquence événementielle des derniers temps.

Bizarrement, François avait apporté son attaché-case, sans vouloir en révéler la raison à Laura, curieuse.

Mais elle allait comprendre.

Il l'ouvrit après la première entrée et en sortit une simple farde rouge, qui avait pourtant une grande valeur aux yeux de François.

— Tu l'as gardée ? demanda Laura, étonnée.

— Bien sûr, c'est un objet de mémoire à présent.

Il s'agissait de la farde remise à François par Laura lors de leur toute première rencontre dans le bureau de l'historien, il y avait près de deux ans, et qui contenait une reproduction de la Source S que Laura souhaitait qu'il examine. C'était le début de leur histoire.

— Je suis touchée, mais je me demande pourquoi tu l'as amenée ici.

— Parce qu'il y a quelque chose dedans.

— Vous m'intriguez, docteur Lapierre.

— Vous m'affolez, docteur Zante.

Laura prit la farde, non sans avoir dégusté une gorgée d'un goûteux lagrein DOC Alto Adige 2013 dans son beau verre ballon où la jeune historienne laissa baigner la pointe de sa langue un bref instant. Elle ouvrit la farde avec délicatesse. Il y avait deux billets d'avion pour Catane. Laura sourit et regarda François avec des yeux pétillants.

— Nonobstant ma terreur de l'avion, je te remercie vraiment pour cette délicate attention, mon chéri distrait, car ma ville à moi, celle où je suis née, c'est Palerme.

— Je sais, mais près de Catane, il y a Taormina, et à Taormina, il y a la Casa Cuseni.

— Je te vois venir… tu as un plan que je ne qualifierai pas derrière la tête.

— Une nuit dans ce lieu magique, puis on va à Palerme voir ta famille, puis on repart de Palerme pour Paris, un mini-trip à la sauce *dolce vita*. J'ai tout organisé.

— Je vois, tu es le genre d'homme utile dans la vie d'une femme, déclara Laura, une prochaine bouchée de cannellonis farcis d'escargots, pleurotes, fenouil, parmesan et sauce de pommes rôties à portée de lèvres. Pour te récompenser, je t'emmènerai chez ma tante à Catane, pour te la présenter en bonne et due forme et te faire découvrir ses inégalables spaghettis *alle vongole*.

Le regard de François s'alluma, malgré les bouchées merveilleuses du plat de raviolis au Graukäse avec truffe d'été et parmesan qui était devant lui. Il était insatiable, constata une fois encore Laura.

Ils se laissèrent bercer par cet endroit magique dont l'atmosphère les emmenait dans un chalet des Dolomites, à mille lieues de Paris, à mille lieues des affres de la vie et en particulier de celle qui était la leur pour l'instant. Dans quoi étaient-ils embarqués ? Ils étaient en permission avant le retour au front. C'est Laura qui ne résista pas à briser le charme, se délectant de sa cuisse de pintade farcie de lentilles, purée à la vanille et échalotes.

— J'ai écouté la conversation entre Rosenshark et sa fille sur la clé USB remise par Shoshana. C'est, comment dire, effrayant. La violence psychologique et physique avec laquelle il traitait sa fille dépasse l'imagination. Il y a aussi la preuve de son implication dans l'attaque de la Sorbonne par le truchement de la manipulation qu'il exerce sur Pamela, et aussi sa planification de toute cette affaire.

— Certes, répondit François, qui lorgnait la bouteille de vin mourant de sa belle mort, mais on ne peut utiliser ce matériel devant un juge. Cette preuve n'est pas recevable compte tenu de la façon dont elle a été acquise. En plus on serait contraints de dévoiler son origine qui est Shoshana. On est bien obligés de reprendre le dossier au début, et de miser sur les prochains développements, en particulier le talent de cette fameuse Antarès dont tu m'as parlé.

— Je suis d'accord avec toi, et l'on doit définir notre attitude face au Projet Thalassa, un document faux qui est en train de se répandre sur le Web, subtilement porté par des personnes crédibles, comme l'illustre l'initiative de ton collègue anglais.

— Sachant qu'un document faux peut contenir du vrai, rebondit François, c'est le paradoxe de la situation, mon collègue anglais n'a peut-être pas tout à fait tort. La question est : quel but recherche Rosenshark en entrelaçant du faux et du vrai dans un document programmatique ?

— Il y a le document, mais il y a aussi la manière de penser, de fonctionner de Rosenshark, c'est ce que nous n'atteignons pas, souligna Laura, rassurée par l'arrivée de la deuxième bouteille de vin. Tu sais, je vais te faire un aveu, et tant pis pour mon orgueil : je pense que Rosenshark a délibérément introduit l'extrait du pamphlet antibonapartiste pour qu'on le découvre. On dirait qu'il cherche avant tout à te déstabiliser, à nous déstabiliser.

François fut tout à coup inspiré, le vin partagé avec une jolie femme était toujours son allié dans ces circonstances.

— On dirait que ce qu'il veut déstabiliser, ce sont nos méthodes, notre mode de réflexion, notre cheminement intellectuel pour le contrer, la procédure historienne elle-même.

Laura n'était pas en reste. Quand ils échangeaient comme ça, ils étaient en harmonie comme deux instruments de musique qui dialoguent dans une sonate.

— Exactement, nous sommes dans une manipulation trop complexe. Jusqu'ici il a voulu nous tromper, mais il a également tout fait pour qu'on se rende compte qu'il nous trompait. Donc il y a autre chose.

— Et qui serait quoi ?

— Ici je cale sur de la roche, mais je fore quand même, quitte à faire péter la mèche.

François constata que sa compagne était aussi combative qu'épuisée, elle n'était pas enragée, non, car les accès de rage sont brefs comme un orage d'été, elle était courageuse et opiniâtre, une marathonienne qui souffre et qui travaille son souffle dans la longue durée des minutes de course. Il savait que Laura Zante était brillante et volontaire, et il était tombé amoureux d'elle aussi pour cette raison, mais il la découvrait profondément attelée à son identité scientifique, dans son acceptation, et même sa passion, d'user lentement et inexorablement sa vie à chercher la vérité.

François ne résista pas à lui rappeler le vieux principe de la conduite à tenir en matière de critique historique.

— Pour connaître les motivations des hommes, il faut aller à leur rencontre en abandonnant tes propres motivations.

Laura confirma d'un geste de la tête, elle esquissa un sourire si léger que même lui ne put le percevoir. Il ne se débarrasserait jamais de l'attitude du maître érudit, même avec elle, ni du mâle protecteur, même avec elle. Mais son amour pour lui allait au-delà de toutes les postures que François pourrait prendre à son égard, et c'était là sa plus grande force, qui s'exprimait en elle sans avoir besoin de monter en chaire pour la faire exister.

Elle décida de lui faire plaisir.

— Ton conseil est judicieux, *Tesoro mio.*

36

La Casa Cuseni, via Leonardo da Vinci, se méritait. Elle était située sur les hauteurs de Taormina, la perle sicilienne, on y accédait par une route étroite aux multiples tournants et lacets. Mais l'effort était récompensé. Elle était considérée comme un véritable musée et un jardin historique. Figée dans le temps, elle avait accueilli des personnages célèbres aussi divers que Pablo Picasso, Henry Faulkner, Tennessee Williams ou Greta Garbo. Le mobilier de la demeure n'était pratiquement constitué que de meubles d'époque plus merveilleux les uns que les autres.

Le propriétaire, Francesco Spadaro, qui accueillit le couple d'historiens, leur fit faire une visite des lieux. Ce jour-là, sur un canapé, des robes du XVIIIe siècle en parfait état avaient été déposées pour une raison inconnue. François n'imagina même pas la valeur du clavecin dans l'un des salons, et fut ému par la bibliothèque. Lord Bertrand Russel, prix Nobel de littérature en 1950, y avait écrit son *Histoire de la philoso-*

phie occidentale. À la fin du parcours, le maître des lieux offrit des fleurs de son jardin à Laura.

La chambre choisie par François était la suite Pablo Picasso, aux volets bleu clair. Elle était la plus grande de la demeure et disposait d'un balcon de style baroque d'où l'on pouvait admirer le golfe de Naxos. Elle était dépouillée dans sa composition, bien que garnie de meubles authentiques du XVIIIe siècle, mais elle avait une particularité inégalable : une porte-fenêtre à double battant qui donnait directement sur l'Etna dans toute sa splendeur. Et lorsque le vieux volcan se réveillait, comme c'était le cas, le spectacle était véritablement grandiose. Le propriétaire avait d'ailleurs pris soin d'installer un grand lit suffisamment surélevé et positionné de façon à pouvoir assister couché à l'activité primordiale et perpétuelle de ce monstre sacré de la Sicile.

Laura était profondément émue. Quand elle était sur son île, elle cessait d'être cosmopolite pour redevenir purement sicilienne, plus sauvage, plus fruitée, plus minérale, plus solaire encore. Ses traits et sa couleur de peau mixée par le brassage des peuples d'Occident et d'Orient changeaient sous la caresse de la lumière de la Méditerranée, une transmutation qui donnait sens à la force du désir de vivre et à la beauté éternelle, celle des milliers de générations de femmes aimées des milliers de fois.

Elle avait ouvert la fenêtre pour se délecter de l'horizon et du vent tiède qu'elle respirait comme un parfum de mémoire.

François observait Laura qui observait l'Etna, il y voyait l'intensité d'une femme en harmonie avec sa terre, et avec la nature féconde, originelle. La métaphore qui consistait à avoir féminisé la terre dans sa représentation et son appellation, la terre, Gaïa, matrice du monde, du vivant et de l'inerte, n'avait jamais été aussi pertinente.

Le moment était venu. Il devait être unique.

François s'avança vers Laura et se positionna devant elle, puis tomba à genoux. Ses mains retirèrent ses vêtements du bas, tandis que Laura lui répondit en retirant ses vêtements du haut. Et quand elle fut nue, sans cesser de contempler debout l'Etna, il la sollicita des deux mains pour qu'elle écarte les jambes, maintenant en V inversé, et fichées dans le vieux parquet craquant de la chambre sans âge qui avait entendu mille serments.

Toujours agenouillé devant elle, les mains sur des cuisses chauffées à blanc, François décida qu'il serait l'homme le plus doux du monde. Laura agrippa les cheveux de son amant, mais la contraction de ses doigts n'était pas le signe d'un déséquilibre, au contraire, c'était celui d'un équilibre, d'un départ, d'un envol. Elle donna sa gorge au volcan comme une offrande, son abondante chevelure en cascade tombant en arrière comme une chute d'eau vers une chute de reins, dont la rondeur était comprimée par les mains d'un François qui accompagnait l'extase de sa femme au rythme des battements de son propre cœur.

Et Laura devint la terre et le ciel, elle fit mieux que le murmurer.

La nuit était tombée, ils étaient tous les deux couchés dans le lit, silencieux, la lave rouge de l'Etna semblait répondre aux petites lumières de la civilisation des hommes qui osaient vivre là, depuis toujours, depuis les Grecs, les Romains, les Byzantins et les autres. La fenêtre était encore ouverte, quelquefois une brassée d'air salé venait effleurer le couple qui avait tout oublié le temps d'un instant.

Lovée dans les bras de François, Laura libéra sa petite voix.

— Tu ne m'as emmenée ici que pour ça ?

Elle voulut pleurer car elle connaissait déjà la réponse.

— Oui.

37

Le lendemain, à l'heure du déjeuner, ils se rendirent à Catane chez la tante de Laura qui avait préparé sa spécialité, les spaghettis *alle vongole*. François n'en avait jamais mangé d'aussi délicieux, il devina à l'avance le poids de la nostalgie qui l'attendait dès qu'il quitterait l'appartement de la *zia*. François ne parlant pas italien, il laissa les deux femmes dans leur conversation enjouée, repérant néanmoins les moments où on l'évoquait dans un détour de conversation. Alors il souriait béatement, pour marquer sa joie de vivre, et les deux femmes qui n'étaient pas dupes riaient à leur tour. En attendant, il profitait de leur distraction pour écumer la marmite de pâtes jusque dans ses moindres recoins, pas un coquillage ne devait lui échapper.

Dans l'après-midi, ils prirent le train pour Palerme et arrivèrent en début de soirée à la maison familiale de Laura, en fait un *palazzo* du XVIIIe siècle ayant beaucoup vécu, situé via Maqueda, où la *mamma*, Ariana, et son deuxième mari, Luigi, qui était aussi l'oncle de Laura, les accueillirent avec un repas interminable.

François décréta qu'il était impossible de maigrir en Sicile, en dépit des démentis catégoriques de Laura qui, au contraire, estimait que c'était l'une des cuisines les plus saines du monde, son compagnon ne voulant jamais reconnaître qu'il était seul responsable des quantités qu'il absorbait. François lui répondait toujours la même chose : c'est une question de point de vue. Et, toujours selon lui, comme elle était une historienne diplômée, elle devait bien le reconnaître.

Après le banquet, François décida de récupérer un peu dans la bibliothèque, et Laura en profita pour aller consulter ses courriels. L'un d'entre eux retint particulièrement son attention, il était signé Shoshana.

Salut Laura,
Antarès m'a envoyé un long message que je te résume ici. D'abord, l'organisation gouvernementale Zêta, c'est du toc, une intox. Antarès a fouillé le Darknet, il n'y a rien. Et OGZ fait simplement écho à ZOG, Zionist Occupation Government, un acronyme qui renvoie au mythe du complot juif style Protocoles des sages de Sion contrôlant le monde. C'est apparu aux États-Unis il y a quelques décennies dans les milieux néonazis et suprémacistes blancs.
Cela dit, c'est le deuxième écho aux Protocoles dans ton document. J'ai fait une note professionnelle pour mes services. Oui, je suis de retour en Israël, et j'ai aussi remis tout le dossier Thalassa

à mes patrons, y compris l'enregistrement de la conversation entre Rosenshark et sa fille. Nous avons ordre de ne rien laisser passer ni taire en matière d'antisémitisme. On stocke tout. Autant que tu le saches.

En revanche Antarès a levé autre chose.

Beaucoup plus intéressant pour ton affaire.

L'entreprise phare de Rosenshark, UMNIT Corporation, a acheté un immeuble à moitié désaffecté à Saint-Pétersbourg, une sorte d'entrepôt, mais Antarès a détecté une activité informatique anormale en termes d'intensité de jour comme de nuit pour ce genre de lieu. Bref, je passe les détails. Pour elle, c'est une usine à trolls.

Comme je suis sûre que tu ignores ce dont il s'agit, je te l'explique. C'est une plateforme électronique qui inonde les réseaux sociaux de fausses nouvelles ou de commentaires dans les débats pour les noyauter. Les informaticiens véreux qui y travaillent passent leur temps à chercher à influencer les esprits par la propagande algorithmique, en fonction des profils des individus.

C'est un outil parfait de diffusion du Projet Thalassa et de son contenu.

Antarès suggère de détruire cette usine à trolls, comme un avertissement adressé à Rosenshark. Elle veut que ce soit toi, et seulement toi, qui le fasse. Elle va envoyer des instructions et des précisions. Je t'avais dit qu'elle allait voir de quel bois tu te chauffes.

Laura était évidemment troublée par la dernière phrase du message. Antarès voulait lui confier une mission comme à un agent de terrain. C'était une idée saugrenue. Elle répondit sans attendre à Shoshana pour la remercier et lui demander un éclairage sur ce qu'il fallait comprendre concernant cette destruction. Puis elle mit en veille son ordinateur pour rejoindre François dans la bibliothèque de la maison.

Il était affalé dans un fauteuil, après avoir renoncé à lire un livre. Il ne dormait pas, mais il était songeur. Il réagit à l'arrivée de Laura.

— Tu te souviens, c'est ici que nous avons commencé à travailler ensemble, sur la Source S. J'adore cet endroit. C'est notre lieu de mémoire.

— Bien sûr que je me souviens.

Laura vint s'asseoir à côté de lui qui venait d'adopter la position assise. Elle lui prit la main.

— J'ai reçu un message de Shoshana. Antarès a envoyé des informations qui font avancer notre enquête. Je vais te transmettre son courriel. Mais je te préviens, il y a, semble-t-il, un loup.

— Allons bon, qu'est-ce qu'elle mijote ?

— Ce n'est pas elle, mais Antarès, c'est elle qui a fait les découvertes. Cela concerne une usine à trolls à Saint-Pétersbourg.

— C'est quoi ce truc ?

— Une fabrique pour enfumer Internet. Je dois creuser le sujet moi aussi. Antarès suggère de la détruire, et elle veut que ce soit moi qui le fasse. Je ne sais pas encore comment.

La mine de François venait de s'allonger. Même inquiet, il y avait quelque chose de drôle dans ses traits, de l'ordre de la caricature.

— Tes copines sont complètement barjos.

— Tes copains sont complètement absents, répliqua Laura du tac au tac. C'est vrai quoi, moi au moins, j'ai mobilisé autour de moi, et toi tu ne fais appel à personne, on dirait que tu n'as pas d'amis.

— Ce n'est pas vrai, je consulte des gens, mais effectivement ils ne sont pas bizarroïdes comme les tiens.

— Tu exagères, Shoshana est une experte dans son domaine, et Antarès aussi, dans son genre.

— Tu essaies de me prévenir de quoi ?

— Que je devrai sans doute partir à Saint-Pétersbourg, seule.

François trouvait que la conversation prenait une tournure surréaliste. Il l'interrompit en se levant et en proposant à Laura d'attendre les précisions de son « fantôme du Net », comme il surnommait Antarès.

Mais Laura savait comment calmer son homme.

— Bon, pour me faire pardonner des frayeurs que je te cause, et comme tu es très gentil avec moi ces temps-ci, je vais t'emmener demain tout près d'ici dans un endroit que tu n'oublieras jamais.

38

Laura se leva tôt, impatiente de découvrir la suite de la correspondance avec Shoshana, et lasse des ronflements de François qui avait finalement cédé à la grappa sicilienne de fin de soirée proposée par son oncle.

Elle alluma son PC et ouvrit immédiatement le message attendu.

Salut Laura,

Antarès s'est de nouveau manifestée.

Elle t'envoie un billet à ton nom, il est en annexe du courriel, départ demain matin à 10 h 40 avec Alitalia, depuis Palerme, avec une escale à Rome, arrivée à Saint-Pétersbourg à 18 h 40, avec le décalage horaire six heures de voyage, mais quatre heures quarante-cinq de vol, j'ai calculé, car je sais que tu détestes voler. Une chambre a été réservée à ton nom à l'hôtel Kempinski, le buffet du petit-déjeuner est à tomber par terre,

et il n'y a pratiquement personne en cette saison.
À 2 heures du matin, tu sors de l'hôtel par l'entrée principale et tu tournes à gauche, à quelques mètres de là, au n° 24, il y a une agence immobilière Engel & Völkers, une voiture t'attendra avec deux hommes dedans. Dis-leur simplement « Antarès ». Après ils te diront quoi faire.
Tu reprends le vol Saint-Pétersbourg-Paris du jour. Donc tu voyages léger.
Comme tout le monde s'acharne sur Poutine pour l'instant, il te faut un visa, en annexe encore, j'ai bidouillé quelque chose qui devrait suffire, ça marche pour nos agents en tout cas. Bienvenue dans le monde interlope.
Bonne chance, bonne chasse, ma chérie.

Laura était plutôt partagée, c'est le moins que l'on puisse dire. Elle avait l'impression de s'embarquer dans une histoire *out of control.* Heureusement, elle avait son passeport avec elle, mais pas ses pilules pour se calmer et dormir en avion dès qu'un vol dépassait deux heures. Elle devait passer à la pharmacie. Et François ? Comment allait-elle lui présenter cette extravagance ?

Justement, quand on parlait du loup, il venait d'apparaître plus ou moins opérationnel, cela lui faciliterait la vie.

— Bonjour chéri, viens dans la cuisine, je vais te préparer un café.

— Bonjour, merci.

Ils descendirent à la cuisine et François s'effondra plus qu'il ne s'installa à table. Laura adopta des petites manières de maîtresse d'intérieur toute souriante. Mais François remarquait peu de choses à cette étape-ci de son éveil laborieux.

Le fumet du café qui apparut subitement devant son nez lui donna un premier petit coup de fouet salvateur. Il le porta à ses lèvres comme le ferait un rescapé du Titanic sauvé des eaux glacées.

— Ton cerveau est rallumé ? demanda Laura.

— Un peu, répondit François.

— J'ai des nouvelles, tout est organisé, super, je pars demain, je suis logée dans un cinq-étoiles, je suis accueillie là-bas par des spécialistes et je reviens le lendemain à Paris. Organisation nickel.

— Il faut un visa pour aller en Russie et tu n'en as pas. Et puis, c'est quoi ces spécialistes ?

Il était difficile de bluffer le professeur Lapierre.

— Il y en a pour les cas spéciaux comme moi, ne t'en fais pas, et pour le reste on m'expliquera sur place, mais il n'y a pas de danger mon amour.

— Je n'aime pas ça, mais tu es une femme libre et tu jouis de ton libre arbitre, mais quand même, ça pue le coup complètement foireux.

Laura décida de changer de ton, elle savait y faire.

— Attends, un type essaie de me faire buter, j'y échappe par miracle, et tu voudrais que je ne saute pas sur l'occasion pour lui rendre un dixième de la monnaie de sa pièce ? Tu te souviens dans quelle galère on est. On butine ces jours-ci toi et moi, mais l'affaire n'est pas réglée. Donc, excuse-moi, mais je refuse de rester les bras croisés à ne rien faire si une opportunité se présente de lui rentrer dedans.

François resta un moment muet, parce qu'il savait qu'elle avait partiellement raison, il fit ce que tout homme fait dans ces cas-là, il lui sourit béatement. Et Laura sut qu'elle avait emporté la partie.

— Bon, dit Laura, conciliante, je t'ai fait une promesse hier, prends une douche, récupère et abstiens-toi de petit déjeuner, on va dire que tu fais régime le matin et bombance à midi.

En fin de matinée, Laura entraîna François dans la via Pannieri, une rue tantôt étroite, tantôt plus large, pleine de circonvolutions, de surprises, et où s'étirait un marché populaire typique aux parfums capiteux. Elle s'arrêta devant une vitrine qui ne payait absolument pas de mine, en face d'un poissonnier devant lequel se concentrait une foule de clients palermitains manifestement habitués des lieux, un gage de qualité.

Laura poussa littéralement François dans l'établissement en face du poissonnier, devant lequel quelques chaises en plastique bon marché et des tables bancales n'invitaient pas *a priori* au *farniente*. Ils entraient dans la Spaghetteria Mina.

La décoration intérieure était simple et informelle, l'endroit était bondé, pratiquement pas de touristes sinon quelques égarés, et le patron leur trouva une table comme par miracle. Il connaissait manifestement Laura et aurait déplacé, semblait-il à François, des montagnes pour elle.

— C'est ici l'endroit inoubliable ? demanda François, sur un ton ironique.

— Raciste ! Attends un peu avant de juger avec tes critères bourgeois, répondit Laura, taquine.

— Et c'est une aristocrate qui me stigmatise, en voilà une affaire !

— Ma branche est tombée de l'arbre depuis longtemps, tu sais.

Les cartes furent promptement déposées sur la table, Laura n'ouvrit même pas la sienne.

— Tu veux un conseil d'une indigène ?

— Absolument.

— Spaghettis *alle vongole*. J'ai cru comprendre chez ma tante que tu les affectionnais particulièrement.

Il en fut ainsi, et très rapidement deux plats arrivèrent sur la table. Leur fumet faisait déjà tourner la tête de François, mais lorsqu'il commença à manger, le temps s'arrêta pour lui, découvrant une nouvelle dimension de la gastronomie.

— Je n'ai jamais mangé de spaghettis *alle vongole* pareils, de toute ma vie, annonça-t-il comme il l'aurait fait s'il avait été témoin de la Résurrection.

Laura était heureuse de donner aussi du plaisir de cette nature à son compagnon.

— Le poissonnier d'en face, réputé pour la fraîcheur de ses produits, travaille en cheville avec ce petit restaurant. Tes coquillages sont passés directement de la mer à ton assiette. Si tu le souhaites, tu peux acheter un ravier de calamars chez le poissonnier et le déguster dehors sur une chaise en plastique du restaurant, accompagné d'un verre de vin blanc, le ciel bleu et les passants pour décor. Tu vis la vraie vie. Tu as l'essence de la cuisine palermitaine ici. Il ne sera jamais étoilé dans les guides, mais nul doute qu'il le sera dans ton cœur.

En guise de promenade digestive, ils traînèrent un peu dans les rues avoisinantes avant de rentrer pour que Laura achève ses préparatifs de voyage et passer une soirée au calme. François était inquiet, mais il ne voulait pas le montrer à sa compagne qui ne manquait pas de cran.

Le lendemain matin, il l'accompagna à l'aéroport, jusqu'à la zone internationale. Ils se séparèrent en s'embrassant tendrement.

Au moment de franchir la zone internationale, Laura s'arrêta et se retourna, faisant alors face au flux des passagers qui avançaient et la dépassaient. Vêtue d'un long manteau chameau, d'un fin pull à col roulé beige sable, d'un pantalon moulant en cuir noir, elle le regarda, figée dans cette foule en mouvement. Elle était lumineuse.

— François… La Casa Cuseni… c'est la meilleure idée que tu aies jamais eue…

Puis elle se retourna et reprit sa marche, une botte après l'autre, la chevelure flottante.

Alors François la laissa partir.

39

L'hôtel Kempinski était l'un des plus renommés de la ville de Saint-Pétersbourg. Très ample et d'une grande élégance, c'était un établissement à la façade somptueuse, un petit bijou situé littéralement à deux pas de l'Hermitage, au bord de la Moïka. Les tarifs des chambres étaient cassés à cette époque de l'année et l'hôtel, pratiquement désert. Le prix d'une suite junior grande comme un appartement était pratiquement celui d'une chambre d'un Ibis à Paris. Le soir venu, après quelques brassées dans la piscine où Laura ne croisa personne, sauf une employée, elle dîna au restaurant de l'hôtel situé dans les étages supérieurs, avec une vue splendide, un pianiste qui interprétait de belles mélodies russes et internationales, une nuée de serveurs, et elle était absolument seule dans le restaurant. C'était une première pour elle, d'être ainsi particulièrement dorlotée par le personnel.

Mais Laura n'était malheureusement pas là pour faire du tourisme.

Un peu avant 2 heures du matin, elle sortit de l'hôtel et se positionna au niveau de l'agence immobilière Engel & Völkers.

Il était maintenant 2 heures, et aucune voiture à l'horizon. François aurait-il eu raison ? Deux heures dix, toujours rien, elle commençait à s'inquiéter. 2 h 15, elle avait froid à rester sur place et se mit à sautiller discrètement, peu à l'aise dans cette rue inanimée.

Il ne viendrait plus personne, elle se prépara à rebrousser chemin quand elle entendit le bruit d'un pot d'échappement qui avait eu plusieurs vies. Une voiture autrefois blanche, dans un état calamiteux, d'une marque disparue, s'arrêta à son niveau. Nul doute que ce véhicule avait assisté au siège de Leningrad. Deux hommes à la mine patibulaire étaient à l'intérieur. Laura leur dit « Antarès », et ils lui firent signe de monter à l'arrière. Elle s'installa dans un véritable cendrier, tant l'habitacle déglingué était imprégné d'odeur de cigarettes. Elle voulut ouvrir légèrement la fenêtre, mais le mécanisme était bloqué. Elle prendrait son mal en patience.

— Moi je m'appelle Piotr, dit l'un.

— Et moi je m'appelle Piotr aussi, dit l'autre, et ils éclatèrent de rire.

Allons bon, se dit Laura, en souriant malgré tout.

— Enchanté, moi c'est Laura.

— Toi, c'est belle Laura dit Piotr.

— Non, toi, c'est très belle Laura, dit Piotr, et ils rigolèrent de nouveau.

— Toi amie de Antarès donc toi notre amie. Grâce à Antarès, pas de prison pour nous, nous pas oublié.

De mieux en mieux, se dit Laura, heureusement ils avaient l'air sobres. Mais Piotr de droite sortit une flasque de son veston élimé.

— Vodka ?

Laura fit non de la tête. Heureusement ce n'est pas lui qui conduisait. Mais Piotr de gauche, celui qui conduisait, sortit lui aussi une flasque.

— Whisky ?

Laura refit non de la tête, en murmurant *spasiba*, le seul mot qu'elle connaissait en russe, mais il emporta leur enthousiasme.

— Oh, mais toi belle Russe du Caucase ! Moi t'épouser dit Piotr.

— Toi sublime *Krasota*, épouse plutôt moi, renchérit Piotr.

— Je suis déjà mariée, mentit Laura.

— Respect ! Ton mari riche et fort comme un ours, un tsar qui a tué tous tes prétendants, dit l'un des Piotr.

Ce constat fantaisiste les calma pendant un instant, au profit d'une conduite plus prudente.

Laura tenta de ne pas rire, en associant son François à cette description, elle se mordit les lèvres en fait, et baissa la tête.

Ils roulèrent ensuite en silence, l'habitacle sentait le tabac, mais aussi fortement l'alcool, et cela ne pouvait pas provenir de leur ravitaillement personnel. Ils arrivèrent dans une zone de Saint-Pétersbourg sans doute ignorée à juste titre des guides touristiques. Avait-on jamais reconstruit ici après la guerre ?

— Nous bientôt à destination, nous couper phare dans une minute, toi pas avoir peur.

Sans feu, ils roulèrent plus lentement, et le bruit que faisait la voiture diminua, ce qui était plutôt de bon augure. Ils s'arrêtèrent devant un immeuble en voie d'effondrement selon les normes occidentales.

— C'est ici, ce bâtiment moderne, dit un des deux Piotr.

La notion de modernité était toute relative et Laura considéra qu'il fallait traduire par « ère soviétique ». L'endroit était désert, il n'y avait pas âme qui vive à pratiquement 3 heures du matin, l'heure des sommeils profonds de ceux qui dorment. Les trois comparses de circonstance descendirent du véhicule, et Piotr de gauche ouvrit le coffre arrière avec un tournevis. Il dévoila son contenu, des bouteilles en verre remplies de liquide avec un chiffon comprimé par un bouchon de liège. C'était ça, l'odeur d'alcool.

— Méthanol, avec petit supplément d'acide et phosphore, liquide vaisselle aussi, pour brûler plus longtemps, toi faire attention à tes mains de fée.

Des cocktails Molotov améliorés… Laura était horrifiée, elle prenait enfin conscience de la situation dans laquelle elle s'était fourrée. Mais elle ne pouvait plus reculer, d'autant que Piotr de droite avait subitement pris un air sérieux.

— Toi lancer la première bouteille contre la façade, ordre d'Antarès, sinon on fait rien. Je vais te montrer comment on fait.

— Vous êtes sûr qu'il n'y a personne là-dedans ? demanda Laura.

— Non, non personne, sûr, répondit Piotr de droite.

Il lui tendit une bouteille et un briquet, mima les gestes, c'était au tour de Laura d'agir. Elle alluma la bouteille et la lança sur le mur, elle explosa, exprimant un éclair de feu dans la nuit froide. Piotr et Piotr étaient satisfaits.

— Rentre dans voiture, dis Piotr de gauche, on finit travail, on tourne autour du bâtiment.

Il y avait une bonne vingtaine de bouteilles dans le coffre…

Il fallait du contradictoire, du clash. Boris Yousoupov, dix-huit ans, avait bien compris, la théorie du chaos, créer du chaos dans les esprits, et celui qui savait, qui menait, qui était à l'origine du chaos, sur une certaine durée et selon une certaine ampleur, pouvait en tirer du pouvoir, de la gloire ou de l'argent, ou les trois à la fois. Cela faisait rire Boris Yousoupov. Lui aussi monterait en grade, deviendrait un gestionnaire de chaos, pour le fric seulement, le pouvoir et la gloire, il s'en foutait. Plus de fric égale plus de baise, c'était son horizon, son credo, la seule équation mathématique utile à ses yeux. Alors il tapotait sur son clavier, il tapotait jour après jour, nuit après nuit, en buvant des ersatz de boissons énergisantes occidentales qu'on trouvait ici.

Quand il sentit l'odeur de brûlé, il sut instinctivement que c'était grave. Dans un environnement pareil, le feu épouse le décor en un rien de temps. Il abandonna tout et courut vers la sortie de secours en dévalant les marches d'escalier quatre à quatre. Il poussa la porte qui donnait sur l'extérieur avec soulagement.

Bien mal lui en prit, il tomba sur un gros malabar aussi stupéfait que lui, sinon qu'il se préparait à lancer sur le mur un cocktail Molotov mèche allumée. Mais plutôt que de l'expédier dessus, il changea subitement de cible et fracassa la bouteille incendiaire sur la tête de Boris Yousoupov puis se retira en arrière d'un petit bond.

Le troll transformé en torchère en commençant par la tête crépita comme un feu de Bengale, des cloques de chair explosant par myriades, et s'effondra en se tortillant à peine sous l'effet de quelques brèves connexions nerveuses en surchauffe ultime. Sûr qu'il ne témoignerait pas, songea Piotr de droite, qui rejoignit rapidement ses complices pour qu'ils ne deviennent pas, à leur tour, des témoins, surtout Laura, la belle brune aux gros seins, qui avait l'air d'avoir l'esprit assez tordu pour être honnête.

40

François venait de revenir de Palerme, sa valise et celle de Laura, partie à Saint-Pétersbourg avec le minimum vital, encore dans l'entrée de l'appartement, quand Laura le rejoignit. Ils faillirent pratiquement se heurter. Dire que l'avant-veille, ils déjeunaient à Palerme… Il y avait de quoi perdre le nord. Ils discutèrent de l'expérience improbable de Laura, qui prenait déjà chez elle le chemin d'un souvenir diffus, irréel. François était sincèrement soulagé de la revoir, il n'avait pratiquement pas dormi de la nuit, en permanence sur le qui-vive, tant cette situation d'une Laura partie à l'aventure était inhabituelle pour lui. Mais le plus important maintenant était l'information qu'il était sur le point de lui délivrer, une information saisissante.

— Il est temps que l'on recentre nos activités, tu ne crois pas ? demanda François, la voix posée.

— Si, dit Laura, je suis désolée pour tout ce bazar. Mais comment lutter contre ce type ? Et contre qui luttons-nous, au final ?

— La question ne se pose plus.

Laura fut étonnée, elle ne comprenait pas ce que François voulait dire. Devant son interrogation muette, François lui annonça la nouvelle, il l'avait apprise dans le taxi qui le ramenait de l'aéroport.

— Rosenshark a été arrêté hier soir, il est inculpé et incarcéré à la prison de la Santé.

Il s'abstint de lui faire remarquer qu'elle aurait pu s'épargner son équipée sauvage à Saint-Pétersbourg.

— Quoi ?

— C'est fini, Laura, il est hors d'état de nuire.

— Mais comment est-ce possible ?

— C'est fini.

Et François la prit dans ses bras, elle était tendue, il voulait la soulager, en se détendant lui-même. Après un temps, ils relâchèrent leur étreinte, et François alluma la télévision pour accéder à une chaîne d'information en continu. Il tomba évidemment sur un reportage consacré à l'affaire du siècle. Ce n'est pas tous les jours que l'un des hommes les plus riches du monde, qui avait bâti un empire industriel dans les nouvelles technologies, se retrouvait en prison accusé de divers crimes.

Alfred Rosenshark avait été appréhendé dans l'appartement de sa fille Pamela Erskine, rue de Turenne. Il n'avait pas opposé de résistance et était passé rapidement aux aveux. Le journaliste souligna que la Ligue des droits de l'homme s'était portée partie civile pour le volet concernant le Projet Thalassa, dont on a parlé dans la presse et dont on soupçonnait Alfred Rosenshark d'être l'auteur. Ce document, véritable incitation à la haine raciale, devait être pris en compte dans les crimes reprochés au milliardaire, selon le président de la Ligue.

« Il faut préciser qu'Alfred Rosenshark a donc reconnu tous les faits qui lui sont reprochés, ajouta le journaliste, tandis que les enquêteurs ont mis au jour, en perquisitionnant son ordinateur personnel, des annexes de quatre cents pages liées au Projet Thalassa. Ce document a déjà malencontreusement fuité dans les médias, et un site alternatif, Zombies 89, "ni de gauche, ni de droite, ni du centre" en publie une version intégrale en format PDF. Elle a déjà été téléchargée 25 millions de fois. »

La nouvelle faisait le tour du monde à la vitesse de la lumière.Rosenshark promit qu'il allait s'expliquer en toute bonne foi devant le tribunal. Il était à espérer qu'il ne transforme pas en tribune ce lieu consacré à rendre la justice.

Le succès de cette arrestation était dû à une longue enquête menée par la DGSI dans le cadre de la lutte antiterroriste, suite à l'enregistrement réalisé par les services secrets français d'une conversation entre le magnat et sa fille où il apparaissait clairement qu'il était à l'origine de l'attaque de la Sorbonne.

Laura tomba des nues, d'autant que l'enregistrement en question ne pouvait être que celui de Shoshana. Elle n'y comprenait plus rien. Un appel sur son portable la tira de son interrogation, c'était justement son agent israélien.

— Bonjour, Laura, il paraît que tu as rempli dans les formes ta première mission. Bien joué.

— Je suis un peu perdue là, tu as entendu les infos sur Rosenshark ?

— Plutôt oui, il n'y a que moi qui peux t'expliquer. Les choses se sont un peu accélérées. Suite à ma note remise à mes services, j'ai été interrogée et il vaut mieux vider son sac dans ces cas-là, c'est clair. Du coup l'enregistrement a intéressé mes chefs qui ont passé un *deal* avec nos collègues français. Voilà pourquoi les choses sont présentées de cette manière. Au moins ce sale type est *out*. Bon, j'ai été punie pour avoir espionné pendant mes vacances, mais pour la forme. J'ai tout dit sauf que j'avais buté ta furie. À dire vrai, ils n'ont pas cherché à creuser ce point non plus, mais il serait d'ailleurs sage de supprimer tous les courriels de cette partie de notre vie. Sinon ça va ?

— Oui, c'est une belle victoire, on va pouvoir enfin être tranquilles, mais François tire à moitié la tête, il n'est pas très content de mon escapade, je le vois bien. Il a un côté pantouflard, tu sais.

— S'il y a de l'eau dans le gaz, n'hésite pas à venir t'installer chez moi à Tel Aviv, le temps que ça se tasse, pour faire le point. C'est petit, mais on s'arrangera, suggéra Shoshana, toujours au taquet.

— Tu es terrible. Je note néanmoins que tu es ma position de repli, répliqua Laura, complice.

41

Le soleil brillait de mille feux ce matin-là sur la capitale française. Il faisait particulièrement doux pour la saison. François se souvint d'une publicité dans un magazine concernant une entreprise d'hélicoptères qui proposait à ses clients un vol à bon prix pour voir de ses propres yeux les dernières neiges éternelles en Europe. Le slogan disait : « Pour vous et vos enfants, un spectacle inoubliable et destiné à disparaître à tout jamais. » François se dit qu'il n'y avait plus qu'une seule saison par an avec des pics de chaleur et des pics de fraîcheur, quoique l'été précédent, les pics de chaleur avaient été plutôt de longue durée. La température à Paris avait flirté avec les 43 voire 44 degrés pendant plus d'un mois. Au demeurant, toute l'Europe avait été frappée par cette vague de chaleur qui avait fait, au bas mot, cent cinquante mille morts inclassables, car mourir plus tôt que prévu, c'est peut-être une statistique, mais cela reste un impondérable. Même Laura avait suffoqué. D'ailleurs le sud de l'Europe avait été ravagé par des incendies sans précédent. Et la famille de Laura était venue s'installer une partie de l'été chez des proches dans le Haut-Adige, près de Bolzano.

François se souvint qu'il avait installé l'air conditionné dans son appartement. Cela lui avait coûté un pont, les prix avaient explosé dans ce secteur, mais il s'en fichait, et les nuits, sa baignoire était restée remplie d'eau froide, pour faire trempette à intervalles réguliers et se soulager.

C'était l'époque où l'Islande avait instauré une taxe d'entrée pour les touristes tant ils étaient nombreux à considérer le pays comme un havre de paix. Comme le gouvernement islandais résistait à la tentation d'ouvrir de vastes complexes hôteliers, sous la pression de l'opinion publique, les campings avaient fleuri un peu partout sur l'île, faisant dire aux militants écologistes islandais qu'avec toutes ces tentes, l'Islande ressemblait à un vaste camp de réfugiés climatiques.

À propos de réfugiés, François se souvint du titre d'un des numéros du *Nouvel Examinateur* : « La Méditerranée, la mer la plus meurtrière de l'histoire ». Au grand dam des ONG et des associations de défense des droits humains, l'Union européenne, sous la pression du groupe des députés eurosceptiques, désormais majoritaire, avait passé des accords avec la Libye pour que celle-ci ralentisse le flux de réfugiés subsahariens, moyennant une très forte contribution financière de l'Union officiellement en faveur du développement de la Libye. Pour jouir de ce flux financier qui permettait aux chefs de clan de ce pays de profiter à leur tour de toutes les commodités de l'existence et des excentricités du luxe, la marine de guerre libyenne, à l'abri des caméras, faisait désormais feu sur les coquilles de noix des passeurs, décimant leurs occupants faméliques à la mitrailleuse lourde.

François sortit de ses réflexions et cessa de contempler depuis sa fenêtre le dôme des Invalides, son rituel du matin dans son bel appartement de la place Vauban, un héritage familial.

Laura était sortie tôt pour aller donner cours, et François avait décidé de remettre un peu d'ordre, c'est-à-dire de ranger dans des caisses tout ce qui rappelait le Projet Thalassa et de les descendre dans sa cave, son dépôt d'archives privées. Il était ravi de cette tâche qu'il exécuta avec plaisir. Il était heureux aussi de glisser dans l'une des deux caisses en carton prévues à cet effet le Beretta 92 offert à Laura par Shoshana. Il ne voulait plus savoir qu'une arme à feu était dissimulée dans leur chambre au cas où, une précaution absurde et dangereuse, avait-il toujours pensé.

Après avoir libéré l'appartement de ce souvenir désagréable, il s'offrit un café au calme, en songeant que cette histoire terminée était la plus incongrue qu'il ait jamais vécue. Mais il ne voulait plus y penser et passer à autre chose. Il mijotait d'ailleurs une petite escapade avec Laura qui serait bienvenue pour tourner définitivement la page. Il ne mit pas deux minutes à trouver la solution. Laura ne connaissait pas encore le château d'Hodebert, l'occasion rêvée se présentait de prévoir un séjour dans ce qu'il appelait son petit paradis. Il forma un numéro sur son portable.

— Allô ?

— Allô ! bonjour Elena, c'est François Lapierre.

— Oh ! bonjour professeur, comment allez-vous ?

— Chaque fois que je vous téléphone, je vais bien puisqu'il s'agit du prélude à un séjour chez vous. Alors voilà, je voudrais réserver la chambre du Parc pour deux personnes, pour trois nuits, exactement dans deux semaines. C'est possible ?

— Attendez… oui, c'est parfaitement possible.

— Vous m'en voyez ravi ! Je vous souhaite une excellente journée.

— Excellente journée à vous aussi professeur.

Enfin la vie reprenait son cours normal, se dit-il, en préparant ses affaires pour aller donner son cours de l'après-midi.

Soudain la sonnerie de son téléphone retentit, il eut un coup au cœur, pensant que c'était sans doute Elena qui le rappelait pour corriger le tir. Il décrocha immédiatement.

— Allô, Elena ?

— Heu… non, désolé, ce n'est pas Elena, je suis maître Georges Pépère, avocat au barreau de Paris. Bonjour professeur Lapierre.

— Désolé… bonjour, maître Pépère, que puis-je pour vous ?

— Voilà, il se trouve que je suis l'avocat de M. Alfred Rosenshark.

François frémit à l'annonce de ce nom, mais ne se démonta pas.

— Et que puis-je pour vous ? répéta François, légèrement plus sèchement que la première fois.

— Voilà, mon client souhaiterait avoir un entretien avec vous, une rencontre plus précisément, au parloir du quartier VIP de la prison de la Santé, dont l'entrée est située rue Messier, à votre meilleure convenance et selon les horaires de visite, bien entendu.

Si François n'avait pas été assis, il serait tombé par terre. Il passa la main sur son visage en clignant des yeux. La scène était irréelle, il astiqua sa réponse au quart de tour.

— Cher Maître, je ne pense pas qu'une conversation avec M. Rosenshark soit d'une utilité quelconque.

— Il savait que vous diriez ça.

— Néanmoins, je suis d'accord de le rencontrer, par principe, parce que je n'ai jamais refusé de discuter avec quelqu'un qui m'en faisait la demande.

— Il savait que vous diriez ça aussi.

François se mordit les lèvres et attendit que l'avocat finisse de délivrer son message.

— J'ai plusieurs dates à vous proposer, à votre meilleure convenance, bien entendu.

Ils convinrent d'une date et l'avocat lui expliqua la procédure à suivre en lui promettant de lui envoyer un topo pour les détails pratiques.

— Merci professeur Lapierre, je transmettrai bien entendu le contenu de notre conversation à mon client, et je vous souhaite une excellente journée.

— Excellente journée à vous aussi, maître Pépère.

Jamais cette formule de politesse ne lui avait semblé si dérisoire.

42

Un séjour en prison vous change physiquement un homme. Rosenshark avait l'air plus petit encore, plus voûté, et surtout moins sûr de lui et moins arrogant, en apparence. Dans ce parloir de la prison de la Santé, il vint s'asseoir en face de François Lapierre sans ce sourire forcé qu'il avait gravé sur son visage lors de leur première rencontre dans ce restaurant ostendais.

C'est François qui entama la conversation. Il était sur ses gardes, mais avait estimé que tout compte fait, c'était une occasion pour mieux comprendre cette histoire et tourner vraiment la page. Il alla à l'essentiel.

— Pourquoi ? Pourquoi toute cette mise en scène autour du Projet Thalassa ?

— Pour consolider ma crédibilité, répondit Rosenshark, le plus simplement du monde.

— Votre crédibilité ?

— Bien sûr. Vous savez, j'avais tout prévu, sauf la mort de ma fille… Profits et pertes, ajouta-t-il avec un éclair diabolique dans les yeux, avant de poursuivre.

Il était prévu de tuer Laura Zante pour dramatiser la situation, et de vous enlever, pas de vous tabasser à mort, juste vous terroriser pour vous conduire à moi afin d'avoir la discussion que nous avons précisément maintenant, quelle ironie du sort ! Ensuite je vous aurais relâché. Je vous jure que c'est vrai. Mais un imbécile d'ivrogne est venu tout faire capoter.

— Les impondérables en histoire, répondit François.

— J'ai une tumeur au cerveau, inopérable, dans trois mois au plus tard je serai mort. Je voulais une sortie comme un grand lancement de produit, et mon produit est la Solution Thalassa, pour sauver l'humanité.

— Un lancement de produit ?

François, ébranlé par l'annonce de l'état de santé du détenu, avait du mal à entrer dans la logique de Rosenshark, il fallait le laisser parler.

— Ce n'est pas à vous, docteur Lapierre, que je vais apprendre ce grand principe : un document faux peut être plus mémorable qu'un document vrai.

— C'est malheureusement exact, répondit François, et même lorsque la démonstration scientifique est faite que le document est un faux, il reste aux yeux de certains plus vrai que la vérité.

— C'est ce travers si étonnant, si merveilleux de l'esprit humain qui a retenu mon attention, et j'ai décidé de cultiver ce travers, comme on cultive une jolie plante, pour m'en faire l'allié le plus puissant qui soit, le motif le plus convaincant, l'argument, j'ose le terme, le plus pédagogique.

Savez-vous que les *fake news* se diffusent six fois plus rapidement que les informations authentiques ?

Pourquoi ? À cause de la curiosité des utilisateurs du Web ainsi que du caractère attractif des aberrations. Mais que reste-t-il d'une *fake new* dans l'esprit de celui qui la consulte, même avec un esprit critique ? Il reste un dépôt, comme celui au fond d'une tasse de café non lavée. C'est ce dépôt-là qui m'intéresse de torréfier. C'est un dépôt qui colle aux synapses des internautes, à leur insu. Ce dépôt, c'est le granulat du béton des nouvelles propagandes.

François était face à un adversaire redoutable, qui ne se dévoilait ainsi que parce que sa mort était proche et inéluctable. Il entrevoyait quelle porte de l'enfer était en train de s'ouvrir.

— Cher Professeur, la vraie propagande ne consiste pas à transformer les hommes en moutons, ça ne marche pas, la propagande efficace est celle qui dit avec simplicité aux hommes ce qu'ils veulent déjà entendre, ce qu'ils sont déjà prêts à croire et à adopter à cause de stéréotypes dont ils n'ont même pas conscience.

François acquiesça, la vraie propagande ne créait pas des représentations nouvelles, elle en nourrissait de préexistantes tues par tabou ou mal formulées en les rendant de surcroît partageables collectivement. Il savait aussi qu'une incohérence séduisante impressionnait davantage le cerveau qu'une information pertinente, parce que la pensée magique, quand elle n'est pas triomphante face à la pensée rationnelle, reste néanmoins tapie dans l'ombre. Elle ne manque pas de ressurgir avec d'autant plus de force à la première occasion, au premier relâchement de la conscience.

— Si nous sommes d'accord là-dessus, tout devient clair Professeur, avec un paramètre supplémentaire, en l'occurrence les névroses irréversibles que provoque le flux ininterrompu d'informations permis par les nouvelles technologies, à portée de « clic », comme on dit, *via* de petits appareils que nous tenons en main comme un masque à oxygène salvateur. C'est absolument fantastique, notre époque est la plus extraordinaire de toutes, non seulement les esclaves forgent leurs propres chaînes, mais ils ne cessent de le dire publiquement et l'effet de leurs paroles répétées est de renforcer ces chaînes plutôt que les briser. Le cercle vicieux de la soumission dans son expression la plus aboutie, la plus pure. Mais revenons à nos moutons, si je puis dire, professeur Lapierre.

C'est alors que le visage de Rosenshark se métamorphosa, le masque tombait pour laisser apparaître un monstre, il devint littéralement gris, les yeux couleur de cendre, les lèvres effacées, la peau du visage momifiée, il n'avait plus d'âge. François Lapierre était face à un Golem. Même sa voix changea, rocailleuse, grésillante.

— Nous sommes d'accord pour dire que la propagande se nourrit d'un état d'esprit collectif prédéterminé. C'est la fonction du Projet Thalassa de le susciter, ce n'est pas de la propagande, c'est l'étape qui précède la propagande, et quand un individu fiable et d'excellente réputation comme vous, professeur Lapierre, est son relais volontaire ou involontaire, alors cette étape est un socle et une opportunité idéale. Nous vous avons fait croire que vous nous combattiez, alors que vous n'avez fait que servir nos intérêts. Avec votre procédure historienne et vos principes, vous n'êtes pas de taille à lutter contre des hommes qui sont à la lisière de la vérité et du mensonge, qui oscillent de l'une à l'autre, vous êtes un chasseur confronté à des flashes autour de lui, jamais à la même place, dans une forêt nocturne. Nous avons menti pour diffuser un poison salvateur et non pour nuire à la vérité. Et vous savez pourquoi nous ne nuisons pas à la vérité ? Parce que nous en avons en définitive une, ultime, légitime : sauver l'humanité d'elle-même.

François était abasourdi, acculé, c'était un cauchemar. Il tenta de répliquer.

— Sauver l'humanité en la détruisant.

— En l'équarrissant. On ne peut pas changer les hommes, on ne peut agir que sur leur nombre. Depuis la préhistoire, c'est lorsque le nombre d'hommes sur terre diminue que l'on assiste à un bond de leur évolution. C'est dans nos marqueurs génétiques archaïques : pour ne pas disparaître en tant qu'espèce, l'homme est alors contraint d'évoluer.

— Vous êtes fou Rosenshark, vous êtes prisonnier d'une vision idéologique.

— Les rationalistes sont drôles, ils traitent leurs adversaires de fous quand ils n'ont plus d'argument, et d'être prisonniers d'une « vision idéologique » quand leurs principes sont ébranlés. Le flux de la vie, de la force d'exister, est autrement plus puissant. Vous n'êtes que d'une époque, je suis de tous les temps.

— Vous êtes en prison et vous n'en sortirez que pour terminer vos jours sur un lit d'hôpital parce que nous ne sommes pas des barbares.

— Et vous croyez que vous êtes en liberté ? Dans trois mois, je serai dans un cercueil, mais vous en enfer, dans trois mois la Solution Thalassa continuera à cheminer dans les esprits et vous en serez à donner les mêmes leçons à des jeunes gens qui ne vous entendent déjà plus et qui préparent leur survie, parce que vous êtes de l'ancien monde et parce que vous mourrez avant eux.

L'annonce de la fin des visites au parloir brisa subitement ce rapport de force entre les deux hommes. Rosenshark se leva, le sourire aux lèvres, presque paternel. François Lapierre était blanc comme un linge.

— Bon retour dans le monde libre, monsieur le Professeur.

43

Maintenant qu'Alfred Rosenshark croupissait en prison et qu'il allait bientôt disparaître, François Lapierre avait cru qu'il pouvait reprendre ses activités habituelles. Mais si un trait de caractère dominait chez lui, c'était la ténacité de l'historien face à une énigme. Et, paradoxalement peut-être, Lapierre éprouvait le sentiment que celle-ci n'était pas résolue, en particulier depuis son entretien avec Rosenshark.

C'était instinctif, mais François avait toujours accordé autant d'importance à son instinct qu'à son intelligence.

En un mot, il n'arrivait pas à se résoudre à tourner la page. Sans se l'avouer vraiment, il était aussi frustré par son absence de réaction face à la dernière bravade de Rosenshark à la fin de leur échange en prison. Rosenshark était tout sauf un homme vaincu.

Alors ce jour-là, François descendit à la cave de son appartement et remonta les deux caisses d'archives concernant le Projet Thalassa. Il les déposa dans son salon, s'assit dans son fauteuil, et les contempla en réfléchissant.

Que pouvait-il encore tirer des réflexions produites dans la foulée de l'examen du Projet Thalassa ?

Il lut une fois encore les considérations qui argumentaient ce document.

Le climat était déjà incontrôlable, déstabilisé, et l'effet dominos enclenché, et si les gouvernements n'agissaient pas ou traînaient des pieds, c'est parce qu'ils le savaient et préféraient ne pas l'avouer à leurs opinions publiques. Quoi qu'on fasse, c'était déjà trop tard.

Au-delà d'une augmentation globale de deux degrés de la température, le réchauffement climatique était inexorable et les effets de la déstabilisation devenaient incontrôlables, ils l'étaient déjà, une succession non maîtrisable de conséquences s'autoentretenaient désormais pour accroître la somme des désastres. L'effondrement était en cours.

Au bord du gouffre, l'humanité allait y plonger.

Tous les fléaux en même temps guettaient l'humanité. Épuisement de la planète, dérèglement climatique, suffocation, sécheresses, incendies, inondations, ouragans, épidémies, disparition des espèces animales et végétales. Tout était rongé par l'humanité et son expansion : soixante pour cent des espèces animales sauvages avaient disparu depuis 1970, la forêt amazonienne perdait en surface annuellement l'équivalent d'un million de terrains de football. Chaque année, 219 milliards de tonnes de glace fondaient dans l'Antarctique. En un demi-siècle, la banquise de l'Arctique avait perdu la moitié de sa superficie, rendant accessibles de nouvelles réserves pétrolières qui retarderaient d'autant plus l'indispensable transition énergétique. Tout se tenait, comme les mains de criminels dans un assassinat collectif. Des crises financières sans précédent nous attendaient, le monde étant de plus en plus endetté et les bulles spéculatives ne cessant de gonfler. Le trader aux commandes de ces catastrophes rectifie-t-il son pilotage ? Au contraire, à peine sermonné mollement par les maîtres politiques du jour et renfloué par ceux qu'ils dirigent, il réinvente avec frénésie des méthodes de contournement des nouveaux règlements pour plonger la tête la première dans la crise suivante.

Ce n'était pas la modernité qui avait ouvert la voie de l'épuisement de la planète, c'était l'homme depuis l'aube des temps, et si les hommes préhistoriques, quand ils n'étaient encore qu'une poignée sur terre, étaient des nomades, c'est parce que, après avoir épuisé les petites poches naturelles où ils s'étaient installés, dont ils détruisaient toutes les ressources, partaient en épuiser d'autres. Et c'est pourquoi nous ne changerions jamais notre mode de vie, au contraire, le mythe de la croissance était trop puissant, il était associé au combat contre le sentiment de brièveté et d'absurdité de l'existence, un sentiment spécifiquement humain. La marée des faibles, qui nourrit les systèmes démocratiques auxquels les humanistes n'ont de cesse de faire aspirer les peuples, ne pourra jamais trouver les ressources en elle pour colmater les expressions de ce sentiment. La peur de mourir génère des illusions plus fortes que la peur de vivre, toujours, c'est dans nos gènes, vivre comme nous vivons devrait nous faire peur, mais c'est savoir que nous allons mourir qui nous conduit à sacrifier le monde, maintenant que, pour la première fois dans l'histoire, nous en avons collectivement la possibilité matérielle.

La seule solution était de réduire drastiquement la population humaine.

François était pétrifié.

C'est à ce moment-là que Laura rentra chez eux, elle revenait du cinéma où elle avait enfin pu suivre un film italien en version originale. Elle tomba sur François en contemplation devant les caisses de carton.

— Ça va ?

François tourna la tête vers elle, il avait ce visage des mauvais jours, mais compensé par l'expression du goût du défi. Elle le trouvait plutôt séduisant quand il était comme ça.

— Ça va.

Laura sourit. Pourquoi les hommes restaient-ils des gosses ?

— Le film était excellent, si tu veux savoir, j'ai ri et pleuré, et maintenant j'ai faim. Tu veux que je prépare des spaghettis au pesto pour nous deux ?

Laura avait prononcé une formule magique, l'art de débloquer une situation sans en avoir l'air, c'était son côté féminin exacerbé. Et François redevint tout simplement François.

— Oui, mais alors fais tout le paquet.

— Pour toute une famille italienne complète ?

— Si tu as vraiment faim, on risque de batailler pour la dernière fourchette, et puis s'il en reste ce n'est pas grave, c'est excellent, les pâtes réchauffées de la veille.

Sauf qu'il n'y avait jamais de pâtes réchauffées de la veille avec François Lapierre.

Laura se rendit dans la cuisine pour se mettre à la tâche, et François se leva pour la suivre, il allait s'occuper du vin. Un bon rouge sicilien lui parlait bien.

Laura attendit qu'ils passent à table, que François soit détendu par ses premières bouchées, pour entamer la conversation.

— Alors, c'est bon ?

— Divin, tu es une reine, avoir une Italienne à la maison, c'est… c'est, comment dire, avoir la certitude que les plaisirs terrestres donnent du sens à l'existence, c'est… philosophique.

— Eh bien ! docteur Lapierre, vous savez causer aux femmes comme moi, humblement soumises à la domination masculine. Mais dis-moi, c'est quoi les caisses dans le salon ?

— Les archives du Projet Thalassa, sauf que ce ne sont plus des archives.

Laura le sentait venir. Elle avala une bouchée de pâtes après l'avoir mastiquée lentement.

— Tu veux… réétudier l'affaire ?

— Oui, c'est exactement ça, réétudier l'affaire.

— Tu veux… nous empoisonner l'existence ?

— Je crois qu'on est en train de passer à côté de quelque chose.

— Tu sais, par exemple, quand un présumé coupable meurt, même le tribunal arrête la procédure. Donc, quand un dossier est bouclé, pourquoi revenir dessus ?

— Je ne sais pas, mais je veux revisiter ce dossier, c'est plus fort que moi.

— Je suppose que si je fais obstacle à ce délire, tu vas me pourrir la vie.

— Non… non, ce sera mon affaire, mon trip.

— Je suppose que si je ne fais pas obstacle, tu vas m'entraîner dans ton délire.

— Non… enfin, un petit coup de main, ce ne serait pas de refus.

— Un petit coup de main… plonger les deux mains dans le cambouis, tu veux dire.

François la regarda, il savait déjà qu'elle le suivrait, qu'ils iraient ensemble sur ce terrain-là.

— Je vais te faire un aveu François Lapierre : je suis étonnée que tu ne sois pas parti en vrille plus tôt, que tu n'aies pas déjà sorti armure et épée. Moi aussi je flaire quelque chose, je ne sais pas quoi, mais ça vaut bien quelques heures de sommeil en moins. On commence quand ?

François ne pourrait plus jamais se passer de cette femme, sa coéquipière, son alter ego.

— Maintenant.

Ils se levèrent comme un seul homme et allèrent ouvrir les caisses. Ils sortirent les documents pour se les répartir. François mit la main sur le Beretta 92, et, après une légère hésitation, il le tendit à Laura.

44

Laura sentit François se lever du lit, elle tapota avec sa main sur la place encore chaude de son compagnon pour s'assurer que ce n'était pas un rêve, vérifia l'heure d'un œil mi-clos, 3 heures du matin, et se rendormit aussitôt.

François fit le bruit habituel d'un homme qui se lève à cette heure-là et évolue dans le noir d'une chambre, il se cogna au moins une fois contre quelque chose et fit craquer le parquet en cherchant ses pantoufles.

Il aimait le milieu de la nuit quand l'éveil naturel l'amenait à évoluer dans son appartement, avec le sentiment d'une solitude bienheureuse, alors que le monde était tapi dans le silence.

Il se fit un café et s'installa à son bureau, son cerveau bouillonnait et il ne voulait pas perdre cette inspiration en se recouchant. Il reprit en main le texte du Projet Thalassa et le parcourut en buvant son café par petites gorgées qui flattaient sa gorge et fouettaient son esprit. Sa réflexion était en surbrillance, sans parasite, détendue. Il caressa le papier imprimé, s'imbiba de lui, car un document se domestique, comme un cheval sauvage, il faut établir une relation avec lui, et pas seulement le considérer avec distance. Il faut laisser le sens venir à soi, et pas chercher à l'extirper à tout prix par la force.

Le temps s'écoulait, aussi fluide que ses réflexions, François les laissait venir comme une source de plaisir, son acuité aiguisée au maximum. Il éprouvait cette confiance en la raison et la laissait agir à sa guise, comme un poète le fait avec l'inspiration qui l'habite.

Soudain, il appuya son dos sur la chaise de son bureau, leva les bras et les tendit, pour étirer ses muscles, il respira plus fort, il esquissa un demi-sourire de satisfaction. Il venait enfin de comprendre quelque chose.

Il prit des notes et seul le bruissement de la plume du stylo troublait la perfection de ce silence.

Laura se leva vers 7 heures, elle enfila son pyjama fétiche avec Mickey, complètement élimé, qui datait de l'époque où elle était étudiante, et retrouva François dans son bureau.

— Couche-tard et lève-tôt, c'est mauvais pour le cœur, tu sais, dit-elle en l'embrassant dans le cou, toute câline, sa chevelure odorante et désordonnée taquinant les narines de François, la libido propulsée en phase d'allumage.

— Mon cœur est entre de bonnes mains, tu sais, répondit François avec tendresse.

— Tu as ta tête des bons jours, tu as fait une découverte ?

— Oui.

— Je vais me préparer un chocolat chaud, retrouve-moi dans la cuisine et fais-moi la leçon.

Laura s'éclipsa et François prit quelques minutes pour rassembler ses notes et retrouva Laura dans la cuisine, le nez plongé dans son bol préféré, véritablement immense, qui lui masquait une bonne partie du visage quand elle le prenait à deux mains pour boire.

François resta debout, il prenait la pose du professeur. Laura adorait ça, elle avait éprouvé ses premiers émois à son égard dans des circonstances analogues lors de leur examen de la Source S.

— Bien, commença François, je vais poser le curseur sur la question critique de la nature d'un document, ici le texte du Projet Thalassa. Pour comprendre la nature d'un document, il faut connaître le milieu d'où l'auteur est issu, car sa manière de communiquer est directement influencée par cette expérience toute personnelle. Tu me suis ?

— Bien sûr.

— Par exemple toi, dans quoi as-tu passé le plus de temps, d'un point de vue professionnel je veux dire ?

— Dans les bouquins, les papiers, les archives.

— Voilà, donc les modèles narratifs que tu vas produire s'inspireront de la forme de ces supports culturels dans lesquels tu as baigné. Rosenshark n'a pas passé sa vie dans les bouquins et les archives, mais dans l'univers d'Internet et de la culture que je qualifierais de numérique. Ici il y a un premier problème, nous ne sommes pas, toi et moi, issus de la même culture que lui, dans nos parcours professionnels, et il faut donc poser la réflexion sur ce fossé qui nous sépare, ce que nous n'avons pas fait jusqu'ici.

— Je commence à être un peu perdue, dit Laura, tout gentiment.

— OK. Qu'est-ce qu'une phrase ?

— Une suite de mots assemblés qui font sens, que ceux qui partagent la même langue comprennent, répondit Laura.

— C'est exact, répondit François inspiré, et un discours est un ensemble de phrases, il est le fruit d'un raisonnement intelligible, le résultat d'une démarche cartésienne, même si le contenu est irrationnel. Lorsque Gobineau publie en 1853 son *Essai sur l'inégalité des races humaines*, il formule de manière rationnelle des idées irrationnelles fondatrices du racisme contemporain. Tu le lis du début jusqu'à la fin, une phrase après l'autre, et tu obtiens la pensée de l'auteur.

Maintenant, basculons dans le modèle culturel plus familier à Rosenshark, si tu considères que ce qui fait sens, ce n'est pas la suite de mots assemblés, mais chaque mot de la phrase indépendamment des autres mots, chaque mot devenant un mot-clé. L'expression est d'ailleurs devenue familière, « mot-clé » dans l'utilisation d'Internet, un mot qui ouvre des portes, qui permet dans une recherche virtuelle l'obtention de nouvelles informations par association, par analogie. On n'est plus dans une démarche cartésienne, mais dans une démarche analogique, celle qui privilégie la lecture en diagonale. Essaie de lire Dostoïevski en diagonale…

Laura captait parfaitement l'allusion et le faisait sentir à son compagnon pour qu'il poursuive.

— Si tu introduis un mot-clé dans un moteur de recherche virtuel, tu es amenée à découvrir un listing de possibilités où ce mot-clé est présent. D'accord ?

— Oui.

— Si tu contrôles le listing en amont, tu contrôles le lecteur-chercheur en aval.

— Je suis larguée.

— Je vais prendre un exemple simple et trivial.

— Pourquoi je ne suis pas étonnée ?

— Si je te dis : « cette femme est bonne ». Je peux te conduire dans cinq directions : généreuse, gentille, altruiste, honnête, compatissante. D'accord ?

— Oui.

— Mais je peux te conduire aussi dans cinq autres directions : excitante, sexy, bandante, chaudasse, consommable. C'est cette conduite-là, ce contrôle-là qui intéressait Rosenshark. Autrement dit, si on aborde le Projet Thalassa sans la cohérence propre à Rosenshark, il ne peut que nous apparaître, à nous, incohérent.

François s'interrompit un instant, pour laisser une coulée de réflexions investir le raisonnement de Laura. Puis il reprit.

— Rosenshark connaît Internet, le mode de pensée Internet, la langue Internet, comme sa poche, comme on connaît une zone marécageuse dans laquelle on serait guide. Quand tu es guide, tu peux conduire à bon port ou égarer les promeneurs.

— Lui, il veut égarer les promeneurs, intervint l'historienne.

L'argumentation de François avait cheminé dans le cerveau de Laura, elle avait ce regard doux qu'elle exprimait lorsqu'elle comprenait quelque chose. François pouvait conclure.

— Et chaque promeneur est identifié par des algorithmes que ses pulsions les plus intimes mettent en évidence quand il surfe sur le Net. Quand on parle d'intelligence artificielle, on devrait plutôt comprendre artificialité de l'intelligence.

Ils se regardèrent, avec cette intensité qui n'était guère différente de celle de l'amour.

Et François acheva.

— Ce texte est conçu pour être lu en diagonale, pour qu'apparaisse en apparence la pertinence de son objectif. Plus on lit en diagonale, et moins le cerveau veut fonctionner autrement. Le Projet Thalassa n'est pas un manifeste, c'est une suite de mots-clés.

45

Laura et François avaient le sentiment de progresser, mais il manquait quelque chose. Si la nature du document commençait à prendre forme, sa finalité n'était pas encore définie, et sur ce point, les deux historiens tournaient en rond, revenant chaque fois à leurs interrogations de départ. Sur quoi bute-t-on ? se demandait Laura.

François n'avait pas de réponse, mais il n'avait pas avalé la métaphore utilisée par Rosenshark, l'historien perdu dans une forêt nocturne, égaré par des flashes qui se déplacent à son insu, en somme manipulé. Il ne digérait pas ce mépris pour son identité professionnelle, et, en tête de mule, il ne voulait pas lâcher ce défi. Il lui fallait envoyer Rosenshark dans les cordes, puis au tapis.

Il s'était confié à Laura qui avait essayé en vain de temporiser son orgueil de mâle. Mais elle avait compris que c'était son moteur. Elle fut moins convaincue quand il décida de ne plus sortir de l'appartement avant d'avoir des réponses fiables. Cela devient de l'obsession, lui avait déclaré Laura, alors les défenseurs de Fort Alamo étaient des obsédés, avait répondu François. Bref, il était perché dans sa masculinité comme un singe dans un arbre. Laura préféra le laisser dans son jus et prendre l'air. Elle n'avait pas parcouru cent mètres dans la rue quand elle décida de revenir presque en courant dans l'appartement, pour retrouver François, le traiter d'emmerdeur et se remettre à bosser avec lui.

François disposait de trois sources principales, le manifeste du Projet Thalassa lui-même, la biographie de Rosenshark sur le site personnel de l'industriel, ses propres souvenirs de la rencontre avec ce dernier en prison, soit un faux, un document officiel et son propre témoignage constitué de son ressenti. Aucun document vraiment fiable en somme. Il devait faire avec.

Il délimita les points d'entrée clés du manifeste. Il y en avait trois : l'organisation gouvernementale Zêta et son réseau virtuel secret, le thème de la collapsologie, la Solution Thalassa et le rôle de l'intelligence artificielle.

Au départ, François avait considéré que la Fondation pour le futur était la façade visible de l'organisation gouvernementale Zêta, il y avait une connexion possible entre le manifeste et la biographie de Rosenshark. Mais cette perspective s'était effondrée lorsque l'organisation Zêta était apparue comme une intox, une de plus de Rosenshark.

Mais la Fondation pour le Futur avait une existence réelle, l'historien décida de revenir dessus, une fois encore. Son comité était composé de plusieurs acteurs, des écrivains, des journalistes, des anciens députés, d'anciens ministres de l'Environnement, des ingénieurs, des scientifiques divers comme des sociologues ou des océanologues, des cinéastes, des artistes, des économistes, des philosophes. Bref, une grande diversité de beaux esprits et de figures médiatiques. Nombre d'entre eux étaient impliqués dans un tissu associatif très diversifié. C'était un comité que l'on pouvait qualifier d'élargi, mais la Fondation se présentait comme un *think-tank* citoyen, brasseur d'idées d'où naîtrait la lumière.

Le thème de la collapsologie, le deuxième point d'entrée du manifeste, était omniprésent dans les préoccupations de la Fondation. La société allait s'effondrer comme un château de cartes. Toutes les crises cumulaient leurs effets parce qu'elles étaient liées : surpopulation, dérèglement climatique, crise des systèmes bancaires, consommation effrénée des ressources, destruction de la biodiversité.

François s'attacha à redécouvrir chaque membre de ce comité. Chacun d'entre eux faisait l'objet d'une ligne de présentation rehaussée par une photo portrait. La grande majorité de ces personnes ne lui disaient absolument rien.

Et puis François revint sur une notice, ou plutôt un visage. Il s'agissait d'Alexis Pasternak, un sociologue d'origine ukrainienne résidant aux États-Unis, rédacteur en chef de la revue *The World After*. François se souvenait que Pasternak était présent lors de son séminaire d'Ostende. C'était même l'homme qui lui avait posé la question sur l'Aktion T4. Mais un autre souvenir revint à la surface : Pamela Erskine avait parlé de lui lors d'une pause-café. Et le nom qu'elle lui avait donné n'était pas celui-là, François Lapierre en était sûr, même s'il ne se souvenait pas précisément de ce nom. Pourquoi deux noms pour un même homme ?

L'historien, qui avait déjà fait cette constatation lors d'une précédente réflexion sur son expérience ostendaise, nota à nouveau ce point dans son carnet des questions importantes, en ajoutant qu'il s'agissait peut-être d'une confusion idiote de la part de Pamela Erskine.

François se mit à réfléchir sur le troisième point du manifeste, l'intelligence artificielle. C'était une véritable passerelle entre le manifeste et la vie active de Rosenshark. Il passa en revue les éléments liés à cette affaire, le rôle d'UMNIT Corporation en pointe dans le domaine de l'intelligence artificielle.

L'historien eut le sentiment d'avancer un peu dans la réflexion, mais il ne savait pas où il allait. En bon cartésien, il devait déconstruire le problème pour le reconstruire en examinant chaque partie pour comprendre le tout. Il prit une feuille blanche et dessina deux rectangles séparés, mais côte à côte. Dans le premier, il inscrivit « Projet Thalassa » et dans le deuxième, « opinion publique ». Il traça une droite fléchée du premier cadre vers le deuxième.

À l'évidence il manquait quelque chose, le schéma était trop simple, simpliste même, car les efforts investis par Rosenshark étaient trop lourds et trop complexes pour que cette relation binaire soit la représentation des objectifs de l'industriel.

Il y avait autre chose.

Il dessina un troisième rectangle à côté du deuxième, il les relia par une droite fléchée. Dans ce troisième cadre, il écrivit « événement X ». Il examina les trois rectangles puis ferma les yeux, se concentrant comme jamais. Des bribes de dialogue avec Rosenshark en prison remontèrent à la surface, quittèrent les eaux profondes de sa mémoire.

Faire d'un document faux un document plus vrai que la vérité…

Les ressorts intimes de la propagande…

Son mépris de la procédure historienne, donc sa connaissance de cette procédure…

François rouvrit les yeux et traça une ligne courbe fléchée reliant le troisième rectangle vers le premier cette fois-ci. « Événement X » vers « Projet Thalassa ».

L'évidence lui éclata à la figure, il prit sa tête entre ses mains, souffla comme un bœuf, tandis qu'une boule d'angoisse répandait ses méfaits dans les profondeurs de son ventre.

Laura travaillait de son côté, elle pataugeait plutôt, quand elle reçut l'annonce d'un nouveau courriel sur Messenger. C'était forcément Lisa, son unique correspondante sur ce réseau.

Elle l'ouvrit spontanément.

J'ai presque fini mon travail, tu voudras bien le relire ? Je sais, j'abuse, mais… je trouille comme une citrouille ! ! !

Laura sourit, cette expression était drôle et n'avait aucun sens.

Il y a un truc que je ne comprends pas bien. Bon, 27 février 1933, incendie du Reichstag. Dans les bouquins, on dit que c'est une opération sous fausse bannière. C'est quoi, une opération sous fausse bannière ? Oui je sais je suis une cruche.

Laura répondit immédiatement.

Un : les citrouilles ignorent la peur, c'est pour ça qu'elles fêtent Halloween. Deux : t'es pas une cruche. Trois : je te relirai impitoyablement.

Et pour ta question, voici la réponse : les nazis accusèrent les communistes d'avoir déclenché l'incendie, comme ça l'opinion publique traumatisée les rejetterait plus facilement. D'ailleurs après cet événement les communistes ont été envoyés en camp de concentration. Mais ce sont les nazis eux-mêmes qui ont incendié le Reichstag. Les nazis ont donc organisé une opération sous fausse bannière, c'est-à-dire en somme en « se déguisant » en communistes. OK ?

Laura venait d'envoyer sa réponse quand elle fut saisie d'un trouble violent, un flash cérébral.

— Une opération sous fausse bannière… merde !

C'est à ce moment-là qu'elle sentit François dans son dos. Elle se tourna vers lui, il avait cette fois sa tête des mauvais jours, la sienne ne devait guère refléter la joie de vivre.

— J'ai une très mauvaise nouvelle, dit François.

— Moi aussi, c'est sûrement la même, répondit Laura.

— Oui, ce n'est pas fini.

Laura balança la tête, les lèvres pincées.

— C'est ça… ma petite muse belge a encore frappé… laisse tomber, ajouta Laura devant l'incompréhension naissante de François, qui reprit la parole.

— Il y a un deuxième acte qui nous attend pour donner du sens au premier qui était la diffusion publique du Projet Thalassa.

— Oui, une opération sous fausse bannière.

— Exactement.

— On fait quoi ? demanda Laura.

— On monte au feu.

46

François et Laura se ruèrent vers la table de la salle à manger et s'installèrent face à face, ils commencèrent leur échange en passant en revue une fois encore tous les éléments dont ils disposaient. Leurs deux cerveaux étaient en action, parfaitement coordonnés. Les deux historiens retrouvaient la flamme de leur réflexion commune qui avait solidifié leur couple lors de leur analyse de la Source S. Leur amour se nourrissait autant d'intelligence que de sexe.

— On doit repartir de la source, dit François.

— Et faire sans cesse des allers-retours avec l'état de la réflexion.

— Bon, j'ai décortiqué le manifeste à fond. J'ai besoin de ton ressenti sur le vif.

Laura reprit le texte qu'elle avait lu cent fois, mais elle le relut, l'œil aiguisé par les nouveaux acquis de leur réflexion partagée.

— Donc dans ce texte, il y a des absurdités qui plombent sa crédibilité.

— Et Rosenshark les a placées pour qu'on les trouve, constata François.

— Oui, on ne l'a pas compris tout de suite, renchérit Laura.

— Exact, et puis il y a la substance du projet, la Solution Thalassa.

— Reliée au *core business* de Rosenshark, l'intelligence artificielle.

— Donc ce qui est vrai, c'est la Solution Thalassa, c'est le véritable objectif de tout ce micmac, conclut François.

— Tu veux encore mon ressenti ? demanda Laura.

— Plus que jamais.

Alors Laura mit le curseur où il fallait.

— La cible… elle est mentionnée en toutes lettres, les attentats terroristes et les vagues migratoires, donc les musulmans et les migrants. Nous sommes tellement nous-mêmes imbibés du discours dominant que cela ne nous a pas sauté aux yeux d'emblée. La liaison entre terrorisme, musulmans, migrants, comme si elle était spontanément inévitable, déterminant le choix d'une population à désigner pour être retranchée. Ce n'est qu'un discours de propagande. Il y a un amalgame terrifiant et par définition ton « événement X » est lié à cet amalgame.

— Tu connais la plaisanterie des Juifs et du boulanger ? demanda François.

Laura, surprise, fit non de la tête.

— Deux hommes discutent, l'un dit : hier on a arrêté des Juifs et un boulanger. Et l'autre répond : pourquoi un boulanger ?

La normalisation du sort des autres par la représentation qu'on s'en fait. La base des crimes contre l'humanité. Et Rosenshark, qui adore les vices de pensée de nos contemporains, a nourri sa manipulation d'un grand travers que nous expliquons toi et moi à nos étudiants. C'est dans notre trousse à outils d'historiens.

— *Help !* je perds le fil, avoua Laura.

François avait compris, il allait l'expliquer à Laura, il suffisait de recourir aux outils de l'historien, les outils ciselés depuis vingt-cinq siècles, depuis les Grecs, et qui ne s'étaient jamais périmés, jamais démodés, parce qu'ils représentaient ce que la raison humaine pouvait produire de plus fiable. François Lapierre était un fils du siècle des Lumières par son mode de pensée, et un fils de la Révolution française par son ascension sociale, et il le revendiquait en passant outre des conjonctures qui niaient, dans le cynisme, le renoncement ou la mauvaise foi, la portée de ces héritages.

Il y avait des chausse-trappes de base à éviter dans le métier d'historien, comme l'illusion de la rétrospectivité. Un point compliqué à expliquer aux étudiants, s'était toujours aperçu François. Dans la question de la causalité en histoire, la question des causes des événements, il existait un piège sournois, celui de confondre la temporalité et la causalité : ce n'est pas parce qu'un événement en précède un autre qu'il en est la cause. Ce n'est pas parce que j'ai mis des chaussettes bleues ce matin que je viens donner cours l'après-midi, avait-il coutume de dire aux étudiants de son cours.

Or, quand on est en position de recul par rapport au passé, depuis sa posture confortable du présent, on peut aisément tomber dans une confusion de cette nature.

Un autre aspect de l'illusion de la rétrospectivité était que le recul rend intelligible le passé, et donc donne l'illusion que les contemporains d'un fait passé ne pouvaient que l'anticiper, voire en être complices s'il s'agissait d'une tragédie. Cette tournure d'esprit était la source de bien des théories du complot : il n'est pas possible que les contemporains informés n'aient pas vu arriver Pearl Harbor ou le 11 Septembre, il y avait trop de signes avant-coureurs, donc ceux-là étaient complices. Mais François avait coutume de dire qu'on ne prenait conscience des signes avant-coureurs d'un événement qu'après l'événement. C'est quand on sait qu'on est cocu qu'on donne vraiment un sens à des faits comme des absences suspectes ou des comportements bizarres de l'être aimé, pas pendant que ces faits se déroulent sous nos yeux.

Ses ennemis avaient instrumentalisé l'illusion de la rétrospectivité en la retournant comme une crêpe, c'est là qu'ils étaient particulièrement vicieux : première étape, diffuser le Projet Thalassa autour d'un *buzz*, deuxième étape, l'événement X, troisième étape, le contenu du Projet Thalassa est d'autant plus pertinent qu'il anticipait l'avenir. Il était clair que les auteurs avaient d'abord conçu l'événement X *avant* de mettre au point un acte préliminaire qui était la révélation du Projet Thalassa. La manipulation était parfaite, une couche de plus pour consolider progressivement sans en avoir l'air les convictions qu'éliminer une partie de l'espèce humaine n'est pas une si mauvaise idée que ça, sans donner l'impression de faire de la propagande pour développer et répandre cette conviction, avec le bonus d'enfumer les esprits sur le sauvetage de la planète en voie d'effondrement grâce à la Solution Thalassa.

François poursuivit.

— Il y a forcément quelqu'un d'autre derrière Rosenshark maintenant qu'il s'est littéralement sacrifié et qu'il va mourir. Et selon moi, c'est un attentat majeur qui se prépare, Laura, un très gros, pour traumatiser l'opinion publique, qui donnera du sens et de la postérité à un document faux comme le Projet Thalassa et sa Solution abominable.

— Je vois, dit Laura, du genre incendie du Reichstag en 1933.

47

Les deux historiens avaient travaillé de concert toute la matinée pour préparer une synthèse de leurs données et de leurs conclusions : un attentat d'envergure était en préparation, provoqué par des rescapés de Daesh ayant fui la Syrie vers l'Europe, mêlés aux flots de réfugiés. Compte tenu de l'état de santé d'Alfred Rosenshark, la réalisation de cet attentat devait être imminente, pour donner un sens au caractère prédictif du Projet Thalassa. Mais si ce dernier pouvait le piloter même apparemment hors course, il lui fallait un relais fidèle à l'extérieur, une solide complicité. Laquelle ?

Un autre point n'était pas résolu, et il était de taille : c'est la contradiction entre un attentat mené par des islamistes fanatiques et ses retombées sur le sort des musulmans compte tenu des cibles principales retenues par la Solution Thalassa.

Soit les islamistes étaient eux-mêmes manipulés, soit il y avait autre chose, comme la préparation d'un attentat par des acteurs qui se prétendraient islamistes en le revendiquant. Cette dernière hypothèse retenait *a priori* l'attention de Laura et François, mais sans élément encore pour la corroborer, sinon leur intuition, mais elle n'avait pas de valeur en soi.

Il fallait qu'ils livrent leur analyse à d'autres, qu'ils partagent leurs développements, leurs convictions comme leurs doutes. Leurs téléphones allaient chauffer, tandis que leur appartement se transforma en véritable poste de commandement. Ils devaient choisir des interlocuteurs susceptibles de rentabiliser leurs informations.

François forma un premier numéro, fébrile.

— Allô Pierre ?

L'historien appelait Pierre Tison, un conseiller de cabinet du ministre de l'Intérieur Robert Kipling. Tison était un peu plus proche de lui que les autres conseillers, car les deux hommes étaient francs-maçons, comme François.

— Allô, François, comment vas-tu ?

— Je viens sous la voûte étoilée, je vais te parler sous l'équerre.

Tison sentit que des choses importantes allaient se passer, sous le sceau du secret maçonnique.

— C'est grave, tu n'invoques jamais notre ordre quand tu demandes quelque chose.

— Oui, c'est très grave, j'ai besoin de voir Robert, maintenant, dit François en insistant sur le dernier mot de sa phrase.

— Attends…

Tison quitta la conversation, durant un temps interminable à l'échelle de François.

— François, tu es toujours là ? Je viens de parler à Robert, il part à la base aérienne de Villacoublay dans dix minutes. Il dit que tu peux le rejoindre là-bas si c'est si important. Je t'envoie les infos pour t'orienter. Au service de sécurité, dis qui tu es, on les prévient que c'est une urgence. Salut mon frère.

— Je t'embrasse mon frère, merci infiniment, répondit François.

Laura était au téléphone avec Shoshana, après plusieurs vaines tentatives pour l'atteindre. Elle regarda François la prévenir en mimant à son intention son départ précipité, lui fit un petit signe de la main pour lui dire au revoir quand il sortit de l'appartement et revint à sa conversation.

— C'est dingue non ? conclut Laura.

Shoshana avait tout assimilé.

— Laura, je transmets ta synthèse à mes employeurs et je maintiens le contact avec Antarès, je vais lui dire qu'elle mobilise tous ses pirates, ses geeks décalés et Anonymous déviants, toute la jungle.

— C'est top !

L'appel terminé, Laura souffla un instant, la barre était placée haut, et ce n'était pas fini. Elle composa un nouveau numéro dans la foulée.

Celui du général John Marshall Bedford, son portable privé dont elle avait pris soin de conserver le numéro.

Les sonneries se suivirent, alors Laura parla tout haut.

— Pour une fois dans ta vie, atteins ton correspondant du premier coup, pour une fois…

Stupéfaite, elle entendit la voix du général américain après neuf sonneries.

— Allô ?

— Allô, bonjour général, c'est Laura Zante, vous vous souvenez de moi ?

— Comment oublier une femme comme vous ? Vous avez modifié mes paramètres.

— Écoutez, voilà, c'est une longue histoire.

Et Laura la raconta.

Au terme de son exposé, elle sentait le général pensif ou dubitatif, il hésitait, alors elle ajouta :

— Vous m'avez dit un jour que le soldat William Harrison Bedford était tombé pour la République.

— Je le crois, oui.

— Son combat n'est pas terminé, général.

Il y eut un silence trop long aux yeux de Laura, puis la voix du général se fit entendre, sur un ton résolu.

— Venez à Washington.

— Quand ?

— Maintenant.

La communication terminée, Laura fonça sur son PC pour connaître d'abord le nombre d'heures de vol entre Paris et Washington, comme d'habitude terrorisée à la simple idée de prendre l'avion. Il y avait un vol Air France à 14 h 45 au départ de Charles-de-Gaulle, d'une durée de huit heures cinquante, l'horreur absolue. Elle se rendit compte qu'elle ne disposait que d'une bonne demi-heure pour boucler sa valise avant de devoir quitter l'appartement, l'horreur doublement absolue.

— Fais les choses dans un certain ordre, se dit-elle.

Elle réserva son billet, elle appela un taxi, elle envoya ses coordonnées de vol au général Bedford, elle se rendit compte qu'elle n'avait pas de visa, elle paniqua, elle reçut un texto du général lui annonçant qu'un agent consulaire américain s'occuperait d'elle à l'aéroport. Elle pesta, elle déprima, elle accepta, les étapes du deuil en accéléré, elle renonçait à la valise pour un bagage à main avec le minimum vital. Elle verrait bien sur place, elle avait dix-sept ans. Elle préférait en tout cas en avoir l'inconscience. Et François ? Elle l'appellerait quand elle serait à l'aéroport. Il allait la prendre pour une folle, le pauvre. Elle se ferait pardonner quand elle reviendrait, elle en sourit, elle adorait sa vie.

À 12 h 30, le taxi était en bas de son immeuble, elle sauta dedans, elle en avait pour une demi-heure de route. Elle avait de la chance, le conducteur était âgé et ne semblait pas enclin à la baratiner dans l'espoir fou de séduire une belle inconnue pareille. Elle décida d'en profiter pour tenter de reprendre ses esprits.

48

De son côté, après avoir, une fois de plus, couru dans l'avenue de Tourville pour atteindre les environs du métro École-Militaire, François avait enfin dégoté un taxi libre. La base aérienne de Villacoublay était à seize kilomètres de la place Vauban, soit environ trente minutes à cause du trafic, déclara le chauffeur. L'historien décida de le stimuler.

— Il est 11 h 23 à ma montre. À chaque minute de moins, vous aurez vingt euros de plus.

Ils mirent vingt minutes, leur survie dans la circulation toujours intense avait tenu du miracle. Lapierre ajouta deux cents euros en liquide à la note et sortit en courant.

C'est la première fois qu'il se rendait dans cette base aérienne de l'armée française dont l'escadron ET 60 se chargeait des déplacements des autorités gouvernementales de la République. D'abord désorienté, l'historien finit par trouver ses repères et, par chance, au moment d'un contrôle un peu délicat où manifestement les choses n'étaient pas claires pour les agents de sécurité, le ministre Kipling qui passait le vit et interpella le personnel de service.

— Laissez-le passer, c'est un journaliste qui écrit ma biographie, il m'accompagne dans ma vie trépidante.

Les deux hommes se retrouvèrent avec le sourire, la dernière fois qu'ils s'étaient vus, c'était dans une salle humide maçonnique, après avoir bu un verre ensemble.

— Tu tiens la forme dis donc, je vais t'engager comme chauffeur, lui déclara Robert Kipling.

— Dis ça au conducteur de taxi, sa conduite était très imprudente, il mériterait d'être sanctionné.

Ils devisèrent tout en marchant à un rythme accéléré, suivis par une secrétaire et un attaché, les accompagnants du ministre. François tenait à lui préciser quelque chose.

— En principe, un historien écrit une biographie quand son personnage est mort.

— Disons que tu prends un peu d'avance, s'amusa Kipling.

Ils montèrent tous dans l'avion, un Dassault Falcon 7X qui patientait sur la piste les moteurs allumés. François et le ministre de l'Intérieur s'installèrent spontanément sur des fauteuils séparés par une petite table de réunion. Les deux membres de son staff s'étaient éloignés d'eux. François savait qu'il avait peu de temps devant lui.

— Bon, je vais faire bref, mais il y a beaucoup à dire, et d'abord merci de me permettre de te parler, mais le sujet… c'est normal que l'avion bouge ? s'inquiéta François.

— C'est le contraire qui ne serait pas normal, répondit Kipling, parfaitement serein.

— Mais… c'est normal qu'il roule de plus en plus vite, il va finir par décoller, là ?

— Tu connais un autre usage de l'avion ?

— Mais… je… je voulais simplement te parler.

— Comme ça, on aura du temps, et à dix mille mètres d'altitude, on aura la paix en plus, ce n'est pas ce que tu voulais ?

— Si, dit François résigné, puis-je savoir où on va ?

— Au Gabon.

— Au Gabon !

Seigneur ! se dit François, qui prit quelques secondes pour assimiler la situation.

— Mais c'est juste un aller et retour, dit le ministre, se voulant rassurant, huit heures de vol aller, trois heures à Libreville, huit heures de vol retour, dix-neuf heures et tu es chez toi. Ce qui est chouette, c'est qu'il n'y a pas de décalage horaire.

François avait l'impression d'avoir basculé dans une autre dimension. Il opta pour l'humour.

— Vous n'utilisez pas Skype dans l'administration ?

— Pas pour peser sur le sort d'un pays…

Ils avaient décollé à 12 h 45, l'avion atteignit rapidement son altitude de voyage et sa vitesse de croisière. François décida d'aborder le dossier étape par étape, il connaissait les détails de l'affaire, mais le ministre ignorait tout, il devait être pédagogique, crédible et persuasif. Il s'employa à cette tâche durant une bonne heure et demie. Le ministre était très réceptif et la discussion entamée, constructive. François eut besoin d'une pause.

Il avait repéré un téléphone à portée du ministre. Il aurait bien voulu appeler Laura, la pauvre, elle allait le martyriser à l'infini, l'accusant d'inventer les scénarios les plus obsolètes pour masquer sa – au moins – triple vie. Mais à son retour, il déploierait le grand argumentaire pour se faire pardonner. Il interrogea le ministre.

— Est-ce que ce téléphone fonctionne ? Si oui, pourrais-je passer un coup de fil ?

— Bien sûr qu'il fonctionne ! D'accord, utilise-le, pas trop longtemps, c'est un bien public.

François forma le numéro de téléphone de Laura. Elle décrocha, comme à chaque appel qu'elle recevait. Elle fut surprise d'entendre François, ce n'était pas son numéro qui s'était affiché, elle ne lui laissa pas le temps de s'inquiéter.

— Mon chéri, j'ai essayé de te joindre, je suis désolée, la journée est partie en sucette, je vais à Washington maintenant, je suis dans l'avion, je trouille comme une citrouille, je décolle dans quelques minutes. Et toi tu es où ? J'ai laissé une portion de lasagnes en évidence dans le frigo.

— Je vole vers l'Afrique, le Gabon plus précisément, donc oui, la journée part complètement en sucette.

— Ah ? répondit Laura, qui avait du mal à situer les choses. Comment tu fais pour téléphoner depuis un avion ?

— Je suis dans l'avion spécial du ministre de l'Intérieur de la République française.

— Ah ?

— Et toi, pourquoi vas-tu à Washington ?

— Je réponds à l'invitation pressante d'un général de l'armée des États-Unis d'Amérique.

— Ah ? On essaye de se revoir un jour ?

— D'accord.

— Dès qu'on peut, on aura une vie normale.

— D'accord.

La conversation à peine interrompue, François, perturbé encore un peu plus par le contexte incongru dans lequel il était plongé, songea subitement que leur séjour au château d'Hodebert se rapprochait. Il préféra le reporter par prudence, car il ne voulait pas mettre Elena dans l'embarras, il trouva son numéro dans le répertoire de son portable.

— Je peux passer un deuxième coup de fil ?

— Fais comme chez toi mon vieux.

François expliqua à Elena qu'ils auraient un contretemps et que ce n'était que partie remise, elle le comprit très bien, la conversation fut brève.

— Tant que tu y es, si tu veux appeler ta femme de ménage pour changer son jour, n'hésite pas, proposa Robert Kipling.

— Non ça, ça va, elle vient après-demain, lui répondit François avec le sourire, et elle a les clés de l'appartement de toute façon.

Kipling considéra que c'était un trait d'humour de l'historien, mais il n'en était pas tout à fait sûr.

— Si tu permets, moi aussi j'ai un coup de fil à passer.

— Oui bien sûr, répondit sans y penser l'historien.

Le ministre de l'Intérieur, fort des informations qu'il détenait de François, et de l'impression qu'il retirait de leur conversation, avait pris sur lui d'appeler directement le président de la République pour le tenir au courant de la situation, en promettant des détails à venir. François suivait du regard cette conversation au plus haut niveau de l'État. L'historien reprenait le dessus sur l'homme, il vivait un moment rare. C'est alors que Kipling lui tendit le combiné.

— Il voudrait te parler.

François fut brièvement décontenancé.

— Bonjour monsieur le Président.

François l'écouta, c'est le président qui voulait lui dire quelque chose, et l'historien resta bouche bée. Après un instant, il rendit le téléphone au ministre, un peu hagard.

— Il m'a dit que, vu les circonstances, il m'accordait sa grâce présidentielle pour le coup des Invalides…

— Et taquin avec ça, sourit le ministre.

49

L'avion spécial du ministre de l'Intérieur Robert Kipling atterrit à Libreville à 20 h 45. Il avait expliqué à François que, malheureusement, il devait rester à bord en *stand-by*, en attendant son retour. L'historien n'avait pas son passeport et de toute manière, il ne pouvait pas le trimbaler avec lui. François avait compris, accepté la situation, tout en la trouvant saumâtre sans le dire, car il se sentit subitement un passager clandestin, mais l'avion était confortable, il avait à boire et à manger, il n'en mourrait pas.

Au contraire, François se dit que ce moment de solitude lui permettrait de poursuivre la lecture des quatre cents pages d'annexes du Projet Thalassa qu'il avait téléchargées sur son smartphone, comme tout le monde pouvait désormais le faire.

Trois heures plus tard, comme prévu, Robert Kipling et son staff regagnaient l'avion qui se prépara à redécoller, sans faire de commentaire à François sur les résultats de sa mission. Même entre maçons on ne partageait pas tout, et en particulier les secrets d'État.

Au même moment, à 9 670 kilomètres de là, à 17 h 45, Laura Zante débarquait à l'aéroport de Washington-Dulles, éreintée d'avoir cherché à rester en vie dans les turbulences inhérentes au ciel de l'océan Atlantique.

À sa descente d'avion, elle fut prise en charge par un élégant officier très *gentleman* et amenée à bord d'une Cadillac DTS blindée dans laquelle se trouvait le général John Marshall Bedford. Dès qu'elle fut installée, le véhicule s'ébranla. Laura était assise à côté du général et l'attaché militaire était en face. Il s'appelait Bahram Mahdavi, fils de parents iraniens réfugiés ayant fui le régime des Mollahs. Laura le trouva particulièrement séduisant. La trentaine, il avait le beau visage d'un prince perse de contes des *Mille et Une Nuits*, la barbe très courte mais bien taillée, les yeux à la fois brûlants et doux, le teint mat, le corps buriné par le sport et les exercices militaires, puis ce tact qu'elle trouva délicieux qui avait l'apparence de la distance.

Sa brève rêverie qu'elle s'autorisait comme une friandise fut interrompue par le général qui décida de prendre en considération sa passagère.

— Et comment allez-vous, madame Zante ? Nous sommes loin des forêts ardennaises ici.

— Disons que depuis notre échange téléphonique de tout à l'heure, les choses sont allées plutôt vite.

— Je suis désolé de vous avoir brusquée ainsi, mais nous avons des choses à nous dire. Mais comment va mini-Laura Zante ?

— Mini-Laura Zante ?

— Oui, la petite Belge pleine de fougue qui a défendu la tombe de mon grand-père comme un *Marine* ?

Laura sourit, elle apprécia la comparaison.

— Bien je crois.

— Elle tchate – c'est comme ça qu'on dit non ? – assez souvent avec Tom.

Comme c'était énoncé dans un demi-sourire, Laura en conclut que le général appréciait le lien qui s'était créé entre Lisa et son fils. Les jeunes d'aujourd'hui n'avaient pas de frontières.

Ils roulèrent sur la 267, traversant Reston et passant entre Pimmit Hills et McLean.

— Gardez vos souches, factures, billets d'avion, vous êtes l'invitée de l'US Army. Nous vous avons pris une chambre au Trump International Hotel, officiellement le meilleur de la capitale, précisa le général.

Laura fut soulagée.

— Cela me rassure, parce que, vous savez, j'ai voyagé léger, seulement un bagage à main, je transporte vraisemblablement la vingtième partie d'une valise d'une Italienne normale, vous comprenez ? J'ai besoin de petites choses, vous pensez qu'il y a des commerces dans l'hôtel ?

— Il y a tout au Trump International Hotel, mais nous n'y allons pas maintenant.

— Mais…

— Nous n'avons pas le temps de passer à votre hôtel maintenant. Nous allons au 1600 Pennsylvania Avenue.

Cette adresse disait quelque chose à Laura, cela lui revint.

— Maison-Blanche ?… Nous allons directement voir le président !

— Non, il joue au golf avec son homologue chinois, la situation économique mondiale va dépendre du nombre de trous gagnés par le président, précisa le général, tandis que l'attaché militaire tournait la tête pour esquiver un sourire discret.

— Mais d'autres personnes nous y attendent, reprit le général.

Laura songea qu'elle était affreuse, sans doute avec des cheveux de folle, négligée, et peu fraîche, c'était un désastre.

Laissant le cimetière d'Arlington sur leur droite, ils entamèrent la traversée du Potomac. Ils atteignaient leur destination. Après avoir franchi les grilles qui fermaient la West Executive Avenue, ils empruntèrent la deuxième entrée de l'aile ouest de la Maison-Blanche qui permettait un accès direct au sous-sol de l'édifice en quelques marches. L'endroit n'avait rien d'un bunker. Après avoir abandonné leur téléphone portable, ils gagnèrent la Situation Room pour rejoindre la salle de réunion principale, plutôt petite, redoutable pour les claustrophobes, qui ne disposait que d'une seule porte d'accès, un lieu froid éclairé par des néons, des écrans plasma couvrant l'un des murs, des caméras et des micros partout. Laura songea que l'on pourrait facilement mettre sur pied des colloques d'historiens sans frais de voyage en organisant des vidéoconférences à gogo.

Une douzaine de personnes étaient déjà présentes. Elles prirent place autour de la grande table qui remplissait pratiquement tout l'espace. Le général Bedford se pencha vers l'oreille de Laura :

— J'espère que vous avez conscience de la situation dans laquelle vous vous trouvez.

— Non, pour le moment je suis juste déconcertée.

Un rapide tour de table permit de mettre des noms, des fonctions plutôt, sur des visages. Étaient présents le secrétaire à la Défense, la directrice de la CIA, le conseiller à la Sécurité nationale, le chef de cabinet de la Maison-Blanche, la directrice du renseignement national et le secrétaire à la Sécurité intérieure, ainsi qu'une poignée de collaborateurs. Laura, sincèrement impressionnée par le condensé de pouvoir dans cette salle, et marquée par son voyage décidé dans la précipitation et le décalage horaire, se présenta simplement comme historienne italienne en poste à la Sorbonne. Elle commençait à se demander ce qu'elle faisait là. Le général Bedford prit la parole.

— Si nous sommes réunis ici, c'est parce que nous estimons que le docteur Zante peut nous aider à y voir plus clair dans une question d'intérêt national…

Le conseiller à la Sécurité nationale l'interrompit et rectifia.

— Je dirais plutôt d'urgence nationale.

Le général ne se démonta pas.

— Je vous propose d'entendre d'abord le docteur Zante. Madame, vous avez la parole.

50

Il était minuit passé dans l'avion du ministre de l'Intérieur qui revenait vers Paris. Ce dernier faisait le point avec ses deux collaborateurs, et François buvait un café en parcourant les quatre cents pages d'annexes du Projet Thalassa et en prenant des notes. Ce qu'il lisait dépassait l'imagination. Le document était divisé en deux parties, un argumentaire plus étoffé, et une autre partie technique avec des données précises, des plans, des informations détaillées sur la faisabilité des opérations, pratiquement comme le guide de montage d'un meuble.

La première partie insistait sur le caractère irrémédiable du réchauffement climatique. Il était tout simplement trop tard, la transition écologique n'aurait pas lieu. L'activité humaine même radicalement modifiée ne pourrait plus empêcher à court terme une catastrophe majeure accentuée par la surpopulation. Mais l'omerta généralisée se traduisait par une réaction politique de façade des États qui savaient que des mesures politiques et fiscales impopulaires ne serviraient de toute façon à rien, et un courant écologiste qui ne voulait pas perdre ses adhérents dans un constat d'impuissance. Et au milieu, les scientifiques préféraient ne pas être les porteurs des mauvaises nouvelles voués au sacrifice comme dans l'Antiquité.

On se contentait de grands-messes et de promesses d'un côté, et de prises de conscience et de campagnes de sensibilisation de l'autre.

En somme, le réchauffement climatique aurait progressé même avec la cessation totale des activités humaines. La température moyenne de la terre en une poignée d'années allait dépasser les cinq degrés d'augmentation, laissant loin derrière le maximum des deux degrés de l'accord de Paris de 2016. Le point de rupture enclenchant des mécanismes autocombinés de réchauffement sans rôle humain était franchi. Et ces mécanismes se traduiraient par le rejet toujours plus massif de CO_2 et de méthane dans l'atmosphère terrestre. Les océans et les forêts étaient saturés dans leur rôle de rétention du carbone. Mais surtout, on avait sous-estimé depuis toujours l'impact du dégel en cours du permafrost et celui de la libération des hydrates de méthane dans les fonds marins. Les quantités de carbone qu'ils ne retiendraient plus sous peu dépassaient l'imagination, elles devaient s'envisager en milliards de tonnes. En une génération, la terre allait devenir un sauna asphyxiant, avec son cortège supplémentaire de désertifications, de disparitions complètes des forêts et des pôles, d'incendies apocalyptiques, de montées des eaux bibliques. D'innombrables guerres de l'eau, de l'air, de la nourriture ravageraient la planète, entraînant la disparition anarchique de la civilisation, voire de l'espèce humaine tout entière.

Pour empêcher ces guerres prévisibles et incontrôlables, pour sauver la civilisation et l'organiser par le truchement des nouvelles technologies dans ce nouvel environnement planétaire hostile, l'espèce humaine ne pouvait dépasser le seuil d'un milliard d'individus ; or il y en aurait onze milliards en 2100. La Solution Thalassa, de toute évidence, s'imposait. La disparition d'une partie de l'humanité étant strictement inévitable, il était préférable de choisir cette partie.

Le prototype décrit dans les pages annexes du Projet Thalassa se présentait sous la forme d'un cône gigantesque, qui faisait songer à la Devils Tower, le monolithe situé dans le Wyoming et rendu célèbre par le film *Rencontres du troisième type* de Steven Spielberg.

La base du cône était constituée par la zone d'entretien d'une source de chaleur incendiaire perpétuelle, alimentée par l'énergie atomique. Des monorails blindés et de grande capacité traversant le cône dans sa partie centrale devaient amener les passagers par dizaines de milliers, dans des wagons confortables, mais conçus comme des déversoirs *via* un plancher rétractable. La voie d'accès au cône était donc située en son milieu, et à l'intérieur, les passagers seraient immédiatement précipités dans la forge incandescente au terme d'une chute dans le vide. Ils seraient réduits en cendres avec leurs effets personnels limités à leur départ, les restes de la combustion étant évacués dans la mer. C'est la raison pour laquelle les centrales de traitement de la Solution

Thalassa devaient être installées dans des aires maritimes. Les infrastructures de contrôle étaient situées sur la plateforme du cône, invisibles aux passagers et protégées de la fournaise.

L'ensemble de la gestion des opérations pouvait s'envisager selon des ressources robotiques déjà disponibles. Les progrès en matière d'intelligence artificielle réalisés par UMNIT Corporation le démontraient largement.

Une heure plus tard, François rejoignit Kipling, maintenant seul. Il avait besoin de communiquer avec lui, même si la fatigue se faisait sentir, et c'était valable pour les deux hommes.

— J'ai d'abord une question secondaire, mais qui me brûle les lèvres, dit François. Pourquoi n'est-ce pas ton collègue des Affaires étrangères qui s'est chargé de cette mission ?

— On est interchangeables, surtout pour les affaires sensibles, selon les parcours de vie et les liens entretenus.

— J'ai lu les annexes du Projet Thalassa, je n'ai pas terminé, mais il s'agit d'un projet pensé et abouti.

— Sur papier, rien que sur papier. Les plumitifs ne sont pas les plus dangereux, répliqua Kipling.

— Ça va plus loin, souligna François Lapierre. Mais surtout, les écrits qui présentent une certaine technicité ont toujours l'air plus crédibles.

— De toute façon la diffusion de ce document est inévitable à grande échelle, nous n'y pouvons rien, déplora Robert Kipling. Il n'y a plus de maître à bord, c'est un ministre qui te le dit.

François comprenait l'allusion de son frère de loge. Il avait lu quelque part que dans vingt ans, la capacité informatique serait un million de fois plus puissante qu'aujourd'hui. Lui-même avait constaté que les informations et les connaissances évoluaient déjà plus vite dans son propre secteur professionnel que sa capacité à les évaluer et à les assimiler. C'est cette faiblesse-là, tout simplement humaine, qui risquait en fait d'être la source des plus grands déboires face à l'intelligence artificielle. On aurait recours à celle-ci à cause du haut degré de cette impuissance, et elle nous entraînerait à devenir d'emblée dépendants de cette même intelligence artificielle. La compétition entre l'humanité et les robots n'aurait même pas lieu.

François retourna s'isoler dans un coin de l'appareil. Le découragement le gagnait, il lutta pour ne pas être submergé par des idées noires, c'était sa faille la plus ouverte. Et lorsqu'il s'y abandonnait, la remontée n'en était que plus rude. Il mettait ce processus sur le compte du vieillissement plutôt que sur celui d'une tendance naturelle de son caractère. Il détestait les incertitudes, comment aurait-il pu apprécier le monde en devenir ? Et pourtant l'histoire des hommes n'était qu'incertitudes, à chaque époque. Il songea alors à Laura, il se dit que ce petit bout de femme bourré d'énergie vitale était arrivé dans sa vie à point nommé. Il avait besoin d'elle plus que jamais.

51

Laura acheva son exposé, elle avait suscité l'attention de la petite assemblée, en prenant soin de mettre en résonance les différents éléments soulevés au fil des avancées avec François, depuis leur analyse du texte du Projet Thalassa jusqu'à la déduction d'un attentat majeur en préparation, en passant par le ressenti de François lors de son séminaire à Ostende, et la posture de Rosenshark depuis son emprisonnement.

— Et quels sont vos informateurs ? demanda la directrice de la CIA.

— On n'en a pas, on n'a que la critique historique.

Ce n'était pas tout à fait vrai, il y avait Shoshana et Antarès, mais Laura Zante estima qu'il était inopportun de les mentionner dans la présentation.

— Madame Zante, donc selon vous il faut s'attendre prochainement à un méga-attentat. Pourquoi « méga » ? interrogea le secrétaire à la Sécurité intérieure.

— Parce qu'il doit être à la mesure de l'enjeu sous-jacent au Projet Thalassa, pour consolider l'empathie naissante à l'égard de la Solution Thalassa qu'il pourrait susciter dans une certaine opinion publique. Pour qu'un cerveau adhère à quelque chose, il faut qu'il ait le sentiment de comprendre qu'il avait raison de songer à y adhérer, vous comprenez ? Cet attentat n'est pas imaginé pour persuader, mais pour renforcer l'autopersuasion.

— Je veux bien vous suivre, madame Zante, mais quel genre d'attentat ? renchérit la directrice du Renseignement national.

— Les experts en la matière furent les nazis, ils ont parfaitement maîtrisé les règles de la propagande moderne. Vous savez où a été inventé le journalisme professionnel, c'est-à-dire un métier, le métier de journaliste ?

Le silence autour de la table invita Laura à poursuivre.

— D'abord ici, en Amérique, après la guerre de Sécession. Dans les deux camps, on avait déploré les affabulations de toutes sortes qui avaient fleuri dans les journaux, au fil des campagnes militaires, et qui avaient perturbé les opinions publiques. Un enseignement privé se développa chez vous pour former des journalistes, à la fois d'un point de technique et par rapport à des règles de déontologie professionnelle. Mais c'est en Europe, au début du vingtième siècle, qu'un enseignement public s'est mis en place, pas dans les démocraties libérales, mais sous les régimes totalitaires. La Faculté de journalisme de l'université Lomonossov à Moscou sous les bolcheviques après 1917 fut la plus importante école de journalisme du monde en nombre d'étudiants.

Mussolini a créé la première grande école supérieure de journalisme en Europe occidentale. Et les nazis ne furent pas en reste, ils ont compris qu'il fallait maîtriser les techniques journalistiques pour les instrumentaliser à leur profit, et détourner la déontologie en faveur de leur pouvoir afin de gagner la guerre de communication de masse. Et aujourd'hui, un régime autoritaire ou un projet totalitaire qui négligerait la maîtrise d'une expertise professionnelle de haut niveau en matière des codes et des usages d'Internet et des TIC serait voué à l'échec.

Or l'événement qui fonda la légitimité d'un pouvoir renforcé d'Hitler, c'est l'incendie du Reichstag, un attentat provoqué par les nazis eux-mêmes et dont les communistes furent accusés à tort dans une mise en scène médiatique sans faille. À l'époque, c'était ça, un méga attentat.

C'est le secrétaire à la Sécurité intérieure qui intervint le premier.

— Je crois que c'est à notre tour de vous expliquer quelque chose. Nous ne partageons pas entièrement votre analyse, mais il y a matière à discussion entre nous.

Laura ne manifesta son incompréhension que par les traits de son visage. La directrice du Renseignement national prit le relais.

— Pour commencer, je voudrais vous parler des tremblements de terre. On ne peut pas les prévoir, mais les scientifiques ont développé des instruments pour identifier des signes naturels augmentant leur probabilité. Bien, nous avons fait la même chose dans le cadre du renseignement, en particulier dans la lutte antiterroriste, tout en restant dans le paradoxe des sismologues : on connaît de mieux en mieux les tremblements de terre ou les volcans, mais ils nous surprennent toujours. Votre approche est très intéressante, car, d'une certaine manière, elle nous conforte dans l'analyse de nos signes. En revanche, nous n'aboutissons pas à la même conclusion.

C'est alors la directrice de la CIA qui prit la parole, elle allait franchir un palier décisif.

— Il ne s'agit pas d'un attentat.

Laura marqua son étonnement, tout en ayant le sentiment d'être la seule de l'assemblée à paraître troublée. Se pouvait-il que François et elle se soient égarés à ce point ? Elle refusa spontanément de le croire et se prépara à répliquer à son interlocutrice. Elle n'en eut pas le temps ni la nécessité.

— Il s'agit de centaines d'attentats, simultanés.

Laura pâlit instantanément, sans voix, bouleversée, plongée dans l'incompréhension la plus totale.

— Ils veulent faire basculer l'histoire, ajouta le général Bedford.

Un silence pesant s'imposa dans la pièce, le silence des démunis, le silence qui précède les catastrophes inévitables, le silence qui attend de laisser la place au sang, aux larmes et au deuil. Laura restait muette de stupéfaction. La directrice reprit le fil de son récit.

— Un millier de terroristes aguerris, des rescapés de Syrie, entraînés à la guerre, mêlés aux flux de réfugiés ou même rapatriés par certains pays, vont passer à l'action, par petits groupes, entre trois et dix terroristes par cellule, partout en même temps.

— Partout ? laissa siffler Laura.

— Et en même temps. Ils ont combiné le cloisonnement en petites cellules hermétiques entre elles, un classique de la guerre de l'ombre, et le réseautage informatique intraçable, ce qui est plus moderne. Mais pour cela il faut deux choses, une infrastructure de réseautage hors norme, et un chef, qui maîtrise l'articulation des cellules et la clé de l'infrastructure.

Le secrétaire à la Défense, guère prolixe jusqu'ici, ajouta sa pierre à l'édifice.

— Cela fait des centaines de cibles frappées au même moment, des dizaines de milliers de morts au bas mot. Ils se préparent depuis des années, depuis les débuts de la guerre en Syrie pour être précis. Nous soupçonnons UMNIT Corporation d'être leur couverture et leur intendance concernant l'infrastructure informatique. Nous vous remercions de nous avoir apporté des éléments précieux qui nous font consentir à penser que leur action est imminente.

— C'est monstrueux, se contenta de dire Laura.

— D'un point de vue rationnel, je suis d'accord avec vous, mais nous sommes dans l'irrationnel, ajouta Bedford.

— On va faire quoi ? demanda Laura.

La directrice de la CIA reprit la parole. Cette femme était un savant mélange de compétence, de poigne et d'esprit aiguisé.

— Vous êtes historienne, vous allez comprendre tout de suite. Avec nos alliés dans le monde, et même avec ceux qui ne le sont pas vraiment, nous préparons une opération Templiers.

Laura comprit, bien sûr. Le 13 octobre 1307, le roi de France Philippe le Bel fit arrêter tous les chevaliers du Temple simultanément dans tout le royaume, dans le cadre d'une opération de police dont la coordination à cette échelle était une première dans l'histoire. La directrice poursuivit.

— Mais il y a un loup.

Laura se dit que l'expression était bizarre dans ce contexte : il y avait une armée de loups.

— En effet, Rosenshark n'est qu'un second couteau d'un point de vue opérationnel. Le maître d'œuvre est un autre individu. Nous pensons l'avoir repéré, sans certitude, car il agit dans l'ombre, sous un autre nom, nous en sommes persuadés, nous ignorons lequel. Le savoir constituerait un bond décisif en notre faveur.

Le conseiller à la Sécurité nationale, assis près de Laura, lui tendit une photo.

— Il s'agit d'un sociologue ukrainien, Alexis Pasternak, qui a pignon sur rue. Sous cette identité il est irréprochable, mais, bien qu'il nous manque la preuve décisive, *a priori* il a une double vie, c'est le moins que l'on puisse dire.

Laura regarda la photo. C'était bien Pasternak, l'homme de la Fondation pour le futur dont lui avait parlé François en s'arrachant les cheveux pour se souvenir du nom cité par Pamela Erskine pour le désigner.

— Cet homme… François Lapierre l'a rencontré, il a entendu son autre nom. Durant notre enquête il m'en a parlé, mais il ne s'en souvenait plus, avoua Laura.

— Où est François Lapierre ? demanda le conseiller à la Sécurité nationale.

— Je crois qu'il est dans un avion, avec un téléphone dedans, mais je ne connais pas le numéro.

— S'il y a un téléphone, on trouvera le numéro, affirma la directrice du Renseignement national.

— C'est l'avion du ministre de l'Intérieur français, précisa Laura.

Le secrétaire à la Sécurité intérieure, son homologue américain, réagit.

— Kipling, je le connais bien. Je m'en charge, dit-il avec fermeté avant de se tourner vers un collaborateur à qui il adressa un message à voix basse.

— Réveillez les Français à tout prix, j'ai besoin de ce numéro de téléphone.

52

Kipling fut étonné d'entendre la sonnerie de son téléphone de bord. Il s'était assoupi et à Paris, c'était la nuit profonde. Quelle catastrophe allait lui tomber dessus ? François, assis en face de lui, examina les traits de son visage à la loupe.

Le ministre écouta avec attention son homologue américain. Puis il tendit le téléphone.

— C'est pour toi mon frère, décidément tout le monde veut te parler.

François, à moitié surpris – il avait l'impression d'être dans un épisode de *La Quatrième Dimension* –, prit le téléphone.

— C'est moi, c'est Laura !

Nul doute, il était dans un épisode de cette série télévisée fameuse.

— Bonjour ou bonsoir, je ne sais plus trop… tu es où ? Ça va ?

— Je suis dans la Situation Room de l'aile ouest de la Maison-Blanche, mais pas en touriste, il y a avec moi le général Bedford, le secrétaire à la Défense, le conseiller à la Sécurité nationale, le chef de cabinet de la Maison-Blanche, la directrice du Renseignement national, le secrétaire à la Sécurité intérieure, et aussi la directrice de la CIA.

Il y eut un silence au bout de la ligne, témoignant de l'état de sidération de l'historien. Il tenta de se donner un peu de contenance.

— Allons bon, je l'aurais parié, et tu leur donnes un cours sur l'historiographie italienne ?

— Pas vraiment, non. Tout le monde t'écoute ici, donc évite de dire des bêtises ou de faire des allusions salaces.

François était prévenu, il pencha la tête en avant en signe de résignation.

— Tu te souviens du type du séminaire d'Ostende, la double identité, j'ai sa photo sous les yeux ?

— Pasternak ?

— Oui, sauf que tu m'as dit que ce n'était pas ce nom-là.

— Mais je ne me souviens plus de son autre nom, je te l'ai dit, et la personne qui me l'a donné est morte, c'était Pamela Erskine.

— Fais un effort voyons ! insista Laura.

— Il est près de trois heures du matin ici, en l'air, je reviens d'un pays d'Afrique sans y avoir mis les pieds, la femme que j'aime est dans un *remake* d'*Armageddon*, je suis fourbu, vois-tu, j'ai la mémoire qui flanche…

— Arrête de te plaindre, je t'ai dit que tout le monde t'entendait. Réfléchis-y, c'est très important, on se rappelle.

François voulait être ailleurs, il rendit le téléphone à Kipling, qui entama une nouvelle conversation avec le secrétaire à la Sécurité intérieure. La conversation dura plusieurs dizaines de minutes, dans une ambiance de conseil de guerre. Quand elle fut terminée, Robert Kipling regarda François. Le ministre était livide.

— On répète à la fin de nos tenues que la lumière brille toujours, même dans l'obscurité la plus profonde, c'est le moment d'y croire.

À l'autre bout du monde, Laura se frotta les yeux, elle commençait sérieusement à sentir la fatigue et sa concentration n'était plus optimale, loin de là. Il était 3 h 30 du matin heure de Paris, et 21 h 30 à Washington, elle avait dans les pattes un vol transocéanique improvisé et une réunion intense de plusieurs heures dans la Situation Room de la Maison-Blanche sur le sort de l'humanité.

— Écoutez, le professeur Lapierre va arriver à Paris dans quelques heures, je suis sûre que, dans son environnement, ce sera plus facile pour lui de travailler sa mémoire. Est-ce qu'on pourrait faire une pause ? Vous n'auriez pas une douche, à la Maison-Blanche ?

Sa question détendit l'atmosphère et des sourires entendus apparurent sur certains visages. La directrice de la CIA s'adressa à elle sur un ton maternel.

— Mais oui, nous avons des douches à la Maison-Blanche.

— Et de la nourriture, genre sandwich au thon ?

Quelques rires fusèrent.

— OK, on fait un *break*, dit le chef de cabinet de la Maison-Blanche. Madame Zante, on vous prend en charge, vous allez pouvoir vous reposer un peu. Et on reprend contact avec le professeur Lapierre quand il sera de retour à Paris.

Laura fut installée dans une chambre et prit une douche en savourant la saveur bienfaisante des jets d'eau chaude sur son corps. Elle prit son temps pour se régénérer. Ensuite, son plateau-repas avalé, elle s'engouffra sous les couvertures de son lit en dégustant chaque centimètre carré du matelas. Elle sombra dans le sommeil.

53

Si Laura dormait comme un bébé, François, de son côté, alors que le ministre somnolait, avait beaucoup de mal à se reposer. C'était un mauvais sommeil nourri par le stress de ne pas se souvenir de l'autre nom de Pasternak. Il n'y parviendrait jamais, et il ressassait ce constat au pire moment qui soit, dans l'attente du sommeil, alors que l'énergie et la volonté sont au plus faible. Il n'avait plus rien à faire qu'errer dans sa nuit gâchée.

Laura fut réveillée par le téléphone de sa chambre. Elle mit quelques secondes à prendre conscience de l'endroit où elle se trouvait. Ses hôtes ne lui avaient accordé qu'un nombre très limité d'heures de répit.

Elle s'assit avec difficulté sur le bord de son lit, hébétée, en passant une main dans sa chevelure désordonnée.

— Punaise ! la micro-nuit…

Elle se leva en titubant et passa sous la douche pour se réveiller tant bien que mal. Après avoir renoncé à se dessiner un visage humain, elle enfila les seuls vêtements qu'elle avait depuis son départ de Paris.

Elle sortit de sa chambre, un membre du Secret Service, genre Black armoire à glace, l'attendait pour la conduire à la Situation Room. Passant devant un distributeur de boissons chaudes, elle interpella son guide.

— Excusez-moi, vous n'auriez pas un peu de monnaie ?

Dans l'état où elle était, elle jugea que cette demande n'avait rien d'incongru, mais elle tenait à préciser.

— Je n'ai pas de dollars, mais je vous échange un euro contre un dollar.

L'agent la regarda avec un air tellement surpris qu'elle supposa d'abord qu'il ignorait ce qu'était l'euro.

Mais l'homme avait compris, et avec un sourire, il lui offrit le thé qu'elle souhaitait. Elle le but immédiatement à petites gorgées, et emporta son gobelet à moitié vide. Entrée dans la salle, elle constata que d'abondantes réserves de boissons chaudes et des pâtisseries attendaient les participants à la réunion.

De l'autre côté de l'Atlantique, l'avion du ministre de l'Intérieur entamait enfin les manœuvres d'atterrissage. François s'étira et rassembla ses idées. Alors qu'il regardait par le hublot la terre de France qui se rapprochait, elle lui semblait irréelle. Mais il allait enfin rentrer chez lui, et reprendre contact avec Laura.

L'avion avait à peine éteint ses moteurs que la porte fut ouverte et les quatre passagers, débarqués. Ils gagnèrent rapidement l'aérogare. L'heure de la séparation était venue.

— Merci pour ce mini-trip exotique déclara François au ministre.

— Merci à toi, mon frère, la machine va s'ébranler maintenant.

Et Kipling ajouta, un peu gêné.

— Je ne te ramène pas mon vieux, la voiture qui m'attend est un bien public.

— Pas de souci, je me débrouille, répliqua François en songeant que le Falcon dans lequel il avait passé dix-neuf heures l'était aussi.

Mais bon, il y avait peu de risque de croiser des paparazzi à dix mille mètres d'altitude et de finir sur Twitter, même si c'étaient de drôles d'oiseaux.

François trouva un taxi et à peine à bord, après avoir donné son adresse, demanda au chauffeur la durée du trajet à cette heure-là.

— Ben, une demi-heure, mais bon, si vous faites comme l'autre type… enfin, j'vous explique. Un collègue m'a raconté qu'un type lui avait payé vingt euros par minute gagnée sur le temps du trajet, un vrai fada.

— C'est marrant ce que vous me racontez là, lui répondit François, j'ai déjà entendu cette histoire, un gars assez riche qui ne sait pas comment dépenser son argent.

— On dirait bien, lui répondit le conducteur. Ça vous dit de relever son défi ?

— Pas vraiment répondit François, on va le faire à la loyale avec le Code de la route.

Ainsi naissaient les légendes urbaines.

54

François avait rejoint son appartement pour se préparer, sans avoir pris du repos, à une ascension de sherpa dans ses souvenirs, il était maintenant en liaison téléphonique avec la Maison-Blanche qui allait le suivre en temps réel. Il avait le sentiment de se préparer à se livrer à une séance de remémoration psychanalytique en direct, mais il était conscient de l'enjeu. Cette fois, la mémoire dont il sollicitait les ressources, qu'il devait explorer, n'était pas historique, c'était la sienne.

Il devait faire remonter un détail à la surface, un petit détail. Le seul moyen de voyager dans le temps était d'abord de songer au contexte de l'événement vécu, puis de circonscrire toujours ce contexte : Ostende, hôtel Andromeda, Pamela Erskine, une séance de séminaire, une pause-café…

Après s'être d'abord confortablement assis dans son fauteuil préféré, et s'être concentré en vain, il se leva et se mit à tourner en rond dans son appartement, puis il se positionna devant la fenêtre donnant sur les Invalides, son point de vue favori. Tout ce que lui offrait sa mémoire pour l'instant, c'était du blanc et de la confusion. Il se battait avec lui-même, peut-être devait-il solliciter auprès de ses interlocuteurs un peu de sommeil, mais il allait refroidir leur confiance à son égard. Chaque minute comptait, et plus elles s'écoulaient, plus les risques de déclenchement d'une opération meurtrière incontrôlable se multipliaient. Dans la Situation Room, Laura, sur qui tous les regards étaient posés, suivait par la pensée son homme à distance, comme s'il se déplaçait à mains nues sur une falaise vertigineuse.

— François, je suis avec toi. Tu vas y arriver.

François, les yeux fermés, en introspection, fit jaillir un souvenir indirect. Lors de son analyse du dossier Thalassa chez lui, lors de la découverte de la photographie de Pasternak comme membre de la Fondation pour le futur, il s'était souvenu avoir fait le lien lorsqu'il était à Ostende avec le nom d'un acteur, forcément connu, un acteur qu'il appréciait, dont il avait vu les films. Mais il avait visionné des tonnes de films avec des tonnes d'acteurs. Il se confia à Laura. Il avait le sentiment que c'était un comédien encore vivant, donc sans doute une star internationale.

Il se rua sur Google, en songeant qu'Internet n'avait pas que des travers, et entra « acteurs contemporains, Hollywood ». Il obtint les listings les plus divers. Il allait perdre un temps fou à les éplucher.

Il se souvint subitement que l'intervenant au séminaire avait un accent, mais lequel ? Et cela ne signifiait pas que le comédien en question avait un accent. Quel accent pouvait le frapper ? Il bloquait.

La pièce tomba. Si l'intervenant avait un accent, son pseudonyme, Pasternak, dans la liste des membres du comité scientifique de la Fondation pour le futur devait forcément « coller » à cet accent.

Pasternak… un accent russe ou du même genre !

Donc il lui fallait trouver un acteur dont le nom était à connotation russe. Petrovitch ?… Oulianov ?… Tchekov ?…

Il retourna à Google : « acteur nom russe Hollywood ».

Cela ne donnait rien sinon des pistes évasives.

Bordel ! dit François en s'asseyant dans son canapé. Laura se rappela à lui.

— T'as trouvé ?

— Non, et ce n'est pas faute de phosphorer, je t'assure. Je n'y arriverai pas, c'est un petit point trop éloigné dans la galaxie de mon vécu. Je suis désolé, affreusement désolé.

— Ici ils me regardent avec un drôle d'air, pas comme les autres hommes d'habitude.

François sourit intérieurement. Cette fille avait l'art de décrisper les situations les plus tendues. Laura poursuivit.

— Si tu aimes cet acteur, tu dois au moins avoir un DVD avec lui.

— J'ai des centaines de DVD.

Il entendit Laura s'adresser aux grands de ce monde, au cœur du pouvoir américain.

— Bon, écoutez, il cherche encore, mais il va trouver, il se prépare à renverser sa DVDthèque par terre.

François, imaginant la tête des interlocuteurs de Laura, se leva et se planta devant sa collection de DVD qui occupait pratiquement tout un mur. Allons-y, se dit-il, en commençant un tri infernal durant lequel tous ses DVD voltigèrent, finissant sur le sol. Il partait du principe que le nom de la star devait apparaître sur la jaquette. Il passa en revue l'histoire du cinéma en quelques minutes : rien, les titres de grands classiques tourbillonnaient dans sa tête, dont tous les films avec Sophia Loren, qui avaient brûlé ses yeux d'adolescent, il se dit d'ailleurs qu'il en visionnerait bien l'un ou l'autre, d'autant que Laura Zante avait quelque chose de Sophia Loren, incontestablement.

François se dit aussi que Laura avait la sensualité pétillante de Bianca Guaccero, actrice italienne née dans les Pouilles, et la beauté féline de Bianca Balti, mannequin lombarde égérie de Dolce & Gabbana, qui avait succédé à Monica Belluci. Cela dit, à bien y réfléchir, les formes voluptueuses de Laura s'apparentaient davantage à celles de la Sicilienne Maria Grazia Cucinotta, à l'époque du film *Le Monde ne suffit pas*, à la fin des années 1990, elle avait alors l'âge de Laura aujourd'hui.

François était songeur, Laura le sentit, malgré l'océan Atlantique qui les séparait.

— Tu restes avec nous ? T'es parti où, là ?

— Je ne suis jamais très loin de toi.

— On nous écoute je t'ai dit, et tout est enregistré en plus.

François se reprit. Il passa de John Wayne à François Truffaut, d'*Il faut sauver le soldat Ryan* à *Un homme pour l'éternité*, de John Cassavetes à Claude Sautet. Il vit à peine Sean Connery en moine franciscain, Catherine Deneuve en demoiselle de Rochefort, Gérard Depardieu en Christophe Colomb. Il craqua un instant sur la délicieuse Scarlett Johansson dans *Match Point* de Woody Allen, il eut du mal à laisser tomber à terre *Elephant Man* de David Lynch. Il se réjouit de retrouver *Ran* de Kurosawa, il sourit face à *Quatre mariages et un enterrement*. Cette démarche était absurde, songea-t-il enfin.

Puis il trouva !

Dans la peau de John Malkovich…

Il relança la conversation avec Washington.

— Laura, c'est Malkovich !

Même si tous les participants suivaient leur conversation, elle répercuta l'information immédiatement, puis s'adressa de nouveau à lui.

— Ils me disent qu'il faut aussi le prénom…

— Bon sang !

François marchait littéralement sur un tas de DVD dispersés sur le sol. Il reprit la mise à sac de sa collection. Puis son regard se porta sur les coffrets qu'il n'avait pas encore examinés. Ils étaient beaucoup moins nombreux, l'un d'entre eux lui était cher, l'intégrale de Laurel et Hardy, toute son enfance, son âge adulte aussi. Il éclata de rire, et se mit à entonner *La Marseillaise*, au point que Laura l'entendit.

— Ça va ? Ici tout le monde t'entend, tu sais. Tu es censé être professeur de faculté.

— Ma belle, dis à tes nouveaux amis que le prénom sésame, c'est Laurel… Laurel Malkovich.

François sentit sa compagne vibrer à distance.

— T'es le mec le plus badass que j'aie jamais rencontré !

— Badass ?

— C'est Lisa qui m'a appris ce mot. Un truc de jeune. Au début, je croyais que ça voulait dire « crétin », mais en fait c'est un type qui déchire, qui est génial… Je dois te laisser, tout le monde s'agite ici.

— Toi aussi t'es badass. Comme Wonder Woman !

— T'as compris, j'adore les hommes intelligents, ce sont les plus sexy.

55

— Ali ! café !

— Ali ! lumière douce !

— Ali ! Al Saudiya !

Le café s'écoula dans la tasse, la lumière diminua d'intensité et le téléviseur se connecta spontanément sur la chaîne de télévision saoudienne. Laurel Malkovich avait décidé d'appeler « Ali » le dispositif qui contrôlait son appartement intelligent et dont l'installation avait été réalisée par les services très performants de UMNIT Corporation, faisant de ce logement un fleuron de la domotique. Son complice Alfred Rosenshark n'avait pas lésiné sur les options qu'offrait la batterie de possibilités technologiques que maîtrisait cette société. Non seulement la plupart des activités d'intérieur étaient régies par Ali, mais un système sophistiqué de télécommunications permettait à Malkovich de coordonner ses activités clandestines. Des protections blindées, des caméras, des alarmes assuraient la sécurité de cet appartement secret transformé en Fort Knox.

— Ali ! baisse le son du téléviseur !

Il avait besoin de réfléchir tout en dégustant son café. Rosenshark en prison ne compromettait en rien l'opération en phase finale de préparation. D'ailleurs il avait fini de jouer son rôle. Il n'aimait pas cet homme qui représentait un monde qui n'était pas le sien. Leurs intérêts s'étaient trouvés convergents, mais la disparition prochaine de l'industriel ne l'affectait aucunement. Tout visionnaire qui disparaissait ne devenait plus que le rouage d'un projet. Rosenshark était remplaçable, et le véritable enjeu du jour était la planification de son opération Mer de Sang, comme il l'appelait, celle que le monde n'oublierait jamais, qui allait entrer dans les livres d'histoire, un bain de sang régénérateur, pour changer d'époque. Malkovich était cultivé, il savait que la notion de sacrifice faisait partie de l'histoire des civilisations depuis toujours, jusqu'à aujourd'hui, car le sacrifice avait disparu dans le monde dont il voulait trancher la tête, la société occidentale, timorée, jouisseuse, apeurée, pleutre, protégeant ses appétits comme une louve ses petits, en préférant la légèreté du cynisme à la foi spirituelle et au courage physique. C'était son point faible, visible comme une cible dessinée pour l'archer. C'est parce que l'Occident refusait le sacrifice qu'il allait tout perdre. Et c'était lui, l'archer.

Un archer destructeur des mondes, et du sien, l'Islam. Les hommes de peu de foi ne comprenaient pas sa vision, sa définition du martyr. Si les musulmans mouraient en masse en martyrs, l'Islam s'élèverait dans le monde. Il savait que la vague d'assauts qu'il mettait sur pied depuis des années allait provoquer une haine indicible à l'égard des musulmans, et que le projet de Rosenshark de retrancher une partie de l'humanité deviendrait une option de plus en plus crédible, d'autant que l'urgence environnementale donnerait un sérieux appui idéologique à cette dynamique. Ces chiens d'Occidentaux se vautreraient dans une justification morale imparable : sauver la planète. Ils savaient y faire, ils avaient guillotiné au nom des droits de l'homme et du progrès, ils avaient colonisé au nom des lumières de la raison et du message du Christ, ils avaient bombardé des civils au nom de la démocratie, ils avaient atomisé des villes au nom de la paix à restaurer. Mais il y aurait un après, comme après Auschwitz, et l'extermination des leurs donneraït dans le monde de demain aux musulmans la place qui est celle des Juifs dans le monde après la Shoah, une omniprésence respectée, inattaquable, et les musulmans pourraient alors faire comme ces sales Juifs, contrôler le monde comme ils l'ont toujours fait, en étant désormais des intouchables, faisant fructifier le bénéfice historique d'avoir été victimes au point d'obtenir un État rien qu'à eux. Comme il comprenait que Moshe Feiglin, député du Likoud à la Knesset, ait qualifié Hitler de génie dans une interview au journal *Haaretz* en 1995.

Malkovich se sentait capable de manipuler les Juifs, d'être à la hauteur de ces génies du mal que décrivaient les *Protocoles des sages de Sion* et de leurs successeurs, qui avaient prévu avant la guerre que des millions de Juifs étaient le prix à payer pour asseoir la juiverie sur le monde. C'était au tour des musulmans maintenant d'adopter ce scénario historique. Lui, le sociologue défenseur réputé de l'environnement, en serait le maître d'œuvre. Il allait bientôt communiquer ses ordres à toutes les cellules de héros qui les attendaient avec impatience, le moment serait grandiose, il allait surprendre tous les infidèles du monde et leur faire rendre gorge comme jamais.

Il y avait encore quelques détails à régler, car il comptait bien apporter sa pierre à l'édifice des carnages. Il ne faisait pas partie des chefs qui se terraient derrière leurs troupes, lui aussi allait marcher au sacrifice, et il quitterait ce monde dans un acte spectaculaire. Il prit son téléphone et appela Ferass Sadam, son bras droit, pour lui donner les ultimes recommandations et les dernières consignes.

Ce n'était plus maintenant une affaire de jours, mais une affaire d'heures.

Malkovich se mit à rire tout seul et héla son domestique électronique.

— Ali ! musique d'infidèle !

Et l'immortel *O Fortuna* de Carmina Burana s'éleva dans sa tanière.

56

La présence de Laura Zante dans la Situation Room n'était plus utile, elle passait la main, ce qui allait se dérouler maintenant n'était plus de l'ordre de son expertise. Ils se préparaient à arrêter sans coup férir Laurel Malkovich qui ignorait l'avance prise par ses adversaires, et ils pourraient démanteler son réseau, avant la succession d'attentats prévus.

En ce mardi matin, le soleil brillait sur Washington, et Laura éprouva un vrai soulagement en quittant la Maison-Blanche. Prise en charge par Bahram Mahdavi, le bel attaché militaire du général Bedford, elle fut conduite au Trump International Hotel afin de se détendre avant son retour pour l'Europe prévu le lendemain.

Laura Zante était un peu perdue dans le grand paquebot qu'était cet hôtel, où tout était démesuré, clinquant et d'un luxe tapageur à souhait. Elle se sentait dans une sorte de Disneyland où toutes les chambres étaient conçues pour des princesses et des princes. Néanmoins, elle put se rééquiper sans difficulté dans les boutiques de l'hôtel, de manière raisonnable, en optant pour une tenue pratique, jean, chemisier, pull et sous-vêtements. Pour le reste, elle tiendrait encore vingt-quatre heures sans maquillage lourd.

Laura avait constaté qu'une certaine agitation régnait dans cet hôtel et elle avait vite compris pourquoi : il était impossible de passer à côté, des affiches l'annonçaient et une partie du personnel était mobilisée pour préparer cet événement exceptionnel, qui se déroulerait dans plusieurs salles de réunion de l'établissement. On attendait du beau monde et le service de communication du Trump International Hotel ne manquait pas de le faire savoir. Il s'agissait d'un congrès international sur le thème « Hydrocarbures, les promesses de l'Arctique », rassemblant les grands noms du secteur et qui ouvrirait ses travaux vendredi, dans trois jours. Darren Woods, le patron d'ExxonMobil, premier groupe pétrochimique américain, était annoncé. Il en était de même pour Michael K. Wirth, PDG de Chevron, qui talonnait ExxonMobil. Mais les autres majors tels que Shell, BP, Total ou ConocoPhillips participaient au symposium. On accueillerait des représentants de l'Opep, des scientifiques du domaine, des économistes, des journalistes. Quelques ministres de l'Énergie feraient le déplacement. Ils seraient rejoints par des climatosceptiques, dont, peut-être, car il était âgé de quatre-vingt-douze ans, le Français Michel Salomon, organisateur de l'appel de Heidelberg de 1992 qui s'élevait déjà contre les militants écologistes en dénonçant leur idéologie irrationnelle, un texte soutenu alors par les signatures de près de quatre mille scientifiques du monde entier, dont soixante-douze prix Nobel.

Rentrée dans sa chambre, Laura appela François, ils discutèrent un bon moment et son compagnon se réjouissait de venir la chercher à l'aéroport à son retour. Elle contacta ensuite Shoshana en lui envoyant un courriel. Il lui semblait utile de la tenir personnellement au courant des avancées et lui révéler l'autre nom de Pasternak. Elle suggérait aussi de le communiquer à Antarès. Après tout, c'étaient ses alliées dans toute cette histoire, et puis une petite voix lui suggérait qu'il valait mieux continuer à faire suivre cette affaire par les deux femmes d'action, plus compétentes qu'elle dans leur domaine respectif.

Un quart d'heure après l'envoi de son courriel, Laura reçut un appel de Shoshana.

— Putain le bazar ici, t'as pas idée. Nos chefs sont déchaînés. Ils ont été informés de la situation, on est en état d'alerte. Toutes nos antennes locales dans le monde sont activées. Même Hugo Boss a retrouvé le plein usage de son pied, paraît-il, il dit à tout le monde qu'il se sent comme le roi Pelé.

— Tu as balancé le nom de Laurel Malkovich et les infos sur lui à Antarès ?

— Bien sûr, elle m'aurait tuée sinon, elle est désormais dessus vingt-quatre heures sur vingt-quatre.

— Merci pour tout, Shoshana.

— Après tout ça, si tu as un peu de temps, je te ferai visiter mon pays. On pourrait aller se dorer la pilule à Eilat.

Laura sourit intérieurement, Shoshana était incorrigible.

— Et on mettra François où ?

Shoshana joua le jeu.

— J'ai des copains qui bossent sur les manuscrits de la mer Morte, des parties non publiques. Ils pourront l'encadrer. J'ai cru comprendre qu'il adorait ce genre de trip.

57

À Paris, François Lapierre tournait en rond dans son appartement, il était impatient de retrouver Laura, mais il y avait autre chose qui alimentait son agitation. Il ne saisissait pas bien les motivations du sociologue environnementaliste musulman Alexis Pasternak, *alias* Laurel Malkovich. Qu'un universitaire bascule dans le radicalisme religieux n'était pas exceptionnel, mais quel était l'angle stratégique de Malkovich pour s'allier avec un projet aussi contradictoire pour sa cause religieuse que la Solution Thalassa de Rosenshark ?

Il avait besoin de comprendre pour agir, c'était dans sa nature profonde.

Il décida de contacter Malika Reehan pour prendre rendez-vous avec elle. Si une personne de confiance pouvait l'éclairer dans ces circonstances, c'était cette historienne quadragénaire qui avait fini par trouver un poste au musée de l'Immigration, situé au palais de la Porte-Dorée, avenue Daumesnil. Ils convinrent de se voir au Café du Palais dans l'après-midi, à l'heure du thé.

Malika Reehan avait été une doctorante particulièrement prometteuse, mais pour elle, sur la longue durée, le plafond de verre avait été très robuste. En tant que femme arabe, musulmane laïque et militante palestinienne, son ascension sociale dans les milieux académiques était sévèrement circonscrite par le silence entendu de ceux qui détenaient les leviers du pouvoir, condescendants à son égard lors des *drinks* de colloques, attentifs à l'occasion au balancement de ses hanches, certes, mais peu enclins à plonger dans son dossier pour la défendre ou la promotionner. On l'invitait dans des journées d'études anti-israéliennes bien médiatisées où elle faisait bonne figure et jouait son rôle, à la grande joie des organisateurs, des historiens militants qui se sentaient pousser des ailes de combattants révolutionnaires en recrutant avec des sourires entendus leurs étudiants comme spectateurs. Mais c'était tout. Elle avait son nom épisodiquement cité dans les journaux, mais pas dans les réserves de recrutement.

Autrefois, François Lapierre avait fait ce qu'il avait pu pour elle. La seule fois de sa carrière où il avait levé la main sur un collègue, c'était lors d'une discussion de couloir à la Sorbonne où ce dernier avait traité Malika de petite bougnoule arriviste qui volait la place d'un Français. Lapierre lui avait mis la main sur la figure pour clore l'entretien. Les choses en étaient restées là, sinon que François, couvert par son doyen une fois encore, s'était fait un ennemi à vie, un de plus.

Malika était déjà attablée dans le Café du Palais lorsque François arriva. Les yeux dans le vague, vêtue très simplement d'un jean et d'un vieux gros pull pour dissimuler sa sensualité naturelle, les cheveux ébouriffés, les yeux d'un noir étincelant, il y avait beaucoup de vécu qui émanait de cette femme brillante entre deux âges.

Elle sourit à François, comme le ferait une sœur accueillant son frère.

— Salut toi, tu as une mine très moyenne, qu'est-ce que tu viens faire dans mes eaux territoriales ?

— Salut Malika, je viens chercher tes lumières.

— Tu es le seul type que je connaisse dont les premiers mots sont ceux-là quand il commence à parler à une nana.

— En arabe, savoir signifie lumière, non ?

— Ça commence bien, notre entretien, tu me cites le titre d'un vieux *Courrier de l'Unesco* pour me baratiner, le gauchiste qui sommeillait en toi se réveille ?

François aimait beaucoup cette fille qui n'était plus dupe de rien. En fait, ils se ressemblaient à plus d'un titre.

— J'ai vraiment besoin de tes éclaircissements, de ton point de vue, et de ton flair.

— Je savais que tu ne me ferais pas la cour, puisque tu es complètement sous influence à ce qu'il paraît. Mais bon, j'y survivrai. On va parler de quoi ?

— Tu as entendu parler du Projet Thalassa ?

— Qui n'en a pas entendu parler ? Ce truc est entré dans tous les foyers maintenant, comme par magie.

— C'est ça, comme par magie, répéta François, sur un ton de lassitude.

Il livra ensuite à Malika les informations qu'il pouvait détenir, en concentrant son propos sur le cas de Laurel Malkovich.

— Pourquoi un fanatique musulman se met-il en cheville avec quelqu'un qui conçoit un projet pour exterminer ces coreligionnaires ?

— D'abord, ce type est un futur martyr, selon moi, c'est sûr et certain, et il passera à l'acte, tu peux me croire. Donc il faut que tu entres dans son univers et son mode de pensée. Pour un historien, c'est moins difficile que pour les autres, mais il ne vit pas sur la même planète que toi.

— Je sais que des attentats sont en cours de préparation et qu'il est derrière.

Malika accusa le coup. Cette fois, elle entrait sérieusement dans la discussion.

— Bon, le mode de raisonnement d'un fanatique religieux est le raisonnement analogique et non le raisonnement cartésien, tu le sais, et la notion de martyre, de sacrifice est au cœur de la démarche du fanatique religieux. Si tu sais ça, tu sais tout.

— Pas encore assez.

— Par où commencer ?

Malika se mit à réfléchir, le silence était pesant dans ce café pratiquement désert, mais c'était le silence de la réflexion intense. Elle reprit la parole.

— En 1937, attentif aux événements qui se déroulaient dans l'Allemagne nazie, l'écrivain juif Max Jacob a écrit une lettre à Jean Paulhan, dans laquelle il disait ceci, et écoute chaque mot : « *Les Juifs pour durer doivent souffrir, la douleur est le sucre qui conserve, comme tu sais. Chacun d'eux souffre, holocauste pour sa race.* » Peux-tu prendre la mesure de ces propos ? Jacob pressentait le génocide qui attendait les Juifs, qui devaient s'attendre à un sacrifice souhaité par Dieu, la définition du mot « holocauste ». Dans son cas, il formule les choses de cette manière parce que, désespéré face à l'incompréhensible, c'est le seul moyen pour lui de rendre les événements intelligibles et de leur trouver un sens. Tu te rends compte de la portée de cette perspective ?

François écoutait la démonstration de Malika avec toute l'attention dont il pouvait faire preuve. Il la laissa poursuivre sans l'interrompre.

— Le mot « holocauste » est très ancien, d'origine grecque, pour désigner un sacrifice religieux, un sacrifice voulu par Dieu, et un sacrifice par le feu. Il s'agit de consumer ce qui est sacrifié. Donc ce terme se retrouve dans les traditions juives et chrétiennes, et bien sûr dans le contexte de l'extermination des Juifs par les nazis. Je n'ai pas besoin de te rappeler à toi la guerre des mots entre « Holocauste » et « Shoah », qui a fini par s'imposer dans la mémoire collective, justement parce que ce terme était moins chargé religieusement parlant.

En conclusion, selon moi, Malkovich veut mourir en martyr en offrant les musulmans en holocauste à Dieu. Je ne peux pas aller plus loin dans sa logique, je n'ai pas assez d'éléments.

— Merci, Malika, tu es allée très loin, crois-moi, c'est très précieux pour moi.

— Ces attentats, il y a une chance de les empêcher ? demanda Malika, sur un ton de voix qui se brisait.

— Honnêtement, je n'en sais rien.

— Tu sais, quand les fanatiques commettent un attentat au nom de l'Islam, nous aussi on en bave.

— Je sais Malika.

— Non tu ne sais pas, François. Quand ça se passe, on croit que tous les musulmans sont secrètement contents, que cela compense leurs frustrations. Est-ce que tu as pensé une seule fois que tous les chrétiens américains étaient secrètement contents quand le Klan pendait des Noirs ? Et est-ce qu'on demandait à tous les chrétiens américains d'exprimer une condamnation ? Le faisaient-ils ? Et s'ils ne le faisaient pas, étaient-ils tous complices ? Je pourrais multiplier les exemples. Tu es franc-mac, si des frères commentaient un crime au nom de la maçonnerie, serais-tu secrètement content ? Et comment le vivrais-tu, si les autres le pensaient ?

58

Le domicile de Laurel Malkovich fut aisément identifié, un appartement discret dans l'agréable quartier de Greenwich Village à New York, Neuvième Avenue, à proximité du Jefferson Market Park.

Mercredi, à l'aube, une unité d'intervention du Swat solidement équipée de fusils d'assaut et de grenades à effets de choc pénétra dans l'appartement de Malkovich sans coup férir. Ils défoncèrent la porte sans ménagement et évoluèrent prudemment sur le site, mais ces policiers d'élite expérimentés sentaient d'instinct qu'il n'y avait personne en ces lieux. Après avoir fouillé toutes les pièces, le chef du commando en tira les conclusions et appela ses supérieurs. L'appartement resterait sous bonne garde, mais le suspect était dans la nature.

Le plus désolant dans l'affaire était la perte de l'atout majeur des autorités, l'identification préalable de Malkovich. Il était clair qu'elles venaient de perdre leur avance et l'effet de surprise qui en découlait. Inévitablement, après l'assaut de son appartement,

Malkovich se savait identifié et allait en tirer les conséquences en augmentant sa capacité dissimulatrice.

Dans cette course contre la montre, c'était une vraie défaite, peut-être irrémédiable. Sans nul doute, se sachant traqué, Malkovich allait aussi accélérer les opérations qu'il préparait depuis si longtemps.

La cellule de crise de la Maison-Blanche était au point mort.

Dans sa suite du Trump International Hotel, Laura Zante avait achevé de ranger ses maigres affaires dans son bagage à main et traînait avant de quitter l'hôtel pour l'aéroport. Elle vérifia deux fois qu'elle avait bien ses cachets pour dormir, qu'elle prendrait une heure avant le décollage. Son ordinateur portable était encore allumé, elle allait bientôt l'éteindre pour le ranger.

C'est alors qu'elle fut prévenue de l'arrivée d'un message dans sa boîte mail privée. Tout d'abord, elle le prit pour un spam, car le sujet du message était simplement « LZ ». Très prudente en la matière, elle craignait par-dessus tout les virus informatiques, depuis une triste expérience qui lui avait ravagé deux mois de travail non sauvegardé. Mais ici, curieusement, il s'agissait des initiales de son nom.

Elle ouvrit le courriel et découvrit un lien, assurément un piège se dit-elle. Mais une courte mention suivait le lien, qui la fit presque sursauter.

Coule-le Laura Zante.

Et c'était signé Antarès.

Antarès l'avait contactée directement sans passer par Shoshana. La procédure prévue n'était pas respectée. Or son amie israélienne lui avait bien spécifié les règles du jeu imposées par Antarès. Quelque chose clochait. Cela sentait le piège. Laura prit son téléphone portable et appela Shoshana, en vain, comme d'habitude. Suspicieuse, l'historienne prit la décision d'effacer le message sans aller plus loin. Son doigt allait presser sur la touche *delete* quand elle se mit à douter. La bonne solution était peut-être de ne rien faire, d'éteindre l'ordinateur, et de rappeler Shoshana plus tard pour y voir clair. Oui, c'est ça qu'il fallait faire.

Mais un message direct d'Antarès, s'il était authentique, pouvait aussi signifier une urgence absolue.

Laura renonça à éteindre son PC. Elle se souvint que sa dernière sauvegarde était récente, alors elle cliqua sur le lien du message, le cœur battant, risquant le tout pour le tout.

Elle tomba sur une sorte de blog, avec des informations très diversifiées, photos, vidéos, documents scannés à télécharger, avec une mention en introduction : « Laurel Malkovich », et une adresse sur la Sixième Avenue à Greenwich Village, New York. Laura la visualisa sur Google Street View, c'était un immeuble vieilli dont le rez-de-chaussée était occupé par un magasin Citarella, une épicerie fine connue pour ses produits de la mer.

Elle regarda une vidéo qui montrait l'intérieur d'un appartement sophistiqué, avec un homme dont le visage apparaissait sur des images assez floues qui devaient être celles de sa propre caméra de surveillance. Sans doute, se dit Laura, il s'agissait de Laurel Malkovich.

Il avait donc une deuxième adresse secrète. Dans les documents à télécharger se trouvaient des factures adressées à un nom d'emprunt, une fois encore, diverses pièces comptables, mais surtout une quittance pour des travaux techniques de domotique réalisés dans l'appartement qui portait la signature de Malkovich, pour une fois imprudent ou distrait. Antarès avait remonté cette piste en fouillant dans les documents de UMNIT Corporation. Elle et ses potes geeks étaient plutôt fortiches, reconnut Laura.

Un autre élément de repérage par Antarès avait été la suractivité informatique et domotique dans un appartement d'une zone plutôt démunie en la matière, mais néanmoins proche de l'adresse officielle de Malkovich. C'était habile, sa deuxième résidence située à proximité de la première lui permettait, tout en ayant deux vies, de faire partie du voisinage et de ne pas apparaître au quotidien ni d'un côté ni de l'autre comme un étranger dans le quartier.

À son niveau, Laura ne pouvait rien faire de ces informations. Elle téléphona au général Bedford, qui répondit pratiquement instantanément. Décidément, c'était la seule personne dans la vie qu'elle arrivait à atteindre du premier coup, à part François qui répondait systématiquement dès l'affichage de son numéro.

— Allô ! général Bedford, bonjour, c'est Laura Zante.

— Bonjour, madame Zante, vous n'êtes pas encore partie ?

— C'est imminent, mais j'ai des informations sur Malkovich qui devraient vous intéresser.

— Elles seraient particulièrement bienvenues, on a perdu sa trace.

Et Laura expliqua la situation en envoyant au général tout le dossier. Ils restèrent en ligne durant le transfert.

— Madame Zante, je peux vous demander quelque chose ?

— Oui bien sûr.

— Vous êtes en train de devenir mon meilleur homme. Puis-je vous demander d'annuler votre voyage et de rester en *stand-by* à l'hôtel ?

— Euh… oui.

— Merci infiniment, madame Zante.

— De rien…

Et voilà, elle était clouée sur place. Heureusement elle n'avait pas encore pris sa double dose de calmants pour dormir dans l'avion. « *Son meilleur homme* », se répéta-t-elle. Qu'on l'appelle ainsi, ça, c'était une grande première dans sa vie.

Elle remit en place ses affaires dans cette suite trop grande pour elle toute seule, appela François pour lui expliquer le changement de programme et se coucha sur son lit pour réfléchir à la façon dont elle allait tuer le temps.

59

— Ali ! café !

— Ali ! fais couler un bain !

— Ali ! remonte les stores du salon !

À vrai dire, ce robot domestique l'amusait. Mais ce n'était qu'une pause. Il avait été prévenu de l'intervention policière dans l'appartement de la Neuvième Avenue et les choses prenaient pour lui une autre tournure. Même si cette adresse était secrète, il n'était plus question de prendre des risques et l'opération Mer de Sang devait être déclenchée maintenant. Précisément dans une demi-heure, le temps de savourer ce moment historique.

Il prit d'abord un bain, car le corps des combattants devait être toujours propre, puis savoura son café en regardant par la fenêtre la ville des païens et leurs activités d'un mercredi après-midi. Il songea à tous ces passants pressés de retrouver leur foyer et leur misérable vie d'impies. D'ici demain, leur existence serait bouleversée, le grand carnage aurait raison de leur optimisme et de ce qu'ils appelaient le bon sens, comme s'il y avait un autre sens que celui voulu par Dieu.

Il était à sa fenêtre, à les contempler de haut, ces fourmis, ces ânes, lui, l'infiltré parmi eux, et prêt à frapper.

Il s'installa à l'ordinateur, à vrai dire un ensemble informatique impressionnant pour un particulier, et se mit à travailler au clavier. L'ordre d'exécution allait parvenir à un millier de combattants de Dieu, lourdement armés, qui passeraient simultanément à l'action dans un déluge de feu, de sang et de mort.

Bientôt, tout fut virtuellement en place. Il n'y avait plus qu'une touche du clavier à presser, et c'était lui, le doigt de Dieu, il le remercia dans une prière, et imperceptiblement son index se rapprocha et caressa la touche fatale, il prit sa respiration, et… subitement tous les stores des fenêtres furent comme pris d'affolement, montant et descendant sans contrôle, puis la machine à café s'ébranla toute seule, dans un bruit strident, crachant son contenu partout dans la cuisine, et la télévision s'alluma, volume au maximum, avec le clip en *live* de *Crazy in Love* de Beyoncé, voluptueuse dans sa robe argentée.

Stupéfait par cette espèce de révolte des machines, il quitta son dispositif informatique pour hurler des ordres à Ali en se plantant au milieu du salon. Mais Ali n'obéissait plus, Ali devenait Hal.

Alors il se précipita vers l'ordinateur pour lancer l'opération, mais au moment où il enfonça la touche *enter*, l'écran se mit littéralement à frire, comme habité par un feu intérieur. Mais ce n'était qu'un son surgi de nulle part qui faisait illusion, et une énorme tête de clown tueur s'invita sur l'écran dans un rire satanique digne d'un château fantôme de fête foraine.

Puis le pire arriva, il entendit distinctement les sécurités de la porte d'entrée blindée sauter les unes après les autres, dans un cliquetis répété. La porte d'entrée s'était déverrouillée toute seule ! Il se retrouvait sans défense, et sur l'écran de ses caméras de surveillance, de petits *aliens* de pacotille sautillaient autour de leur soucoupe volante.

— Ali ! arrête tout, cria-t-il en vain, arrête ça !

Et soudain, Ali lui répondit, une voix métallique… de femme !

— Va te faire foutre, Laurel Malkovich !

À la seconde suivante, un *team* surarmé des Swat s'engouffrait dans l'appartement, en poussant simplement la porte. Une seconde passa encore, et la poitrine du terroriste fut déchiquetée par une courte rafale, d'une efficacité absolue, sans dégât collatéral. Le visage n'était pas atteint, c'était la consigne, il fallait pouvoir recourir à une identification faciale en direct grâce à la GoPro fixée sur le casque du tireur.

La voix de ce dernier crépita dans la radio du groupe d'intervention, connectée à la cellule de crise de la Situation Room de la Maison-Blanche.

— Cible neutralisée. On saisit le matériel. Terminé.

Il s'approcha du cadavre, la caméra GoPro orientée pour son identification. La face du terroriste, figée par la terreur et l'immédiateté de la mort, apparut en gros plan sur l'écran plasma de la Situation Room, et alors, ce fut la stupéfaction générale.

— Merde ! Ce n’est pas lui, ce n’est pas Malkovich ! s’exclama la directrice de la CIA.

— C’est pas vrai, dites-moi que ce n’est pas vrai ! s’écria le secrétaire à la Défense.

Le visage du cadavre fut rapidement identifié par une procédure de reconnaissance faciale, car il était fiché.

— Ce n’est que Ferass Sadam ! déplora la directrice du Renseignement national.

60

— On l'a perdu, on l'a définitivement perdu, constata le chef de cabinet de la Maison-Blanche.

Les mines étaient sombres, les dirigeants sous le choc. Le général Bedford redonna des couleurs aux visages blafards.

— Mais on a son matériel intact, et ça, c'est une vraie victoire.

Le matériel informatique saisi dans le bunker de Malkovich fut examiné et les données, traitées par une armée d'agents spécialisés, du pain bénit pour les autorités, car toutes les cellules terroristes étaient identifiées et géolocalisées. Les données reconstituant le plan de l'opération Mer de Sang étaient centralisées et rendues accessibles en temps réel à tous les services de sécurité des pays du monde, concernés par les menaces.

Ces services avaient été mis en réseaux pour l'occasion, afin d'accroître encore l'efficacité de l'opération

Templiers qui allait se dérouler dans la nuit de mercredi à jeudi, à partir de 23 heures, heure de Washington.

Ce fut alors le déclenchement de cette opération Templiers, d'une ampleur inédite. La riposte fut initiée dans l'instant, grâce à la puissance des communications électroniques et à la solidarité des adversaires des cibles.

L'opération Mer de Sang avait été conçue pour frapper simultanément un certain nombre de pays, en particulier qui cumulaient de deux spécificités, d'une part être intervenus en Syrie pour détruire l'État islamique, et d'autre part faire partie des plus gros pollueurs de la planète.

Ceux-là méritaient une punition particulière et de subir la colère de Dieu.

La liste était constituée par les États-Unis, la Russie, l'Allemagne, l'Australie, le Canada, l'Espagne, la France, le Royaume-Uni et la Turquie.

Dans ces neuf États, des cellules de commandos d'attaque, au total plus d'une centaine de cellules pour un millier d'hommes, avaient été dispersées pour commettre des attentats de manière autonome.

Beaucoup de membres de ces cellules faisaient déjà peu ou prou l'objet d'une surveillance plus ou moins rapprochée, simplement ils étaient jusqu'ici noyés dans une masse de suspects potentiels. Cet événement fut d'ailleurs l'occasion pour les services de lutte antiterroriste d'évaluer leur efficacité, de s'offrir en somme un véritable petit audit interne.

La plus forte concentration de cellules se situait sur le continent américain, puis en Russie et en France.

Sur le continent américain, le succès fut total, environ soixante-dix cellules furent démantelées, onze terroristes abattus, et on dénombra six cent quatre-vingt-deux arrestations. Les pertes des forces de l'ordre s'élevèrent à trois blessés dont la vie n'était pas en danger. Les résultats furent du même ordre en Australie et au Royaume-Uni, les services secrets de ces pays anglo-saxons n'avaient pas failli à leur réputation. En France, le fichier S montra toute son utilité. Il y eut néanmoins un accrochage sérieux entre les terroristes et le GIGN dans l'assaut d'une maison à Montauban, où sept terroristes furent tués, ainsi qu'un membre du GIGN, et on déplora aussi un blessé grave. Mais près de cent cinquante terroristes sur le territoire français avaient été mis hors d'état de nuire durant la nuit.

Le cas turc était moins clair : des tirs avaient réveillé plusieurs quartiers d'Istanbul et on était certains qu'une grenade avait été lancée dans une boîte de nuit qui avait pris feu. Mais à l'aube du jeudi, les informations sur les résultats et les pertes étaient encore parcellaires. En Espagne, douze cellules avaient été démantelées, la plupart à Madrid. Néanmoins, *Los Geos*, surnom donné aux agents du Grupo Especial de Operaciones, avaient perdu un homme, qui s'était sacrifié pour sauver un civil dans une prise d'otages improvisée par des terroristes en perdition, tous finalement abattus, au demeurant. En outre, une terroriste qui était passée par les mailles du filet, et qui était en fuite, déclencha sa ceinture d'explosifs sans faire de victimes, sauf elle-même.

En Russie, la cible unique était Moscou. Une centaine de terroristes, suréquipés d'armements lourds, devaient réaliser un véritable carnage, y compris dans les plus hautes sphères de l'État. Le plan des terroristes était désormais connu des autorités. En cas de problème, ils devaient se regrouper dans un immeuble désaffecté de la banlieue moscovite et lancer une contre-attaque massive. Cette situation arrangeait les affaires de Poutine qui avait pris personnellement en main les opérations et qui ne voulait pas gaspiller son ALFA force. Du coup, l'immeuble en question avait été préalablement piégé par des démolisseurs du secteur de la construction, avant le démantèlement de deux cellules choisies par les forces spéciales en fonction du faible degré de difficulté pour les neutraliser. Tous les autres terroristes mis en alerte s'étaient jetés dans la gueule du loup en se regroupant dans l'immeuble piégé que les forces de l'ordre avaient fait aplatir à l'explosif comme un château de cartes, sans être trop regardantes sur la présence éventuelle de squatteurs, qui, il est vrai, n'avait pas été signalée. On ignorait le nombre de morts, mais il n'y avait pas de blessés.

Au petit matin du jeudi, l'opération Templiers était un succès total. Évidemment, les cibles auxquelles l'opération Mer de Sang devait s'attaquer étaient, par définition, des pays riches et expérimentés en matière de riposte militaire et de renseignement, et qui avaient un temps d'avance en matière d'information sur l'action des fanatiques religieux. Pour les terroristes, c'était un peu comme, en 1810, charger à pied frontalement des cuirassés français avec des fourches de paysans.

61

Un pur bijou, c'est ce que ne cessait de se dire Roger Schacher, diplômé du MIT, cadre supérieur ultra-compétent chez UMNIT Corporation, collectionneur d'insignes de la SS à ses heures perdues, et amateur de vidéos gore, et aussi de *snuff movies* sur le Darknet, mais c'était cher, même pour son salaire de prince. Il était bien coté par son patron, et d'ailleurs Rosenshark l'avait invité à Ostende pour suivre ce séminaire d'un ennui mortel avec cet historien dont il avait oublié le nom. Il avait fait bonne figure pendant les séances en attendant que le temps passe. Heureusement le premier soir, il avait déniché une petite pute flamande au casino pas trop regardante sur son physique hideux de batracien.

Ce drone était en effet un pur bijou. Fabriqué en Chine suite à un très juteux et inavouable transfert de technologie, il n'en existait pas de plus performant sur le marché. Mais Schacher aurait pu l'évoquer au pluriel, il en avait quatre à sa disposition, les Quatre

Cavaliers de l'Apocalypse, qu'il pouvait diriger, grâce à des complicités locales, depuis une pièce de son appartement viennois aménagée en salle informatique, où il passait aussi ses heures de loisirs à pratiquer des jeux de massacre en vente libre qui auraient largement mérité de tomber dans l'illégalité pour incitation au meurtre et à la haine raciale. Et l'activité à laquelle il allait se livrer n'était guère différente. Certes, c'était un peu dans l'urgence, puisque tout avait foiré, mais après tout, il rêvait de ce moment comme un gosse rêve de Noël.

Mais il se souvenait aussi des paroles de Rosenshark qui l'avait prévenu de l'éventualité que l'opération Mer de Sang soit avortée. « Il y a fort à parier que ces crétins de musulmans échouent, avait-il déclaré avec un petit sourire entendu. Mais peu importe, ils assureront notre couverture. » Schacher comprenait maintenant le sens des paroles de Rosenshark, et sa conclusion : la modernité écrase toujours le Moyen Âge.

Schacher était resté en pyjama parce qu'il s'attendait à bander, peut-être, et si c'était le cas, il ne devait pas perdre cette occasion qui se faisait de plus en plus rare, malgré les pilules qu'il absorbait régulièrement. Il s'était préparé un thé vert, qui contribuait à ses phases de détox entre deux pizzas monumentales.

Il allait commander des drones très particuliers, des Blowfish2 de dernière génération, dirigés par une intelligence artificielle capable de pilotage automatique et de détection de cibles, c'est-à-dire autonomes dans une action d'attaque. Ces frelons pouvaient être équipés de fusil d'assaut AK-47, de grenades, et même de missiles.

Ses quatre cavaliers allaient passer à l'offensive sur quatre objectifs choisis en fonction de la force de frappe dont disposait Schacher à lui tout seul.

Comme pour les feux d'artifice, son scénario monterait en puissance jusqu'au bouquet final.

Après Oxford Street à Londres, la Kaufingerstrasse de Munich était l'artère piétonnière commerciale la plus fréquentée d'Europe, avec ses douze mille passants à l'heure. Bien entendu, Schacher avait choisi une heure de pointe pour un rase-mottes dévastateur avec son premier drone équipé de deux AK-47 d'une cadence de tir de six cents coups par minute chacun, forts de chargeurs améliorés.

L'assassin volant était invisible dans le ciel azur quand il atteignit son objectif. Il entama sa descente dans un mouvement léger, imperceptible, presque soyeux.

En bas, la foule des piétons ignorait qu'elle était dans la ligne de mire de la mort aveugle, imminente. Cette foule mit du temps à prendre conscience de l'action d'une grande faucheuse. Les gens étaient tétanisés par les têtes qui éclataient autour d'eux, les corps qui se tordaient, le sang qui giclait des promeneurs désarticulés par le choc des balles de guerre. Le drone rafalait à petite allure, gagnant chaque fois de nouveaux tronçons de rue d'abord épargnés et semant de nouveaux cadavres dans la panique généralisée. Schacher était néanmoins frustré, les chargeurs se vidaient trop vite, mais tout plaisir était par définition fugace. Son cavalier fit demi-tour, vidé de tout pouvoir de destruction.

Des centaines de corps gisaient, offrant à la vue une longue saignée urbaine.

Le deuxième cavalier de l'Apocalypse équipé lui aussi d'AK-47 tournait dans le ciel lumineux de Barcelone, sa cible était enregistrée, la tour Gloriès, haute de cent quarante-cinq mètres et dotée de trente mille mètres carrés de bureaux. L'objectif était spectaculaire, le mitraillage intensif des quatre mille quatre cents fenêtres en verre qui caractérisaient la façade de ce fleuron architectural, idéal. Il y avait une petite cerise sur le gâteau, en fait une délicatesse suggérée par Rosenshark en personne et qui avait fait rire Schacher. Depuis peu, l'immeuble abritait le centre anti-*fake news* de Facebook sur huit étages. Arrivé sur sa cible, tel un peintre habile qui manie son pinceau de haut en bas et de droite à gauche, le drone mitrailla un maximum de fenêtres. Le bilan humain serait moins lourd qu'à Munich, mais quel spectacle que ces monceaux de verre pulvérisé chutant dans le vide ! La caméra à bord du drone rapporterait des images fabuleuses, féeriques, inoubliables, comme pour les autres attentats, et toutes ces images seraient balancées sur le Net, la poubelle des horreurs sans éboueurs.

Schacher avait hésité, dans le crescendo de son spectacle, sur la hiérarchie des deux derniers actes. Il avait fini par trancher. Le troisième cavalier survolait la commune anglaise côtière de Folkestone, attendant son heure, car le timing à respecter était précis à la seconde près. C'est ici que l'intelligence artificielle développait tous ses atouts. Équipé d'un missile Hellfire, le drone devait frapper l'Eurostar quand il aurait commencé son entrée dans le tunnel sous la Manche, à la fois pour tuer les passagers, mais aussi pour bloquer l'entrée du tunnel de manière inextricable. Heureusement le train était long, et la manœuvre en fut facilitée, l'explosion et l'incendie se répandirent à l'extérieur et à l'intérieur du tunnel. Une fois encore, l'opération était réussie.

Il restait le quatrième cavalier. Le carnage qu'il allait faire méritait qu'on retarde de quelques instants son déclenchement, pour mieux jouir encore du résultat. Schacher se réchauffa un morceau de pizza aux oignons dans son micro-ondes, et le dégusta à grandes bouchées. Rassasié, il pouvait maintenant contempler l'acte ultime.

Le dernier drone s'était invité dans l'enceinte de la salle Paris La Défense Arena qui se préparait à trembler sous les ondes de choc de la musique d'un concert rock. Pleine à craquer de ses quarante mille personnes, elle était la cible parfaite pour le bouquet final. Lorsque le drone survola cette immense assemblée, il ne surprit personne en particulier, d'autant qu'il se mêlait à d'autres drones plus légers prévus pour capter des images de la manifestation. Le quatrième cavalier entama sa mission en tournant autour de la foule par cercles concentriques, libérant progressivement sa provision de gaz sarin. Cette fois, l'attentat allait se chiffrer en milliers de victimes.

Schacher était content d'avoir épargné un dernier quartier de pizza, il le mangea froid, pressé qu'il était de la suite de sa journée, car il avait droit à une petite récompense. Maintenant, une partie de *Kill your Black* s'imposait pour se détendre.

Durant ce jeudi sanglant, dans une salle de cinéma bondée de Montréal, un homme logea une balle de pistolet dans la nuque du spectateur devant lui, puis se leva en criant *Allahu akbar* et vida son chargeur au petit bonheur la chance, avant d'être maîtrisé et tabassé par d'autres spectateurs.

À Ambès, près de Bordeaux, dans ce bus qui la ramenait chez elle avec beaucoup d'autres condisciples de l'école primaire Jacques-Brel à cette heure de la journée, Miranda, dix ans, réfléchissait à l'excuse qu'elle allait trouver pour ses parents afin de justifier la perte de ses chaussons de gymnastique. Ils allaient la gronder, mais pendant trois minutes, c'était la deuxième paire cette année, elle ferait sa petite fille désolée, et ils craqueraient. Elle en souriait déjà et fut à peine troublée par le gros monsieur qui vint s'asseoir à côté d'elle, l'anorak fermé jusqu'au cou. Elle finit par remarquer qu'il n'avait pas l'air en forme, il transpirait et contrôlait son agitation. Il avait trop chaud le pauvre, d'ailleurs il finit par ouvrir la fermeture Éclair de son anorak. Elle tournait la tête pour regarder le paysage par la fenêtre quand le bus explosa et se transforma en fournaise infernale.

62

En ce jeudi soir, le contraste était saisissant. L'opération Templiers avait été une réussite totale, mais largement estompée par le carnage provoqué par les drones qui traumatisait l'opinion publique mondiale. Le flot d'informations en continu saturait toutes les télévisions, les radios de la planète et bien sûr le Web. Il faudrait du temps, beaucoup de temps, pour surmonter cette épreuve historique, faire le deuil, aller de l'avant.

L'autre échec des services de sécurité était la disparition de Malkovich, considéré comme le grand ordonnateur de ce crime contre l'humanité. Il ne pouvait pas, à terme, échapper aux mailles du filet, mais en attendant, il était dans la nature.

De son côté, Malkovich était résigné, rien ne s'était déroulé comme prévu. L'opération Mer de Sang était sans doute trop élaborée, un grain de sable avait suffi pour la déstabiliser. En outre, il devenait clair pour lui que Rosenshark avait gardé une carte dans la manche, à son insu. Il n'était pas loin de le soupçonner d'avoir volontairement compromis l'opération Mer de Sang, de l'avoir sabordée, d'une manière ou d'une autre, en laissant peut-être des failles dans l'infrastructure informatique de l'opération, et ceci pour mener sa petite guerre personnelle bien à l'abri.

Malheureusement, il n'aurait pas l'occasion de retenir ces leçons, car demain il passerait à l'acte, en combattant honorable, un chef de guerre digne de ce nom ne pouvant survivre à ses hommes courageux sacrifiés.

Il allait donc appliquer son scénario de la défaite, mais qui resterait malgré tout sa dernière victoire personnelle. Dans cette chambre retenue sous un faux nom et devenue son refuge éphémère, il s'appliqua à réfléchir avant de coucher sur papier son testament devant Dieu et de régler les derniers détails de son acte, qui serait d'une force symbolique sans précédent.

Il se leva, regarda par la fenêtre de sa chambre et songea à la fatuité de l'organisation sociale dont il avait une couche de vernis sous les yeux. Depuis des siècles les Occidentaux prétendaient développer le monde et depuis des siècles, ils travaillaient à son effondrement. Ils se réfugiaient derrière les Lumières, elles n'avaient fait qu'accélérer sa fin, comme tout défi lancé à Dieu.

La clé du désastre était si loin de ce monde abject et superficiel, elle était dans un univers autrefois perpétuellement gelé, les sous-sols arctiques, ce que l'on appelait le permafrost, le sanctuaire de la vie sur terre. Il était plus précieux que le diamant et ces chiens ne s'en rendaient même pas compte.

Le permafrost couvrait une superficie de pratiquement vingt millions de kilomètres carrés, vingt pour cent des terres de l'hémisphère nord. Tant qu'il était gelé, il était un gardien fidèle, celui du carbone organique de milliers de générations d'espèces vivantes, il était un cimetière. Violer ce cimetière comme le font les pilleurs de tombes, c'était l'assurance de voir surgir les zombies les plus terrifiants et les plus affamés en masse. En effet, dans ce cimetière de la vie terrestre, quatre fois plus de carbone que celui qui a été émis par toutes les activités de l'homme depuis le XVIIIe siècle et deux fois plus de carbone que celui de toute l'atmosphère terrestre attendaient d'être libérés par les pilleurs de tombes, les responsables de la fonte du permafrost.

Et le CO_2 n'était que l'avant-garde des zombies, car il y avait aussi le CH_4, le méthane, le plus redoutable gaz à effet de serre, vingt-cinq fois plus puissant que le CO_2 en matière de réchauffement climatique.

Malkovich connaissait les chiffres par cœur, il avait de bonnes sources, celles du réseau Permafrost Carbon Network dont il faisait partie. Dans vingt ans, cinquante milliards de tonnes de carbone s'échapperaient du permafrost en cours de fonte, et dans quatre-vingts ans, trois cent quatre-vingt milliards de tonnes.

C'étaient ces zones arctiques, le vrai poumon de la planète, et c'est là qu'ils se préparaient à forer comme dans une chair vierge, et à extraire toujours plus de pétrole pour détruire toujours plus cette pellicule de chair. L'inconscience de ces mécréants était sans limites et les détruire était l'épreuve que Dieu lui imposait, c'était une évidence. Et seuls les musulmans avaient assez de foi en eux pour relever ce défi, mourir pour Dieu, mourir pour la planète. Le Prophète avait déjà à cœur de défendre l'environnement : « Même un instant avant la fin du monde il faut planter un arbre », disait-il.

Demain, il allait frapper un grand coup.

Il fallait qu'il soit au meilleur de sa forme, il devait manger et dormir.

Malkovich décrocha le téléphone pour former un numéro à trois chiffres. Il n'attendit pas longtemps pour qu'un interlocuteur décroche.

— Allô, bonsoir, room service du Trump International Hotel, que puis-je faire pour vous ?

63

En ce vendredi matin, Laura Zante était précisément en train de déposer de la confiture d'orange sur son toast quand un homme qui attira son attention vint s'asseoir à une table de la salle du petit-déjeuner de l'hôtel. Il se trouvait à une distance respectable, mais Laura se fit discrète et attendit que son attention soit détournée par l'arrivée d'un garçon de salle venant lui proposer du café ou du thé.

Elle l'identifia rapidement. Ce n'était pas possible, c'était Laurel Malkovich !

Laura faillit briser son toast qu'elle déposa sur son assiette pour regarder ailleurs. Elle était abasourdie et ne voulait pas le croire. Elle songea à une confusion, tant elle était obsédée par cet homme depuis plusieurs jours, mais sa raison la ramenait à cette évidence impensable : c'était bien lui, l'individu le plus recherché du moment, qui était devenu sa bête noire. Il avait pourtant une belle prestance, grand et bien bâti, et il aurait été attirant s'il n'avait pas été habité par le mal.

Malkovich avait d'emblée repéré la beauté magnétique de cette femme seule qui dégustait son petit déjeuner, assurément une mécréante et pouvant être traitée comme telle. Il avait l'art de scruter sans en avoir l'air, et avait mis à profit l'arrivée du garçon de salle pour cerner cette femelle sulfureuse qui, il en était sûr, avait posé son regard sur lui. Il avait toujours eu confiance en son instinct animal. Le mâle en lui s'était mis à s'exprimer, même si le militant le ramenait déjà à l'ordre. Il n'empêche, c'était peut-être un cadeau d'Allah avant son sacrifice, et le refuser pourrait lui faire offense. Le militant commençait à s'incliner devant le mâle dominant, d'autant que la poitrine de cette fille était une offense à l'abstinence, un défi à la chasteté. Il aurait mieux valu qu'elle soit couverte de la tête aux pieds, mais elle était là, à s'exhiber, et il avait quelques heures à tuer avant de tuer.

Laura était perplexe, il lui fallait agir, mais comment ? Et surtout, si ce n'était pas la bonne personne, sa confusion pouvait avoir des conséquences dramatiques. Que pouvait-il faire ici, cela n'avait pas de sens ? Premièrement, se dit-elle, il fallait se rapprocher de lui, et comme il était sur le chemin conduisant au buffet, cela ne présentait aucune difficulté. Elle se leva et marcha, faussement indifférente, dans sa direction.

Malkovich vit cette offrande du ciel se lever et se diriger vers lui, c'était un signe ! Il se doutait qu'elle allait au buffet, mais il fantasma sur son passage, d'autant qu'il perçut un léger intérêt pour sa personne de la part de la jeune femme qui le prenait de haut. Il connaissait la perversité des femmes qui mimaient l'indifférence quand elles brûlaient de désir, et celle-ci paraissait un beau spécimen en la matière. Il eut le temps d'apprécier le reste de sa plastique qui était dissimulée quand elle était assise. Nul doute n'était plus permis, c'était un don de Dieu pour satisfaire ses derniers besoins terrestres.

Mais le militant n'était pas tout à fait muselé, et surtout, sa vigilance était activée et lui recommandait de puiser dans ses souvenirs, car cette femme lui semblait ne pas être une complète inconnue. Il l'avait déjà vue quelque part, mais où ?

Lorsqu'elle vint se rasseoir à sa place, il prit discrètement une photo avec son smartphone. Et se leva à son tour vers le buffet, pour bifurquer ensuite vers la sortie, vers l'accueil de l'hôtel. Il voulait en avoir le cœur net.

Laura souffla, il quittait son champ de vision, mais ses affaires étaient encore à table, donc il allait revenir. Elle sentait qu'elle avait attiré son attention, mais c'était le cas avec tous les hommes, elle savait tirer profit de l'abandon qui les caractérisait en ces circonstances, et elle l'avait discrètement photographié avec son smartphone. Elle regarda la photo en la grossissant. Le doute n'était plus possible. Elle profita de l'absence de celui qui devenait une cible pour envoyer un texto au général Bedford accompagné de son cliché :

Malkovich est ici, au Trump International Hotel, venez vite !

Laurel Malkovich, arrivé au desk, avait interpellé le membre du personnel de l'accueil, un jeune homme à l'œil vif, ce détail était précieux.

— Bonjour, Monsieur, pouvez-vous me rendre un petit service ?

— Bonjour, Monsieur, assurément, nous sommes là pour ça.

Malkovich adopta un ton de complicité masculine qui n'avait pas de frontière. Et ajouta un autre argument universel : trois billets de cent dollars susceptibles de changer rapidement de mains.

— Bien, j'ai ici une photo d'une cliente, pouvez-vous l'identifier ?

Le regard de l'employé passait du visage faussement doux de son interlocuteur aux billets de banque pliés, dans un mouvement d'yeux qui semblait celui d'essuie-glaces. Son hésitation fut brève, et sa réponse, facilitée par sa mémoire. Il ne retenait évidemment pas le nom de tous les clients, mais il avait pris soin de noter celui d'une femme pareille, dans l'espérance de se régaler sur les réseaux sociaux et qui sait, soyons fou, de nouer un contact excitant.

— Cher Monsieur, promettez-moi de ne pas répéter qu'il s'agit de Mme Laura Zante, une cliente européenne. Z.A.N.T.E.

— C'est promis, cher Monsieur.

Laura Zante… inconnue au bataillon. Il entra son nom sur Google et là il comprit rapidement : elle était souvent associée à François Lapierre dans le moteur de recherche. Lapierre ! Le type d'Ostende ! Il le savait impliqué dans la chute de Rosenshark. Donc cette fille l'espionnait. Il se demanda comment c'était possible, mais elle allait payer, sans avoir le temps de lui nuire vraiment. Il décida de passer à l'action après avoir réfléchi en sirotant un nouveau café.

Laura vit revenir Malkovich à sa table. Elle avait eu une idée en l'attendant : se rendre au desk avec sa photo pour interroger le personnel. Elle se leva à son tour et sortit du champ de vision de Malkovich. Arrivée au desk, elle repéra un garçon plutôt éveillé, dont la mine changea lorsqu'elle s'approcha de lui. Les hommes étaient fatigants à force d'être perpétuellement prévisibles.

— Bonjour, Monsieur, puis-je vous demander un service ?

— Euh, bonjour, Madame, oui bien sûr, nous sommes là pour ça.

Il était soulagé, elle ne venait pas se plaindre de quelque chose lié à son écart de comportement avec le client qui s'intéressait précisément à cette femme.

— Voilà, c'est un peu personnel, pourriez-vous identifier cet homme ?

La surprise de l'employé fut démultipliée quand il vit les deux cents dollars qui glissaient à sa portée. Il ne résista pas à l'envie de faire un peu d'humour.

— Excusez-moi, mais, allez, sincèrement, c'est un prélude érotique, votre manœuvre. Ce monsieur vient exactement de me demander la même chose à propos de vous.

Le sang de Laura ne fit qu'un tour en même temps qu'une boule d'angoisse vint lui vriller le ventre.

— Quoi ? Ce type vient de venir vous demander qui j'étais.

— Euh, oui…

— Et vous le lui avez dit ?

— Euh…

Laura rangea ses deux cents dollars.

— Vous me donnez son nom ou je porte plainte.

— Excusez-moi, vraiment je suis désolé, je ne connais pas son nom…

Le regard de Laura était de plus en plus noir.

— Mais je crois qu'il est journaliste ou un truc comme ça, il participe au congrès.

Laura en savait assez, elle le quitta sans cérémonie et regagna sa place en masquant son agitation intérieure. *Il sait qui je suis*, se dit-elle.

Malkovich perçut un changement, une contracture dans l'attitude de Zante. Il savait qu'elle savait.

Le jeu était ouvert, qui serait le chat ? Qui serait la souris ?

Curieusement, ils se levèrent en même temps de leur chaise, avec la même intention, se diriger l'un vers l'autre. Un témoin distrait aurait pu croire à une parade amoureuse entreprise du fait d'un véritable coup de foudre réciproque.

C'est Malkovich qui prit l'initiative d'aborder Laura.

— Madame, je vous regarde depuis tout à l'heure, j'éprouve un véritable élan vers vous, je sais que c'est un peu cavalier de ma part, mais ce hasard de la vie ne se reproduira pas deux fois, alors en toute sincérité, je voudrais, si vous avez le temps, entamer la conversation avec vous et mieux vous connaître.

Il avait dit ça avec son plus beau sourire et son regard viril qui virait à l'incandescence.

Laura fit la moue par principe et sourit par stratégie. Elle bomba légèrement le torse, son arme fatale.

— À dire vrai, je m'ennuie un peu dans cet hôtel immense où je ne connais personne. J'y suis depuis trois jours et vraiment, je suis en manque d'échanges. La plupart du temps je fais peur aux hommes, et donc je salue votre démarche pleine de tact même si elle est audacieuse. Cela me plaît.

Ils sortirent ensemble de la salle du petit déjeuner et allèrent discuter de tout et de rien dans l'un des fauteuils confortables du lobby. Tous les deux jouaient leur rôle à merveille, en adultes matures et séducteurs.

Mais la seule vraie question était de savoir lequel des deux allait prendre l'avantage sur l'autre, et comment.

Jusqu'où chacun pouvait-il pousser le risque d'être le vaincu de ce singulier combat ?

Le processus de séduction devait rester crédible même si le temps était compté. Ils jouèrent aux inconnus de passage pris d'une attirance irrésistible l'un pour l'autre et pressés par la vie et ses obligations.

Laura ignorait quelle était sa capacité de nuire à l'instant présent, parmi tous ces gens qui déambulaient dans le lobby, et quelle serait sa réaction si la police arrivait avec ses gros sabots, prévenue par le général Bedford. Il fallait isoler l'animal, mais c'était à ses risques et périls.

Malkovich hésitait, pour le moment son désir était violent. Il se dit que se retrouver seul avec elle lui permettrait de mieux évaluer la situation et de la dominer de toute façon. L'approche de sa mort, dans quelques heures, était encore de l'ordre de l'imagination et le contraste entre l'idée qu'il s'en faisait et la chair vivante, appétissante et pulpeuse de cette magnifique femelle l'excitait au plus haut point. Sa tête était déjà plongée dans la nuit du néant, et son sexe palpitait toujours de désir, comme figé dans un durcissement inespéré. Laurel Malkovich se sentit pleinement libéré, il combinait en cet instant les victoires sur la peur de mourir et sur celle de l'abandon de soi dans la jouissance extatique. Il était au sommet de son existence terrestre.

Tous les deux se préparaient à un combat rapproché. Laura avait accepté sa proposition de visiter sa suite qui, paraît-il, était somptueuse.

64

Le couple improbable qui faisait maintenant face aux portes toujours closes de l'ascenseur ne vit pas les quatre hommes en civil débouler dans le lobby, des inspecteurs de la police, assurément l'avant-garde d'une plus forte mobilisation. Ces derniers se dirigèrent vers le desk et, sans tapage, mais fermement, ils interpellèrent l'employé à l'accueil, à qui ils mirent sous le nez leur carte de la police. Les yeux de l'employé semblèrent un instant se décrocher de leurs orbites. Il commença à bafouiller.

— Écoutez les gars, je n'ai pas voulu être indélicat, pardon, je suis désolé, je ne voulais pas de mal à cette cliente et…

L'un des inspecteurs lui glissa une photo de Laurel Malkovich.

— Nooon, d'accord, c'est une caméra cachée !

Les inspecteurs ne goûtaient manifestement pas son humour.

— Complicité d'attentats terroristes, ça te parle ? Tu veux faire le concierge à Guantanamo ? Le numéro de la chambre de ce type, vite !

Dans cet ascenseur qui venait de s'ébranler, la clé de survie de Laura était de deviner l'ordonnancement des choses dans la tête de Malkovich : la baiser puis la tuer, ou seulement la tuer ? C'est le pari qu'elle devait faire. Elle devait entrer dans sa logique. Puisqu'il était le mal, il voudrait lui faire l'amour avant de la faire mourir. Mais il était aussi le fanatisme missionnaire, tout aussi diabolique, mais avec un horizon précis. Alors dans ce cas, il la tuerait simplement. Laura avait toujours joué la carte de la vie, elle misa tout sur le désir qu'elle suscitait chez Malkovich et décida de le suivre.

Celui-ci était en pleine interrogation, en conflit intérieur : la prendre comme une chienne qu'elle était et la détruire ensuite, soit un accomplissement, ou la liquider sans la pénétrer, une autre forme d'accomplissement ?

Quelques instants plus tôt, il n'avait pas encore pris sa décision quand ils s'étaient levés pour prendre l'ascenseur ensemble.

Ils avaient alors gagné d'un même pas l'ascenseur de l'hôtel, avec sur le visage un air qu'on aurait pu confondre avec celui, typique, des couples clandestins. Une banalité dans un grand hôtel.

Ils n'attendirent pas longtemps l'arrivée d'un ascenseur dans lequel ils s'engouffrèrent, suffisamment large pour les laisser passer tous les deux en même temps. Malkovich pressa le bouton qui correspondait à l'étage de sa chambre et l'ascenseur s'ébranla vers le septième, un silence, un malaise, s'était installé dans la cabine.

Il pouvait être mis sur le compte du mélange d'émotions auquel la perspective de toute nouvelle union sexuelle entre deux êtres était propice. Mais il ne dévoilait pas encore le jeu de dupes des protagonistes.

Deuxième étage… le mâle sourit à la femelle, dont les yeux s'étaient mis à briller dans sa direction.

Troisième étage… les muscles de Malkovich se relâchèrent, imperceptiblement, ceux de Laura se contractèrent, irrésistiblement.

Quatrième étage… Malkovich, adossé à la paroi près du tableau de bord de la cabine, sortit un pistolet dissimulé par son veston et appuya d'un geste sec du plat de la main sur le bouton d'arrêt d'urgence de l'ascenseur. Laura sursauta.

L'ascenseur bloqué entre le quatrième et le cinquième étage, l'univers s'était subitement réduit à deux êtres dans un espace ridicule de quelques mètres carrés, mais c'était Laura qui était seule au monde. Malkovich brisa le silence, l'arme pointée sur Laura.

— Je voulais d'abord te baiser comme une chienne, puis te tuer, mais j'ai changé d'avis, je vais simplement te tuer, là, dans un instant, ici. J'ai des choses plus importantes à faire aujourd'hui que tu ne verras pas : je vais faire exploser cet hôtel. C'est notre dernier jour à tous les deux, mais toi tu vas rôtir en enfer et moi, rejoindre Dieu.

Laura le regardait, pétrifiée, aucun mot ne venait à la surface de sa conscience, un poids énorme s'employait à l'écraser, elle se sentit faible, à deux doigts de tout abandonner, d'accepter son sort, de rompre avec son existence terrestre, de basculer dans son point de rupture. Mais le fond de son corps ne voulait pas, ses tripes refusaient, une coulée de haine se répandit dans son sang comme une matière visqueuse dont le goût lui remonta dans la bouche. Son propre cœur la frappait comme on rythme une attaque à pas cadencé au son du tambour, ses tempes palpitaient comme les membranes d'un vagin affamé, sa mâchoire désira du sang qui n'était pas le sien, un désir archaïque, primordial, ce désir qui insufflait depuis l'aube des temps de l'agressivité à l'être vivant qui devait en tuer un autre pour survivre. Les nerfs à vif, elle ne communiquait plus qu'avec ses instincts meurtriers.

— Ne bouge pas et fais ta prière, implore ton dieu chacal, c'est tout ce que j'accorde à une truie de ton espèce.

Puisqu'elle était une bête aux yeux de son adversaire, elle se comporta comme telle, ses sens évaluèrent la situation et surtout la distance, immense, entre elle et lui.

Cette distance était plus grave que la puissance de feu de celui qui la dominait. Elle ne pouvait pas bouger d'un pouce, alors que les deux mètres qui les séparaient étaient exactement l'écart des rives qui opposaient la vie et la mort.

Alors Laura fit ce que Malkovich attendait de toute femme, elle baissa les yeux, il avança d'un pas, elle baissa la tête, il avança d'un autre pas.

Malkovich crut que Zante était soumise, Laura sut qu'il avait perdu.

Le krav-maga est animal et paradoxal, frapper très dur pour fuir très vite, aucune philosophie derrière, mais plus l'endroit est clos, et l'adversaire physiquement proche, et plus sa mise hors d'état de nuire est aisée. Il était armé, donc une de ses mains était occupée, avantage. Autre avantage, Laura se souvenait parfaitement des ripostes face à un homme armé. À vingt ans, elle savait déjà la lâcheté des hommes dans la plupart des circonstances de la vie. Si elle était agressée un jour pour être violée, son adversaire aurait une arme, sans doute un couteau. Donc, bonne élève, elle avait bien écouté son instructeur sur ce point.

La technique de défense face à la menace d'une arme à feu braquée sur la victime impliquait de mobiliser le corps dans un rapide travail d'esquive en le coordonnant avec un geste de la main gauche pour pousser l'arme, et non la saisir par le poignet, afin simplement de la détourner. Aussi Laura s'exécuta et ainsi cessa d'être dans l'axe de tir de Malkovich. En même temps, elle lança sa main droite ouverte dans le visage de son agresseur, la paume frappant violemment le menton et les doigts crochetant ses yeux. Le mouvement fut pleinement achevé quand elle lui donna un coup de genou sec et bien senti dans les parties génitales.

Laura s'accorda le droit de jouir de sa brutalité, et, défigurée par un rictus qui la rendait méconnaissable, dans un grognement aigu de carnassière, elle envoya de toutes ses forces un coup de pied dans la tête de Malkovich déjà effondré comme si c'était un ballon lors d'un tir au but. Puis elle revint enfin à elle, en nage, l'échine courbée, les mains sur les genoux pour souffler et respirer, après son deux cents mètres contre le néant, les yeux en colère brûlant d'une flamme victorieuse.

Mais il fallait qu'elle quitte cet endroit. Elle relança l'ascenseur qui la conduisit enfin au septième étage. Lorsque les portes automatiques s'ouvrirent, après avoir pris la carte magnétique de la chambre de son adversaire, elle bondit à l'extérieur, en se servant d'un pied de l'homme étendu et inconscient pour bloquer la porte de l'ascenseur. Il fallait qu'elle contacte des autorités en fouillant en même temps les lieux à la recherche de ce qui menaçait tout l'hôtel, selon les dires de Malkovich.

Elle se rua vers la chambre du terroriste, fit fonctionner tant bien que mal la carte magnétique pour l'ouvrir, et poussa la porte violemment.

C'est alors qu'une quinzaine d'hommes et de femmes, des rugueux en civil ou en uniforme de la police, présents dans la chambre, braquèrent en un instant leur arme sur elle dès qu'elle franchit la porte.

— Hé ! Je ne suis pas Malkovich !

— Ça, c'est un fait avéré… lui répondit une voix, alors que la tension baissait d'un cran.

— Il est où ? demanda une autre.

— Malkovich est dans l'ascenseur, je l'ai sonné, répondit Laura, une once de satisfaction dans la voix.

Sa phrase fut à peine achevée qu'une dizaine d'agents se précipitèrent hors de la chambre en manquant de la renverser. Laura les suivit jusqu'à l'ascenseur, pour découvrir que celui-ci était vide.

— Z'avez pas tapé assez fort Miss, il s'est barré, lui déclara un des flics.

Ils rebroussèrent chemin pour revenir dans la chambre, sauf quelques agents qui s'engagèrent dans l'escalier de service, tandis que deux autres prenaient l'ascenseur. La traque commençait.

De retour dans la chambre, Laura était dépitée, prête à s'excuser auprès des agents encore présents. Seul le général Bedford qui les accompagnait lui sourit avec bienveillance, lorsque des coups de feu retentirent dans la rue. Tous se ruèrent aux fenêtres pour repérer sur le trottoir un corps étendu et ensanglanté. Laura le reconnut à ses vêtements : c'était Malkovich, et auprès de lui, debout, Bahram Mahdavi. L'attaché militaire du général était en train d'allumer une cigarette. Que s'était-il passé ?

Quelques secondes plus tôt, appuyé contre la voiture du général, pour passer le temps, Bahram Mahdavi venait d'allumer une cigarette lorsqu'il vit surgir hors de l'hôtel Malkovich en fuite. Il le reconnut, le héla et dégaina son arme de service, et le terroriste sortit la sienne, une brève fusillade éclata. Les tirs de Malkovich furent moins précis que ceux de son adversaire qui l'étendit raide mort.

Alors Bahram Mahdavi alluma une deuxième cigarette. Après tout, il n'avait pas pu terminer la première.

65

Il se passait toujours quelque chose au Trump International Hotel. Alors que la police découvrait les ceintures d'explosifs dissimulées dans la chambre de Malkovich, les participants au congrès des pétroliers arrivaient en nombre pour s'installer dans des suites luxueuses. Ce n'était qu'un ballet de limousines auquel, au demeurant, le Trump International Hotel était habitué.

L'orateur du jour qui ouvrirait la séance inaugurale du congrès en début de soirée remania son discours pour y intégrer des commentaires sur la force de l'Amérique en guerre contre le terrorisme, fruit du bien-fondé du libéralisme. Les attentats avaient été déjoués sur le sol américain, mais il fallait tous se montrer solidaires de la tragédie vécue dans le Vieux Monde à la suite de l'attaque des drones. « Nous sommes tous Européens », avait-il prévu de déclarer de manière solennelle. Il était sûr de récolter des applaudissements bien sentis et se piqua de ce petit plaisir. Les événements dramatiques récents étaient le signe qu'il fallait aller de l'avant et l'exploitation pétrolière de l'Arctique apporterait une nouvelle ère de prospérité à l'humanité, contrairement aux dires des écologistes maladivement pessimistes et frustrés de service. Mais il préféra supprimer ce passage.

Pendant ce temps, le président Donald Trump se fendait d'un tweet universel pour remercier la « *beautiful french historian Laureen Zout* » d'avoir apporté son aide dans la mise hors d'état de nuire de Laurel Malkovich.

Bahram Mahdavi prit les transports en commun pour se rendre chez ses vieux parents, prendre le thé avec eux et tenter de leur faciliter la vie dans cette nostalgie perpétuelle de leur pays d'origine qu'ils savaient ne plus jamais pouvoir revoir. Il aimait la dignité de ses parents, il en avait besoin, elle l'avait nourri lorsqu'il n'était qu'un petit Iranien isolé dans la cour de récréation, et lorsque les basanés en Amérique, après le 11 septembre 2001, longeaient les murs des trottoirs.

Laura Zante, après un débriefing qu'elle aurait volontiers évité, dans la mesure où son seul rêve était une douche réparatrice et un cheeseburger avec des frites, regagna sa chambre, heureuse de s'isoler enfin dans la paix retrouvée. Elle ne pouvait pas le croire, elle allait enfin rentrer chez elle après cette histoire de fous.

Laura entra dans sa chambre après une lutte féroce avec sa carte magnétique, elle eut d'abord un choc en découvrant François Lapierre dans son lit, apparemment nu sous les draps, et après un moment de stupéfaction, elle estima que les guerrières aussi méritaient ce fameux repos que les guerriers s'octroyaient sur le dos des femmes.

— Il est où, le petit nœud entourant la tête pour faire un joli cadeau ? dit-elle à François, avec le ton d'une Cléopâtre de bonne humeur.

— Il n'est pas autour de ma tête.

— Si tu es venu pour me sauver, c'est un peu tard.

— Je vais me faire pardonner.

— Je n'en doute pas un seul instant.

Et, se fichant pas mal de prendre une douche, remettant le cheeseburger à plus tard, elle entama un strip-tease sans fioritures.

66

— Dis, comment tu es arrivé jusqu'à ma chambre ? demanda Laura, dégustant les effets de son violent orgasme, des étoiles dans les yeux.

— C'est une histoire marrante, répondit François, dans un état analogue. Je voulais te faire une surprise, donc je me suis rendu au desk pour avoir ton numéro de chambre et j'ai montré une photo avec nous deux au gars de l'accueil, pour lui prouver qu'on était ensemble, alors il s'est mis à pleurer en disant : tout ce que vous voulez Monsieur, puis il m'a donné ton numéro de chambre, une carte magnétique, puis il est allé mettre son manteau et a quitté son poste. Un drôle de type.

— J'ai faim !

— Retiens-toi un peu, je nous ai réservé une table au Marcel's pour 20 heures. J'ai aussi trois mille euros qui n'ont pas leur place dans ma poche, mais comme je suis un jouisseur invétéré qui s'assume, j'ai décidé d'en profiter indirectement, donc d'en faire don à l'une des boutiques de luxe pour femmes qu'il y a ici, de robes pour être précis. Tu peux m'orienter ?

— Sale bourgeois, homme superficiel ! Mais tu as tellement de défauts qu'il faut bien que je t'en pardonne certains.

Un restaurant huppé de Washington n'est pas un endroit où l'on s'exclame, et pourtant, depuis leur entrée dans l'établissement, François Lapierre pouvait déceler des exclamations muettes à chaque pas de Laura Zante dans la salle. Elle avait craqué, et la carte de crédit de François Lapierre aussi, pour une robe bustier noire en cady stretch de Dolce & Gabbana, ses couturiers compatriotes favoris. Le cady stretch était une matière redoutable, s'adaptant comme un gant sur les formes de Laura. François se demandait si le propriétaire du restaurant hésitait à appeler la police ou bien les pompiers.

Le Marcel's, sur Pennsylvania Avenue, était situé à trois kilomètres de l'hôtel, les deux historiens n'avaient pas mis dix minutes en taxi pour y arriver. Ils n'étaient pas déçus par l'ambiance de l'établissement. Le restaurant était sobre et élégant, murs blancs, mobilier beige clair, éclairage étudié. La réputation du chef étoilé, Robert Wiedmaier, n'était plus à faire. Ce Belge installé à Washington, après avoir acquis une longue expérience, avait fait de son restaurant français le meilleur de la capitale des États-Unis.

Les deux historiens prirent place à leur table réservée. Ils optèrent pour le menu dégustation sept services, Laura piaffait d'impatience pour reprendre des forces et François souhaitait vivre l'abandon propice à un banquet de soirée quand demain est vraiment un autre jour. Pour une fois, il avait laissé faire le sommelier pour le choix des vins. Il n'avait d'yeux que pour sa compagne, elle était si belle que le bouquet des vins qu'il allait découvrir ne pourrait que s'en accommoder.

Le homard du Maine mariné aux agrumes et accompagné de melon fut rapidement déposé sur leur table et ils l'attaquèrent avec délicatesse. Leur code de conduite dans ces circonstances fut d'emblée appliqué, ils savourèrent en silence les premières bouchées, se parlant avec des yeux complices et rien d'autre. S'ils se taisaient, cela signifiait que l'expérience culinaire vécue valait vraiment la peine.

Les raviolis de lapin braisé, avec une purée de pois et de carottes, achevèrent de les convaincre qu'ils n'oublieraient pas cette soirée.

Laura buvait plus que de coutume, mais elle était prisonnière de la formule adoptée dans le menu. Une œillade discrète vers le jeune sommelier qui se montrait très attentif à leur table suffit à combler son verre d'un bourgogne-hautes-côtes-de-beaune rouge, et l'historienne sicilienne estima que son professionnalisme méritait un sourire gratifiant. Nul doute qu'il ne la laisserait pas à sec une seule fois au cours de la soirée, et François décida d'en profiter lui aussi comme le rémora adossé au requin.

Laura, la langue taquinée par le plaisir du vin, le verre balançant légèrement dans sa main élégamment suspendue, sourit à son compagnon en prenant un petit air canaille.

— J'ai un truc à te demander : est-ce qu'on pourrait mettre des périodes, même petites, entre les histoires de fous, car j'ai l'impression que la vie avec toi, c'est ne jamais être tranquille.

— J'y aspire aussi, tu sais. Avant de connaître une Sicilienne volcanique, j'étais pénard, mandarin universitaire sur les bords, et j'adorais ça.

— Tu peux bien parler, moi j'étais une petite prolo de la recherche historique bien planquée chez sa mère.

Ils rirent tous les deux en chœur, comme ils savaient si bien le faire. C'était si bon pour eux de se retrouver ainsi.

Alors que s'invitait à leur table le duo de foie gras sauce betterave, mûre et cerise, avec sa purée de raisins dorés et sa petite brioche, François prit une mine plus grave. Laura n'aimait pas, qu'est-ce qu'il allait lui sortir du chapeau ?

— Bon, j'ai reçu un courriel, une invitation… en provenance d'une célèbre psy et médium française, spécialisée dans la régression vers des vies antérieures par l'hypnose. Elle a accumulé des centaines de cas et elle a patiemment collecté les témoignages recueillis. Elle voudrait que je confronte ces témoignages avec les données historiques pour voir si ça colle ou si on nage dans une illusion culturelle.

— Tu plaisantes ?

— Ai-je l'air de plaisanter ?

— Bon, je cesse le feu, car je dois moi aussi t'avouer quelque chose : j'ai aussi reçu un courriel avec une demande un peu comme ça dans le genre étrange.

— Ah ! Et ?

— Envoyé par le directeur du Mutual UFO Network. Ils ont mis la main sur des documents nouveaux, et paraît-il, dévastateurs, sur l'affaire du crash de Roswell. Le directeur voudrait que je les authentifie.

— C'est vrai ?

— Comme je te le dis.

Un silence se fit, leurs yeux se plissèrent, n'étouffant pas longtemps un rire partagé. François prit la main de Laura qui se laissa faire. Ils savaient tous les deux que ces deux courriels étaient bien réels, et qu'ils devraient décider d'une réponse.

Mais à l'instant, ils suivirent du regard l'approche de leur pigeonneau en croûte sauce Soubise, préparé avec une réduction de pinot noir.

Laura changea de sujet, puisqu'ils faisaient aussi le point sur les choses à entreprendre à leur retour en France.

— J'ai décidé de me remettre sérieusement au krav-maga et de prendre des leçons de tir aussi, il faut que je trouve un club à Paris. Tu devrais faire un peu de sport toi aussi.

— Je dois bien t'avouer que ma fidélité à Winston Churchill en est l'obstacle majeur.

François souligna son propos par un acte de provocation en avalant une gorgée gourmande de saint-émilion.

Laura faisait la moue lorsque son visage se glaça instantanément, elle était tétanisée, et François manifesta une incompréhension totale face à sa compagne qui semblait avoir été frappée par la foudre.

— Laura, ça va ?

— Mal… Malkovich… il est ici ! balbutia Laura, dans un murmure étouffé.

François n'en menait pas large, il était sidéré à son tour. Par réflexe, il voulut voir.

— Ne te retourne surtout pas, il s'est levé, il se dirige vers nous, lui répondit Laura, d'un ton devenu plus ferme.

François, par réflexe, saisit son couteau à viande discrètement, prêt à bondir. Il suivait des yeux l'évolution des traits de Laura, en état d'alerte.

L'homme très élégant en costume trois pièces d'excellente coupe s'arrêta un bref instant à leur table. Après avoir salué poliment François d'un signe de tête et d'un sourire particulièrement séduisant, l'acteur John Malkovich se pencha vers Laura pour lui murmurer quelques mots, et reprit son chemin vers la sortie du restaurant. Laura était paralysée, les yeux ronds, et François, bien qu'à la fois troublé et soulagé, en voulut pendant trois secondes à Laura d'avoir été imprécise dans son annonce, mais sa curiosité était la plus forte.

— Ça alors ! Et qu'est-ce qu'il t'a dit ?

— Il m'a dit que je devrais faire du cinéma ! répondit Laura, redevenue enjôleuse, une pointe de fierté dans la voix.

Il ne restait plus aux deux amants qu'à s'échanger un sourire complice, tout juste perturbé par l'arrivée du bœuf Wagyu poêlé, avec sa purée de céleri-rave à la truffe et sa réduction de cassis au chocolat.

Leur dernière soirée à Washington avait été pleine d'émotions positives, et ce n'était sûrement pas la prochaine mousse de cerise avec un cake au chocolat qui viendrait en obscurcir la conclusion.

Épilogue

Après les attentats, de retour en France, François avait envoyé à Rosenshark en train de mourir en prison la première page d'un journal annonçant, malgré les pertes très lourdes, l'échec de l'opération Mer de Sang. Sur le journal, François avait rédigé une inscription au marqueur noir : « De la part du monde libre ».

François se demandait où on en serait à l'heure actuelle, si Pamela Erskine n'avait pas révélé ce nom lors d'une simple pause-café de séminaire. Était-ce volontaire de sa part ce soir-là, ou un lapsus révélateur, ou bien encore une distraction ? Il ne le saurait jamais, il espérait que ce soit la forme prise par le destin pour châtier son père qui avait été infâme avec elle depuis sa tendre enfance.

Rosenshark mourut quelque temps plus tard. Il voulait qu'une enveloppe parvienne au professeur Lapierre juste après son décès. Son vœu fut exaucé.

Après un cours, François la découvrit dans sa boîte aux lettres de la Sorbonne. Rentré dans son bureau, il l'ouvrit pour découvrir la capture d'écran de commentaires postés sur un des nombreux forums sur Internet consacrés au Projet Thalassa. Rosenshark avait écrit une mention au marqueur noir sur le document imprimé : « Vous ? Moi ? Eux ? Qui est libre ? »

Puis François lut les commentaires des internautes sur la Solution Thalassa.

(Tania Gala) Les cendres, ça se dissoux dans la mer ?
(Tom Tom) Pas con ça.
(Pétard) Enfin de l'air !
(Alfredo le gros dos) Fau leur piqué leur dents en or avant de les griller, pour ranbourser les frais de transport mdr !
(Irma P.) Chaud devant !
(Toltek) Merguez à toute heure !
(Rabat-joie) Mieux vaut financer ces robots que leurs alloc.
(Max la Menace) Faut y mètre les pédés aussi, et les bobos et les connasses !
...

François ne donna pas à Rosenshark le plaisir outre-tombe d'assister à son écœurement. Il jeta tout à la poubelle, ferma sa sacoche et quitta son bureau pour retourner chez lui en transports en commun.

Dans l'appartement de la place Vauban, *On Every Street* de Dire Straits dans les écouteurs, Laura était penchée sur son ordinateur, et elle était plutôt sollicitée par des correspondants divers. Il y avait un nouveau message d'Antarès, avec un nom, Schacher, et une adresse à Vienne, ainsi qu'un message sur un ton laconique que Laura commençait à connaître :

Si tu fais buter ce porc, je t'offre la baise de ta vie à Amsterdam.

Et s'ensuivaient des documents à transmettre aux autorités. Comme elle en avait presque l'habitude, Laura voulut balancer le tout au général Bedford. Puis elle se ravisa, car dans les documents qui prouvaient largement l'implication d'UMNIT Corporation dans l'attaque des drones, il y avait la photo de la collection d'insignes SS de ce Schacher, alors elle choisit Soshana, et en approfondissant le dossier, Laura se dit qu'un bref séjour du Paresseux à Vienne viendrait bien à propos, nul doute que Shoshana penserait la même chose.

Laura venait aussi de recevoir une demande d'amitié sur Facebook, c'était une première. Curieux, se dit-elle, il était impossible de deviner qui se cachait derrière le cobaye et son pseudo. Elle vérifia qui c'était : Géraldine Uwamaliya, la prof d'histoire de Lisa, avec un petit mot accompagnant l'invitation :

Merci pour les réfugiés.

Elle accepta l'invitation, l'adolescente belge lui avait expliqué comment faire.

Puis Laura lut un courriel de Lisa qu'elle avait reçu sur Messenger pratiquement au même moment.

Bonjour Laura,
J'espère que tu vas bien. Je viens te donner des nouvelles de mon exposé. Ouf, c'est derrière moi, mais je suis plutôt contente. Ça s'est bien passé... j'ai été applaudie, tu sais.
Ah ! Il y a un nouvel élève dans la classe ! Il s'appelle Assad, c'est un réfugié syrien. Je t'envoie des photos en annexe. Sur la photo 1, c'est moi qui donne ma conférence, j'ai l'air un peu tarte, mais il y a pire.
Sur la photo 2, c'est Assad qui joue au football avec ses nouveaux copains de l'école, il apprend le français à une vitesse, t'as pas idée. Sur la photo 3, il y a Gustavo, Assad et moi, on plante deux petits drapeaux, un belge et un américain devant la croix blanche de la tombe de William Harrison Bedford pour la commémoration annuelle de la bataille des Ardennes et la victoire contre les nazis. Sur la 4, Lara fait le clown en dansant devant le monument du cimetière. Dans le fond il y a le jardinier qui la prend pour une sotte. C'est trop marrant.
La 5 : le père d'Assad est venu parler de la Syrie en classe, il y a six mille sites archéologiques dans ce pays, tu te rends compte ? On a goûté de la basboussa préparée par la mère d'Assad. C'était vraiment une belle matinée. Et Mme Uwamaliya était ravie, tout émue. Quand c'est comme ça, elle oublie parfois de nous donner un devoir, hihihi.
Ah oui ! J'ai vu le film Amistad, j'ai pleuré à la fin, quand le vieux président dit que la liberté est

l'état naturel de l'homme et quand il dit que les esclaves africains font comme nous, ils feront tout pour briser leurs chaînes, et quand ils perdent espoir, ils invoquent les esprits de leurs ancêtres, comme nous, on demande de l'aide aux Pères fondateurs, et là dans le film on voit les bustes en marbre des statues des patriotes du passé. C'était magnifique.
Le soldat William Harrison Bedford, c'est un peu comme un Père fondateur, non ? J'ai pensé à ça quand il y a eu les attentats.

Il y avait un post-scriptum dans le courriel de Lisa.

Avoir une seule amie sur Facebook, c'est vraiment ringard tu sais, invite donc tes copains historiens, comme ça moi aussi je pourrai les ajouter, lol.

Laura se dit que cette gamine avait du chien, vraiment du chien. Il faudrait que personne ne l'abîme d'ici qu'elle soit femme. Laura se promit de garder un œil sur elle, de loin.

L'historienne renifla et sécha ses larmes, mais elle n'avait pas perdu son sourire, il s'agrandit même, quand elle tourna la tête, à l'écoute de l'homme de sa vie qui ouvrait la porte de leur appartement pour rentrer chez eux.

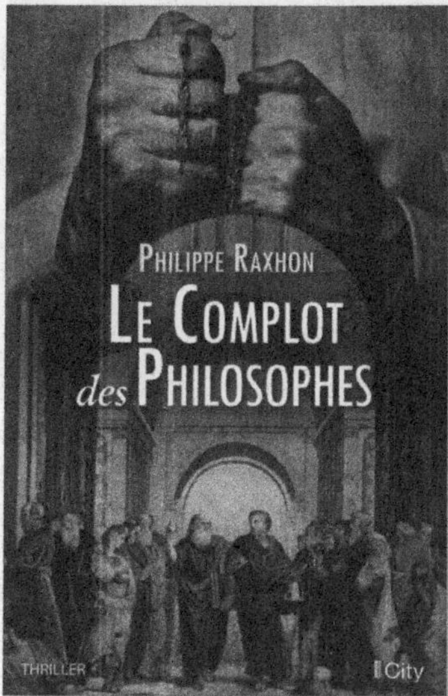

LE COMPLOT *des* PHILOSOPHES

PHILIPPE RAXHON

En l'an 65 à Rome, le philosophe Sénèque écrit une dernière lettre avant de se suicider. Quand près de 2000 ans plus tard, la jeune chercheuse italienne Laura Zante découvre cette lettre, elle fait appel à François Lapierre, historien à la Sorbonne pour l'authentifier. Mais ce qui semble n'être qu'un simple travail archéologique va déclencher un engrenage sanglant qu'ils n'auraient jamais pu imaginer. Les deux historiens deviennent des cibles à abattre et tous ceux qu'ils impliquent dans leurs recherches sont froidement éliminés. Pourquoi les services secrets et une mystérieuse organisation occulte sont-ils prêts à tout pour mettre la main sur cette découverte ? Lapierre et Zante se lancent dans un aventure qui va les conduire de Paris à Rome, entre intrigues politiques et superstitions religieuses. La clé de l'énigme est un incroyable secret, un effrayant complot dissimulé depuis des millénaires…

Et si tout n'était qu'un mensonge ?

city-editions.com

Achevé d'imprimer en mars 2022
sur les presses de la Nouvelle Imprimerie Laballery
58500 Clamecy
Numéro d'impression : 203083

Imprimé en France

La Nouvelle Imprimerie Laballery est titulaire de la marque Imprim'Vert®